同桌的你

梅丹丽

逆行者

追尾

收藏

假离婚

公司有规定

寻找失败者

那人

那人

小说·映象

周瑄璞　著

陕西新华出版
太白文艺出版社·西安

图书在版编目（CIP）数据

那人 / 周瑄璞著. -- 西安：太白文艺出版社，
2025. 4. --（小说·映像）. -- ISBN 978-7-5513-2897-
5

Ⅰ. I247.7

中国国家版本馆CIP数据核字第2025AB7351号

小说·映像

那 人

NA REN

作　　者	周瑄璞
策　　划	申亚妮
责任编辑	蔡晶晶　赵甲思
封面设计	郑江迪
版式设计	建明文化
出版发行	太白文艺出版社
经　　销	新华书店
印　　刷	西安市建明工贸有限责任公司
开　　本	880mm×1230mm　1/32
字　　数	195 千字
印　　张	8.5
版　　次	2025 年 4 月第 1 版
印　　次	2025 年 4 月第 1 次印刷
书　　号	ISBN 978-7-5513-2897-5
定　　价	59.80 元

小说·映象

周瑄璞，中国作家协会会员。出版长篇小说《多湾》《日近长安远》《芬芳》等，中短篇小说集《曼琴的四月》《骊歌》《隐藏的力量》等。其中《芬芳》入选2023年度"中国好书"。在《人民文学》《十月》《作家》等文学期刊发表中短篇小说二百余万字，多篇被转载和收入各类年度选本、入选年度好小说榜单。获第五届柳青文学奖、河南省第十三届精神文明建设"五个一工程"奖等。

目　录

中篇小说

ZHONG PIAN XIAO SHUO

同桌的你

一

当年，方小林死追谢梅的时候，时心娟和同学们一致认为，肯定没戏。可方小林不死心，天天往谢梅的单位跑，在一个又一个黄昏，强烈要求送她回家，被谢梅一次次回绝。谢梅嘴上说，我不直接回家，我还有其他事。谢梅心里说，就你这弱不禁风的样儿，我还操心你回家路上的安全呢！他坚持要把她送到公交车站。一个觉得车来得太快，一个恼着车怎么还不来。他眼巴巴看着谢梅上车，还想来一个隔窗挥手，依依惜别，可谢梅头也不回，挤到人堆中，看不见了。

他回到家里，给谢梅写信，嘱咐她上车往里面走，抓好扶手，看护好自己的包，注意听报站声，不要坐过了站，天太冷要多穿点衣服……写着写着，他自己都感到鼻腔一阵发酸，爱上一个人，竟会如此卑微。相信谢梅看到这信一定会被打动。第二天他去邮局寄信，然后静待两天过去。这一切都是必不可少的内容和步骤，他正在和谢梅恋爱，没错。

谢梅拆开信瞅了一眼，就往旁边一扔。

方小林又苦心策划了国庆节同学们到他家去玩，让他妈提前做好、买好半成品，叫谢梅、时心娟几个女生给大家张罗上桌。其实是想展示一下他家的优越条件。二十世纪末，普通居民都住得挺拥挤，最理想的住房也就是一家四五口挤在四五十平方米的两室一厅。可方小林和父母一起住着宽敞的三室一厅。他的哥哥姐姐分别在北京和美国工作，他从小是父母的宝贝疙瘩，落了个身体瘦弱、手无缚鸡之力。当然，或许是因为他天生体弱，又是老小，所以父母对他疼爱更多，长这么大连一根葱都没剥过。他一定是给父母偷偷指了谢梅，因为方爸方妈在众多同学里，只对谢梅最热情、最关照，看她的眼神也不一样。夜里大家散伙的时候，方爸打电话给车队，派车来只送谢梅一个人，当然是方小林陪着。其他同学自行解决回家的问题，时心娟是坐一个男同学的自行车走的。大家也都觉得应当，本身方小林叫他们来，就是做陪衬的。虽然二人的形象实在不般配，但大家还是希望谢梅能头脑发昏或者心里一软，答应他算了，肥水不流外人田。

可谢梅既没发昏，也不心软。不出三个月，方小林果然以明确的失败而告终，他逼得谢梅直言相告：我们只是同学，其他的，无任何可能。

又一次聚会时，方小林闷闷不乐地喝着酒。时心娟走过去坐在他身边，拍拍他肩说："别难过了，叫我说你这失败是注定的，谁都看得出来，你俩不合适。"这话的意思也就是说，人家看不上你。

还是国庆节时来的那些同学，只是少了谢梅。那时大家都年轻，多半没有对象，精力旺盛，也就隔三岔五，随便找个理由聚一下。这次聚的由头是，大家专门安抚方小林，追述他的失败。地点选在他们学校附近的一个路边小店。虽然毕业几年了，冯老师也已经退休，但大家一遇到什么重要事情，还是想回到这里相聚。吃烤肉，喝稠酒。由方小林买单。他在这一拨大专生同学里面，家庭条件最好，工作也安排得理想，又是为他的事而来，大家心安理得地吃他喝他。大冬天的，也都不知道冷。鸡一嘴鸭一嘴地安慰他，无非是说，你没啥好难过的，谢梅那样的女生，就不是为你准备的，只是在最后一学期跟你同桌而已，并不是所有同桌都有故事发生，你咋不说还跟时心娟坐过同桌呢！

方小林觉得身边放了一个沉甸甸的大棉花包，倍感温暖和安全，转过脸来，迷迷瞪瞪看着时心娟。是啊，他跟时心娟还坐过一学期同桌呢。时心娟又拍了他两下，安慰程度更深："得，我陪你喝。"端起玻璃杯与他碰了一下，自己先喝了一大口。她刚才只顾着跟对面人说笑，没注意有人将新上的一壶给她杯里添满了，一仰头，滚烫的稠酒倒进嘴里，从嗓子眼烧得一路直下，叫喳喳地疼，眼里有了泪花。她扭过头去，假装看外面的夜景，嘴张开，大口吸入冷风，回过头来，眼睛里亮晶晶的，脸上呈现微笑，装作什么事都没有。方小林张嘴说话，舌头有点发硬："你，有男朋友吗？""没呢，没呢。"时心娟忍着疼痛说，就像是唱歌的人偷偷换气，她又趁机大口吞下冷空气，咽下去。方小林用无望的眼神，直勾勾瞅着她，意思很明确，就你了，借酒壮胆，一把搂过她。

那晚散了后，方小林将时心娟送回家。

方小林从一个极端走向另一个极端，这就是瞎胡闹。同学们再次预言，这次肯定还是没戏。可方小林不管这些，受伤的人急于抓住一根救命稻草，何惧从一个错误走向另一个错误，他只将一腔真心献给时心娟。从此，他天天跑时心娟单位，每天晚上把她送到巷子口，一起出席同学聚会。大家一看，也行吧，虽然二人不般配，可还是希望方小林能认真对待，毕竟也都不是外人，大家知根知底。

对于时心娟来说，天上掉下个林哥哥。虽然瘦弱了点，懦弱了点，从小娇生惯养不懂事，啥也干不了，但他的家庭条件对于她而言，那就是天堂。时心娟与父母、哥嫂、弟弟一家七口住在城墙外边的一个城中村曲里拐弯巷子进去的两间半平房里，吃水、如厕都要走几十米拐几道弯。她最大的理想是，此生能住上个单元房。

过年时，方小林提着大包小包的贵重礼品，像是跟谁赌气似的，穿戴一新来到时心娟家里。两人走在一起，女人的一半是男人，从坑洼不平的窄巷里穿过，方小林对于这片区域来说，像个天外来客、外星人。时心娟本来就细小的眼睛，眯成了一条缝。她父母看到出手如此阔绰的女婿，再联想到闺女说的他家里条件，更是欢喜。这可真是，傻人有傻福，丑人有天护，这丫头，算是捞着了。

可是，春节过后，鞭炮声稀落，节日气氛消散，方小林也渐渐冷静下来，或者说从谢梅带给他的伤痛中慢慢复原，不得已收回了他之前的决定。他好歹也是个参公单位的正式编制人员，父母是处级干部，全家住在一个局级单位的大院子里，毕竟不能找一个带不出去的女朋友。再说，谈恋爱这件事，实在是太具体太真切了，是要两个人真刀实枪地相处，血肉相连地厮磨，并不只是提着礼物上她家门这么简单，也并不是让人看看，两人一起上街走走，向世界宣告你俩是一对了事。方小林几个月来，所能做出的最亲密举动，就是把时心娟结实的肩膀抱在自己怀里轻拍一拍，或者俯在她怀里，让她那宽大厚实的胸脯把他瘦小的脑袋包围起来取点温暖，更深入更具体的接触，他再也做不出来。有一次，时心娟仰起头来想把自己的嘴唇迎向他，他突然心里一烦，觉得生活欺骗了他。他扭过头去，再次想起谢梅，眼里有了泪水，转身自己往前走了，时心娟无声地跟在后面。两人不再说话，也不拉手，一路无言走到她家巷子口。

方小林当然没有戏弄同学的意思，也谈不上抛弃不抛弃。他过年前一时冲动要和她好是真心，现在好不下去也是真心。他从头到尾只像个迷茫无措的孩子，一会儿觉得唉就这样吧，她对我这么好；一会儿认为不行不行，不能这样。他终于满怀愧疚与苦恼地逃离了时心娟，自然也就不好意思再与同学们联系，从此他自动从同学录里删除了自己。

时心娟要做的就是擦干眼泪，面对现实。外貌是女人的命运，一个长相滑落至及格线以下的姑娘，一个与谢梅处在两极的女孩，从头到尾，她在这件事里除了被动接受外，没有任何主动权。她只是搪瓷厂的一个图案设计员，而此时，单位也面临倒闭，一个月拿一百二十元生活费，回家了。

祸不单行，说的就是当年的她吧。黄昏时候，一个人沿着护城河散步。并非她有此高雅习惯，她只想一个人待着，而家里，两间半房子里都是人，左邻右舍都是眼。家人都知道在她身上发生了什么，但不敢开口提，于是那一个月前还是家里的头等大事、时时挂在嘴上的话题，突然寂寂无声，再也无人提起。美事一风吹，没了。失恋的痛苦不只是面向内心的疼痛，还要给周围世界一个交代。冷不丁有个邻居问，心娟，男朋友最近咋没来？像掉下来一根刺狠狠扎在心上。她也不想让家人用那种闪烁的眼神在她身上瞄来瞄去，用那种关切而询问的目光看着她欲言又止。于是她走出家门，到陌生人中间去，将自己隐藏起来。

春风给环城公园的花花草草吹响了集结号，你开花了我吐蕾，你落红了我绽绿，河边再无闲花闲草，谁也不愿沉默，争先恐后传递春的消息。走近某一棵花树时，浓烈的香气扑面而来。如果是恋爱中的人，这芳香正当其时，怎么开都是好，都是妙，都是蓬勃的爱情和欲望，都是美好生活的烘托与点缀。可斯人独零落，花香也恼人。那丁香，满树满枝，沉甸甸下坠，迸发出大难来临般的浓香，更让人心碎；那一树海棠，开得不像真的，似乎必有什么代价来赎它的美丽；看那玉兰，上一周含苞欲放，松松满满似孩子的双手掬着什么，手心定有贵重之物，小心呵护着、珍藏着，不叫你看。曾经时心娟设计过一款蓝色的中号搪瓷罐，像她一样敦敦实实，很能盛东西，好多人家用它放白糖，厂里人叫它糖罐。宝石蓝的底子，一朵硕大的占去罐体一少半的白色玉兰花，半开不开，有一个花瓣伸展出来，像一次张望和一句探询。盖子上，一个小小花骨朵，跟那朵大玉兰呼应着。那时正值春天，这一创意她就是在这环城公园观察玉兰所得。现在她娘家床底下的一堆搪瓷物品里，还有几个这样的蓝色糖罐，拿纸包着，崭新如昨，那上面的玉兰花，永远保持在最美好的状态。这几日，气温陡升，树上玉兰再难矜持，纷纷炸裂，拼了一季，梦想绽放，好像眼前有什么好事等待。不想迎来的却是凋零。美景短暂，只十几天。现在谜底揭晓，掌中其实没有什么，只是梦幻一般的时光而已，只是一股芳香，随风而去。也就是这半月光景，人们知道它是玉兰，花落之后，长出叶子，谁也不会注意那长着与别的树没有什么区别的绿叶的，是玉兰树。啊，原来是空，色是空，美是空，欢爱是空，绽放与衰落，皆是空。

隔着护城河望去，自己家所在，是一片破烂低矮的城中村，回家的路曲折而坑洼不平。村里的人，忙于生计，都没有散步的习惯和精力，她原也没有，可现在她夜夜晚饭后出门，父母也不敢问，猜想着她是否又有了新对象，孩子想借了新的，忘了旧的，也好，那就随她去吧。有时候她一个人在城墙下走好远，从东面走到南面。哎呀，往南这条路，是去往方小林家的。南郊，是这个城市的高端人群聚集区，分布着各类大专院校和行政单位。她也曾想，自己会变成南郊人。她跺跺脚，往回走。在恼人的春色里，在次第绽放的花海中，她哀哀告诉自己：爱情没了，工作也没了，这真是人生的最低谷啊！可内心亮光一闪，有另一个声音响起：已经最坏了，还能坏到什么程度呢？只能往好的方向发展啊！二十年后的今天，微信朋友圈里，各种各样的心灵鸡汤一罐一罐，排队发布，她觉得都是她当年在那个春天预订下的。

没有传奇，没有浪漫，没有引诱，也没有觊觎，有的只是平凡而坚硬的现实。时心娟，除了在那个春天短暂忧伤，实在没有太多精力与情调去伤春悲秋。她从方小林匆忙搭建又突然坍塌的海市蜃楼中走出，回到自己的日子里。她要去找工作，她起码有个大专学历，还算是从事艺术工作的小知识分子，就不能再找一个办公室文员之类的工作吗？

却不承想，找工作也像找对象一样，对相貌总有要求。当然人家不说出口，只是在心里掌握着一个标准，一眼看去，你在标准之下，那各式各样的工作单位基本是同样的回复：我们再考虑一下，你回去等消息吧。可永远没有电话打来，好像人们要用沉默告诉她，你不配进入那些漂亮的写字楼工作。

一次又一次，拉一拉衣服，整一整头发，她包裹着溃疡般的心痛与失望，惴惴不安，强颜欢笑，进入一些堂皇的办公室，怀着尖锐的嫉妒与强劲的不甘，谨小慎微地坐着，看着别人的脸色极力轻声慢语，强调自己曾经的图案设计员身份。办公室常有铁皮柜，棱角分明，还有黑色人造革沙发，方方正正，不给她任何温情与色彩。她健壮的身子低到尘埃里，小草一般。

忧伤是生命的重力，让你下沉，下沉，沉到海底，默默无声，除了等待和忍耐，你别无出路。她激励自己，与二十年后的鸡汤遥相呼应。

最后，她在一个超市的库房落脚。嗯，也好，我的角色就是一个中转站、歇脚处，货物在此处暂时存放，一旦好销，就从这里离开。

二

三年后，时心娟与一个单位濒临停产，有活儿了去干、没活儿了在家闲着的工人结婚。此人外观倒是跟方小林挺像，可家里条件差之千里。兄妹四个，除了嫁走的那个，都没有自己的住房，哥嫂与老妈一起挤在老式楼房的两室一厅里，他睡在老妈房间的阳台上。二人结婚后，只好在附近的城中村租房。不到万不得已，谁也不想嫁这样的男人。可这世上有个不成文的规定，姑娘总是要出嫁的，否则世人不会饶过你，要不屈不挠地用介绍对象来羞辱你、审问你。她做着简单的结婚准备时，常常想起方小林提着上千块钱的礼物，就像提着从菜市场买回的十块钱的菜那样随意，来到她家里，给她哥的孩子掏出一个红包。客人走后打开一看，二百元，相当于她半个月的工资，嫂子高兴得喜眉笑眼。那眼看到手的优越生活，飞走了。一只凤凰，受了点小伤，擦破点小皮，明知这里不是梧桐，也暂且在她的枝头停留一下，歇息一番，之后又决绝地展翅而去。飞鸟可以选择树枝，而树枝没有选择权。本不属于你的，想也没用了。而现在他们要做的，就是房子找得离婆婆家近些，休息日可以回去蹭饭，能省一点是一点。将来有了孩子，婆婆也能帮着照看，来回接送方便。

结婚没两年，丈夫单位彻底歇业，厂房都出租搞超市了，他四处找活儿干。

让她备受打击也最匪夷所思的是，女儿五岁时候，丈夫竟然出轨，钻进了对门女人的被窝。那女人来路不明，一个人带着个孩子生活。时心娟气得手脚发麻，你一个下岗工人，吃了上顿愁下顿，竟然也玩起了婚外恋，凭什么？凭什么？你跟女人出去，连场电影都看不起，你丢不丢人？噢不，就不用出去看电影逛大街，不需要啊，他们就地取材，直接在家里就搞上了，这多方便，不花一分钱。

大闹一场，必须的。闹着时她想，泼妇就是这样炼成的。家里就那么点地方，加上对门女人家，也就两间房子，她可劲砸，可劲扔，可劲撕扯踢打，天地也还是小，让她施展不开，女英雄无用武之地，壮硕的胸脯起伏不止。两个女人头发被揪扯成两团乱麻，吓得两个孩子抱着各自妈妈的腿哭喊，几声惨叫撕碎了她的心，唤醒她母性的仁慈，她停下手来，立地成佛，给自己和孩子擦干眼泪，一起出门而去。

扯着孩子的手在路边走啊走啊，孩子累了，她抱起来走，都累了，娘儿俩坐路边歇歇，站起来继续往前走。别信影视剧里那些，遇到伤心事痛苦事，跑去喝咖啡、酗酒、疯狂跳舞，那不得用钱？再者说了，谁盛怒之下冲出家门还记着拿钱包拿钥匙，还穿戴整齐打扮一新呢？没钱的人，生了气就是这样大街小巷地走啊走，自己都不知走到了哪里。娘儿俩在街头迷茫无处去。春天设下骗局，看起来暖了暖了，突然又风雨大作，气温骤降。上午阳光明媚、春风沉醉，下午就可能刮起冷风，伴有沙尘暴。此时，风沙吹啊吹，眼泪流啊流，树叶子、塑料袋扑打到头上身上，嘴巴里都有细沙，和咬碎的牙齿一起在嘴里刺啦啦磕绊。意识疯狂而迷乱，总想迎着汽车灯光而去，又不断提醒自己，看好，别让车轧死，为那对狗男女死了不值，我得为孩子着想。孩子累了饿了，拉着她的手，眼巴巴瞅她，一声声叫妈妈，可她身无分文。夜幕降临，她站在一个污水遍地的小街十字路口，回过神来，四处看看，辨认方位，离自己家，离娘家，都有距离，倒是离冯老师家近了，便招手拦下一辆出租车。来到冯老师家楼下，给商店店主说好话，说她是这楼上冯老师的学生，让借给十块钱，先付了出租车费。

　　她坐在冯老师家沙发上，将孩子抱在怀里，痛快哭诉一番。冯老师当然是劝她冷静，为孩子多考虑，闹两下算了。她拿着从冯老师那里借的一百块钱，下楼交给店主，找回九十，弥补了影视剧里的漏洞。这场矛盾大爆发的收场是，她和孩子坐在肯德基店里，给女儿点了她爱吃的汉堡和土豆泥，女儿吃，她看。不再是从前的舍不得，而是真的吃不下。女儿用小勺挖一点土豆泥，抹进嘴里，幸福地看了她一眼，觉得今天这场惊吓，是值得的。她给女儿说，一会儿我们还打车，回姥姥家。女儿忘记了黄昏那场风暴，开心起来。

　　按她的脾气，决意要与他一刀两断，将他扔给那女人拉屁倒，她带着孩子过日子。离婚的人千千万，不也都过来了？美好偷情的后果很不堪，身心疲惫的丈夫百般哀求，再给他一次机会吧，看在孩子的分儿上，他死活不去办离婚手续。可这样天天对门住着，进进出出与那女人打照面，丈夫肯定是脱身不利，她见了那女人也不舒服。想到二人趁她上班不在家时，很有可能在她的床上苟合，她立马头皮发麻，头发根根竖起。他们嘴上说断，就能断得了吗？这门对门的，暗度陈仓也太容易了吧？

搬家！从公婆家西边两站地，搬到南边两站地。找了个大点的房子，房租贵了一些，置办东西又要花钱，女儿上幼儿园远了一点，还有那天打架摔坏的东西，里外里一算，狗东西这场婚外情，让她家净赔两千元，还增加了今后的生活成本。少不得又将他痛骂一顿。那人缩在被子里，把自己变成一只大虾，任她骂任她踢，绝不还口。

蜂窝煤炉子摔坏了，侧面漏风，冬天取暖不安全，会中煤气。到市场上看了，那种功能齐全，带小水箱充当暖气的，要二百多，她舍不得买。丈夫把一块小铁皮敲弯了，用铁丝绑在破口处，当个补丁。

把女儿从幼儿园接出来，她要吃蜂蜜小面包，她领着女儿，穿过一片平房到西边市场去买。在一排房子的西头，一户人家的炉子放在外面，挺新的，发着黑色亮光，带提手。上面放一个铝壶，可能是主人家刚生着火，放在外面散煤烟。

她领女儿到面包作坊门口，花两块钱称了几个小面包，叫女儿站在那里吃着，跟老板说，帮我看下孩子，我忘了个东西，回去取一下，两分钟就来。

那时还没有"雾霾"这个名词，可它年年冬天如期光临。下午五点多天就黑了。路过的窗子里亮起灯光，人们沿着奇奇怪怪的路线，从自己谋求饭碗之处，提着拖着带着，蚂蚁般回到属于自己的灯光里，一点点营建生活。而她的生活，正在修补之中，她对丈夫的惩罚是不许他挨身。怎么着也得坚持一段时间，豁出去自己半年不过夫妻生活。

她匆忙走回那个平房门前，小炉子还在，就像一直等待她回头，一身污垢的铝壶在上面静静坐着，开始泛起吱吱的响声。门缝里有灯光泻出，她侧耳听听，有电视声。心咚咚直跳，弯腰将炉门封住，轻轻将壶掂下来，放到地上，拿起地下的小圆铁盖盖上炉口，提起炉子，撒腿就跑。只一分钟，来到面包作坊门口，向女儿招手。她一手提着炉子，一手拉着女儿，快步往家里走去。左手里女儿的小手温热柔软，右手被炉子烘烤着，踏实而温暖。

"妈妈，哪儿来的炉子？"女儿问完就要凑过来伸手摸。"别动，烫！"她看着前方，语气凶狠地说，"捡的。"她的心，狂跳之后，有了一点点胜利的喜悦与平衡，暂时不再气恼地问天问地问空气，凭什么凭什么吃亏的总是我。这是哪个好心人家，参与了她对生活的修补，向她全套馈赠了这新炉子，竟然连炉盖都放在外面。她知道女儿下面还有话问。谁会把一个正烧着火的炉子扔了不要呢？所以她口气严厉，像刀一样砍断女儿后面的话。女儿眨巴着跟她相似的细眼睛，小小的心里充满了疑惑。

回到家，她给这炉子里换了新煤，将那个破炉子扔到门外，也不对丈夫解释炉子的来历。这一阶段，犯罪的人正在自觉服刑赎罪，时时看她脸色，不敢多问，不能多说，处处讨好她，以尽快结束刑期，夜里重回她的被窝。

熬了几年，哥嫂终于有了房子，搬出婆婆家，她和丈夫住了回去。她给卫生间安了个铁皮桶的烧水器，冬天烧一箱热水够一个人洗澡，这样就不用每周带着孩子拖拖拉拉去公用澡堂了。孩子小的时候，冬天去大浴池洗澡，拿个大塑料盆，争抢水龙头，孩子被摁着坐进去，嫌水热，闷得哇哇哭。连吓唬带哄，打仗一样急急忙忙洗好出来。穿衣间里热气蒸腾，孩子站在长椅上，擦过的红通通的小身子还潮湿着，图省事，将秋裤与棉裤套在一起，想一次穿上，却不是那么容易，伸一下穿不利，再拽一下还是穿不上，秋裤缠在小腿上，扭着不肯上去。啪，给小屁股上打一巴掌，声音脆响。孩子咬住嘴唇，不敢吭声。

常常想起那个镜头，心里难受。自从女儿上小学后，她就告诉自己，再不能打了，自己无能，各种烦恼与愤懑，不该向孩子转嫁。

婆婆中风了一次，抢救过来，落下半身不遂，拖拖拉拉能走几步，凑合能自理。两对哥嫂好像是商量过了，来找他夫妻俩说，这样吧，我们也都有自己的房了，老太太这个房子，将来给你们，条件是，你俩伺候她到最终，她每月的低保，你们也领了，今后住院看病的钱，大家分摊，看这样行不行？时心娟一想，不行又能怎样呢？养活老人，本是天经地义，还能落一套房子，挺划算的事，都快八十了，她总不能再活十年吧？

从此她的生活被拴在病床前，除了上班就是家里，永远有洗不完的东西，永远有做不完的活儿，在小小的几间屋子走来走去，累得脚底板疼，恨不得长出四只手来。

夏季两三天一次，其余季节每周一次，用那个铁皮桶烧了热水，夫妻俩把婆婆扶到厕所，坐在小凳子上，冲洗一下，尽量让家里没有难闻的气味。婆婆的女儿也常常回来，照看一天半天，让心娟歇一歇。

偶尔路过南郊那个堂皇的机关大门，看看绿树掩映下的办公楼和家属区，想起她几次出入这个院子，成为那套三室一厅的座上宾。如果她与方小林结了婚，那她会容忍他的一切，任性啊，懒惰啊，自私啊，不成熟啊。一个带给她安逸生活的男人，将她引入另一个阶层的人，她理当宽容。她的胸怀，容得下一切。可毕竟，两人压根就不是一个世界的人，只不过凑巧是同学、同桌罢了，在那么一个意外事件中，由于他的脆弱，有了那么一点交集。她的人生与一场富贵，终是失之交臂。

三

当年他们的班主任冯老师，是个充满爱心的女人，常常自己掏钱资助家庭困难的学生，将同学们的心聚拢在一起。毕业之前，大家相约，走到哪里，都不能忘了冯老师，每年春节，都要来给她拜年。二十多年来，拜年队伍时大时小，少至三五个，多至十来人，从未断过。冯老师那里，就成了同学们的信息集散地。据说方小林后来的婚姻也不幸福，他逃离时心娟后，与另一个女孩闪电结婚。谢梅伤了他的心，他伤了时心娟的心，之后他的两次"恋爱"好像都在使性子，要做给谁看。婚后才发现，那女孩子跟他结婚，也是赌气的结果，是被人伤害后临时找他替补。两个这样的人，自然是不和，几乎每季度闹一次离婚，凑合过了几年后，真离了，好在没有孩子。而谢梅的丈夫自己成立公司，每天在外面忙，忙着忙着，忙出了别的成果。公司一个女职员找上门来，请她让出位置。谢梅说，她的位置就在这个家里，寸土不让。赶丈夫出门，干脆利索办了离婚，她和儿子过日子已经十来年了。各忙自己的烦心事，或许是怕见了老师同学没办法交代，方小林和谢梅分别从同学聚会中消失了。时心娟是个爱热闹的人，其实很想参加每年一次的春节相聚，无奈家里有个病婆婆拖着，总是走不开，再加上自身经济条件太有限，跟同学们玩不到一处，便有一回没一回地出现。

这两年，她又很积极地参加冯老师这里的每年一聚了。她知道，常借着来看冯老师而聚会的那些人，有在政府机关的，有在电视台的，有自己做生意的，有在家专职带孩子有钱又有闲的主妇，有国企里的小管事。只有混得好的人，才爱张罗同学聚会，为的是向大家展示自己的好日子，编织关系网。而谢梅，前几年从学校调到了教育局，听说现在已经是要害部门的副处。谢梅回归春节聚会，只有两三年时间，前年第一次来的时候，大概向冯老师汇报了她的生活现状。冯老师很积极地要给她介绍对象，谢梅回绝得挺干脆："算了，我觉得这样跟儿子过，挺好的。之前别人给介绍过几个，都不满意，觉得没啥意思，我又不靠男人养活。"

时心娟的女儿，马上要升高中，将来考大学，或许都需要谢梅帮忙。女儿在一所普通中学，成绩中等。六大名校的高中，想都不要想，成绩根本够不着，再说那些学校基本在南郊，离她家也太远。她家附近三站地，有一个大企业的子弟学校，综合实力排名全市二十左右，属二类高中，这几年也面向社会招生了，算是附近最好的学校，一直是女儿心中的目标。

虽然年轻时也胖，但姑娘家，还可说成丰满、健康，人到中年，胖就是胖，再没有其他好听点的词汇可以掩饰。脸上五官及身体器官均呈下垂状态，好像是一件又一件令人失望的事情将它们往下压着。胸前全部是乳房的领地，浩浩荡荡地盘踞在那里，坐着时，将要抵达腹部。

与方小林谈恋爱的那几个月，是她一生中最富足悠闲的时光。方小林的钱包里，总有一小沓钱，想要什么，就能去买来。如今在她天经地义的粗粝生活之中，那段记忆像是宝藏，供她无尽开采、回望。

娘家所在的城中村，面临拆迁，听说要建一个西北地区最大的文化艺术商业区。她之前的单位，就是马路对面的搪瓷厂，二十年前，因塑料产品以各种优势占领市场，搪瓷慢慢退出人们的生活，厂子经营不下去，宣告破产。单位给每个职工发了各式各样的搪瓷盆、搪瓷缸、搪瓷碗、搪瓷盘，大家散伙了事。厂区在闲置一年后，一些艺术家将它们租了下来，厂房做艺术区、仓库，办公室改为工作室、画室，有点模仿北京798的意思。现在，艺术区扩张得越来越大，也经营字画、古玩，有人看到这里的商机，想将马路对面的她娘家村也一起租下来经营。

娘家妈给她打电话："要拆迁了，我和你爸得到别的地方租房住，过渡两年，肯定是拣小的租。你的那些盆盆碗碗咋办呀？死沉，用也用不完，扔了还可惜。"

拣一个休息日，一大早，她和丈夫借个三轮车，去娘家把她的那些搪瓷家伙们运走。她看着这些东西，每一个上面都垫着软软的纸，纸上包裹了十多年的灰尘，稍微剥开来看，锃新如初，真是亲切。想起她二十年前的青春时光：炉火旺盛的车间，光艳四射的喷花，一千二百度的烈火焚烧，钢铁和无机玻璃获得新生，变成各种形态，各样色釉；运送带上的盆呀，罐呀，一个一个像听话的孩子，挺胸叠肚，气宇轩昂，排着队缓缓出来，向她招手致意；她曾经站在那运送带边上，看着她那个蓝色罐上的白色玉兰花含芳吐蕊的姿容，一片赤诚……

丈夫骑着三轮车，她坐在后边车帮上，穿过小巷，向东一拐，走不动了。

"哎呀，咋忘了，今天初一，八仙庵有会，钻到这里了。"往回走吧，有点不甘心，只好这样慢慢随着人流涌动。

"这碗咋卖？"有人问。

"十块。"时心娟说。丈夫停了下来。

"便宜点嘛！"那人说。

"正宗骆驼牌搪瓷，你看看，啥品种都有，厚度、工艺、色彩、质量，没一点麻达，都是经严格检验的，连边釉都严丝全缝。"她拿起一个碗叫那人看，"这是边釉你知道不？脸盆里这牡丹花，叫饰花釉。"那人有点惊异，从专业上说不过她，也没必要知道，只一个劲说："便宜点嘛！"刚才只是随口说了十块，其实她也不知这一个碗现如今值多少钱。

"成心要八块钱一个。"

"十五块钱拿俩！"那人说着，就开始挑了。

"拿拿拿，见钱就卖。"丈夫说。

那人撇下十五块钱，拿俩碗走了。夫妻俩对视一笑，挤眼努嘴，停在路边。一会儿又过来俩人，问碗咋卖。"十五一个。"时心娟心疼刚才十五块卖出去的俩。

"便宜点嘛！"二人说，"十块。"

"十块买不了。正宗骆驼牌搪瓷，你看看，啥品种都有，厚度、工艺、色彩、质量，没一点麻达，都是经严格检验的，连边釉都严丝全缝。"她迅速拾起专业知识，"当年搪瓷厂的正品，现在你没地儿找去。"

"哎呀，啥嘛，说得那么了不起，不还倒闭了嘛！它不就是个碗嘛，便宜点，便宜点，我俩一人买俩。这种碗，家里还都离不了，不怕打，不怕烫，调个凉菜，夏天放个糖腌西红柿，还怪

美。""就是就是，我家那个，用了几十年，都不圆了，釉子磕得
豁豁拉拉的，里面的铁都露出来了。"

"里面那不是铁，是钢，铁生锈，钢不生锈。成心要了，
二十五块钱俩。"她一副痛下决心的样子。

"十块一个，我俩一人拿俩。"

"拿拿拿，见钱就卖。"丈夫说。

二人扔下四十块钱，拿碗走了。

干脆，找个地方驻扎下来，揭开最上面一层覆盖的纸，尘封
二十年的往事完全展现出来：玉兰依然饱满洁白，牡丹还是硕大鲜
红，喜字依旧饱满喜庆，好像昨天才印上去的。

买碗的人多，问来问去，各种搞价。时心娟迅速摸准买主
心理，软磨硬泡，坚守底线，碗和盘子十块钱一个，再不能低。
二十五块钱卖出一个洗脸盆。她明白搪瓷厂为啥倒闭了，现在塑料
制品价格低廉，一次成型，哪像搪瓷需要诸多工序，技术还有难
度，成本也太高。可搪瓷有它的好处，无奈现代人不理解，他们只
要物美价廉。滞留一个多小时，兜里多了一百八十块钱，赶快回家
给娃做饭。

十五的时候，时心娟让丈夫骑上自行车，大的里面装小的，每
个中间垫了报纸，在纸箱子里小心放好，带到八仙庵会上去卖。中
午过后，拿回来不到二百块钱。时心娟怪他卖得价低，说："下次
初一，我倒个班，一起去，不能叫你把东西贱卖了。"

"咋个叫贱卖？你那都是要扔的东西，多少换俩钱，不错咧！"

俩人一起去赶了几次会，搪瓷家伙们换回了将近两千块钱。每
一样剩下两三个，时心娟舍不得卖了，留在家里做纪念，这都是她
的青春岁月。

她所在超市门口修地铁，用铁皮围了个乱七八糟，顾客不好停车，甚至连门都找不着，七拐八绕像走迷宫一样，超市经营严重受损，职工每月工资降了五百。立时什么都吃紧，花钱的地方突然多了，每一样都让人着恼，专拣你的薄弱环节进攻。人也烦躁起来，走到路上看每个人都可厌，整个世界都与她作对，每件事说来说去都针对她没有钱这个事实。偏偏爸爸打来电话，说他手机欠费打不出去了，她没好气地说，没费交费呀！爸爸说，你给我交一下吧。她立时想发作，你的钱哪儿去了？你要两个儿子干什么用？忍了忍说，好好，我给你交。她知道爸爸不到万不得已不会向她开口，一定是他和妈攒的钱都交了房款，或许还不够，又借了债。现在他们在外面租房住，没有个手机也不行。

包里只有二百块钱，计划着交五十就行，电话开通先用着，过几天手头宽裕了再交。哼，手头啥时宽裕过呢？去交费处一查，已经欠费四十六块八，算了，交一百吧。剩下薄拉拉一张钱，包里放着。回家见油瓶子里只有二指深的油。炒菜少倒点吧，多撑几天。女儿放学回家，说学校明天要交三百块补课费，还有啊，卫生巾用完了，这两天得赶快去买。时心娟恶狠狠地说，好好好，明天到我们超市给你买。补课费后天交行吗？我明天得去银行取呀！

她打电话给谢梅。女儿从小体胖，活动不灵敏，体育总是不及格。她有个同事，孩子去年中考时，花了两千元，体育分直接写了四十九（满分五十）。同事给她说，你一定要提前做工作，事实证明，两千块花得值，孩子一下多出十几分，起大作用。有一个重点中学，就这样做了工作，全校成绩前一百名的孩子，体育全部五十分。要是这样，说不定女儿就能够着上那个二类高中。否则以女儿的成绩，如果差了三五分，人家就敢问你多要几万块钱。

作为教育局的一名工作人员，谢梅坦率承认，是有这么回事，每年都是这么搞的。可是，"据说明年情况有变，中央八项规定以后，啥都严了。之前只要花两千块钱，体育分稳在四十八以上。现在，可能不敢那么弄了。我问问吧，过几天，你再催我下，事情多，害怕忘了"。

几天后，她发微信，问情况怎么样了。谢梅给她回了一个电话，让跟区上教育局一位张主任保持联系，说明年具体怎么弄，现在大家都在观望，一有新情况他会告诉你。

她想，最保险的办法是去见见这位张主任，否则，打电话，只闻其声，不见其人，人家没什么印象。要是谢梅能带自己去，把自己介绍给这位张主任，那就好了，谢梅算是他的上级，他会不会重视一些呢？

"谢梅，你那天给我号码后，我还一直没有联系那个张主任。我是这样想的，一是时间还早，再一个呢，人家完全不认识我，我一个人去，是不是显得冒昧？我这人呢，到场面上也不太会说话……"她现在的样子，其实挺会说话的，舌体整个后退半厘米，以示谦卑，也找好后坐力，保护自己，舌尖在口腔里悬了空，像毛衣针般飞快而轻盈地打结、罗织，提前置办好丰盛的客套话及精美的铺垫，不得已把自己从笨嘴拙腮的妇人变作一个场面上的玲珑者，遣词造句，步步为营，要在电话接通后的一分钟内编织出最美的花朵捧给对方，又或者是赶快将难题抛给她，解了自己的尴尬。她从没有这样跟谢梅说过话，人不求人一般高，你漂亮怎么，你有钱怎么，我不稀罕，可眼下有求于人，只好放低了身段。"而你呢，见的世面多，知道话该咋说，我的意思是……你……能不能陪我去？"她这一番急切而无奈的表白，显得急溜跟头，一路踉跄，不容分说，给对方头上戴了个二尺五的高帽子，让对方都有点难为情了。同学之间向来都是直来直去，哪里用过这种口气呢？本是要拒绝的，却突然找不出说辞，伶牙俐齿的谢梅竟然在电话里沉默了，也或者是不忍心。有那么两三秒，双方都挺难堪，彼此明白她的夸奖其实不是夸奖，而是一种俘获和加码，时心娟不免羞愧。对方是冰雪聪明的人，有受辱的感觉，一时找不到更好的借口，只好牙一咬心一狠，挺干脆地说："我没时间，而且现在这种时候，太敏感了，还是你自己去吧，我已经给你牵上线了呀！"

"那，好吧。"她大大地失望，但又明白，她的要求本就过分了。

"等我去后，有什么情况及时跟你说啊！"

她总还是下不了去见人家的决心。谁都知道，求人办事不能空手去。再说，她的形象……到了人家机关里，让人看了不见得想帮她。

今年过年，她挺想参加给冯老师拜年的活动，想见到谢梅，当面再叮咛一下。

四

她上午和女儿出门时说了，午后就回去的。那时她一直还在犹豫中，到底要不要参加这个聚会。好几年没有见面，她也挺想大家。冯老师怎么样了，谢梅怎么样了，她很想知道。听说最近几年聚会不去冯老师那里，而是每年轮换去一个同学家，谁家住上新房去谁家。大家先到冯老师家，拜年礼品放下，稍事停留，把她接走。几乎每个同学都开上车了。她既没有车，也不能给大家说，明年到我家。以她的性格，很想那么说的，可是不行，条件完全不具备。她想跟同学们再续上交往，他们路子广，办事方便，将来孩子上学，老人住院，侄子侄女找工作，说不定就会用上谁。再说，冯老师每年都要大家带着孩子来，给每个孩子压岁钱，最早是每人三十五十，据说这几年，每人一百了。而自己从家里带的东西，都是过年时亲戚拿来的，不用掏钱买。

既然今年是去谢梅家，当然也得给谢梅提东西。

先去了再看吧，如果在冯老师家能见到谢梅，把情况说清，那就不用去她家了。她迟迟疑疑地领着女儿，从家里提了一盒软香酥，在冯老师家楼下买了一把香蕉。春节期间，城管放假，商店里的货物全都摆到街边，花花绿绿，一排又一排，好像一过年，人们手里的钱都不是钱了，变成了花花纸，掏出来买东西时特别气派。她大概看了几样一会儿要给谢梅买的，预计价格在二三百吧。

她刚进门坐了一会儿，谢梅和另几个男同学先后来了。男生都带着妻子、孩子，一群人，每人手里都提着阔气的礼品，进门堆放在门口地上。谢梅手里提的是一盒进口西洋参，足够高大上，啥话没说，走进客厅里，放在冯老师桌上，用行动声明她这东西不能跟他们的混在一起落脚地上。几个男同学调侃谢梅混得好，背的包是上万块钱的LV。谢梅故作低调："别拿我开心了，背得跟啥一样，被人抛弃，孤儿寡母的。"时心娟往那包上多瞄了几眼，这是她平生头回见到真的，之前见她们超市里几个女人背的仿制品，充其量上千，以为真的该有多辉煌多方正多晶晶亮呢，这也太普通了吧，连皮子都不是，灰不溜秋，土黄不土黄，褐色不褐色，简简单单的，就那一小溜窄带和镶边是真皮，带还不长，凭什么要一万多呀？倒是挺大，装几斤粮食没问题。男同学的妻子、孩子，也都光鲜亮丽，穿戴披挂时尚美观，与节日气氛十分协调。

稍事停留，要接走冯老师了，大家不由分说，拉时心娟一起上车走，说是先到谢梅家附近吃午饭，吃完饭到家里去喝茶。时心娟好像忘了上午出门时给丈夫的承诺，她半推半就，跟着大家一起下楼，要给谢梅买东西。别的同学都有车，礼品都在后备厢放好了，走几家都没问题。她早上出门时倒是想过，把家里两盒礼品提上，可那样路上乘公交车太麻烦，提到冯老师家，走时再提走，也不好看，而且那两盒东西也不上档次。她只怕到谢梅家那里，荒郊野外，没地方买去。现买也好，让谢梅眼看着她买的东西是什么价位。在谢梅的拉拽阻拦下，一百五十八元买了一大盒巧克力，六十七元一箱牛奶，在她扑向两瓶装的一百四十五元的橄榄油的时候，被谢梅死死拽住，有点生气地威胁她，要这样你别去我家了。冯老师也说她，同学之间，几十块钱略表心意，不空手就行了。她罢了手，觉得前面两样，对于一个有求于人的上门人来说，也算说得过去，还有同学情谊在里面呢。她们娘儿俩、冯老师和另一位单身女生坐谢梅的车，其他几人，一家一车。谢梅带路，四车相连，出了市区，不停向南奔跑，一直开到山脚下。空气都变得与市内不同，进入一群像暴发户一样突兀耸立的大楼里，路过谢梅所在单位的小区，谢梅指给大家看了，说先去吃饭。

谢梅瘦弱而干枯，小脸像一个手掌那么宽，眼皮都变得薄拉拉的，几乎透明，眉骨与眼睛之间，一道凹陷，下弦月一般横卧。衰老对女人的关照，无微不至，从头发梢到指甲盖，从肌肤到内脏，绝不遗漏任何一个地方。二十年的光阴，不顺利的婚姻，挣扎的事业，将谢梅从一个青春饱满的小甜甜变作一把秋天的枯草。很让人怀疑她体重有没有九十斤，小腿像时心娟的胳膊一样粗，被高级灰黑色羊毛长筒袜包裹着，长款羊绒衫垂下来，打到大腿的中间部位，每当她弯腰或跨大步子，都让人担心能不能盖住屁股，这让她有一种楚楚可怜的韵致。头发已经呈现干枯的趋势，或许染过。二十年唯一不变的是发型，可再不是年轻时候长发披肩的活力与浪漫，已成了披头散发的恓惶与勉为其难。性格倒是还像从前，对一切充满热情。在这个由她召集的聚会上，她有义务对饭桌上的任何话题感兴趣，对每个人言语关照，对每个下一代都很疼爱，恨不得伸出五只手，把在座少男少女的脸都摸一下，声音尖利而高亢，语气充满喜感，表情规范而稍许夸张，几乎所有内涵不高但过着高档生活的女人都是这副做派，有点像服务行业训练有素的女性。及时总结和点评，随时准备大笑或者惊讶，将别的桌子上的目光吸引过来，嘴里常常蹦出来一些新词、热词，如"给力""hold住""任性"，还有一些让人突然不自在的词，如"性感""闷骚"。"是他的错，就应该净身出户。找你的小情人去吧！"说起十年前的伤害，她还是耿耿于怀。时心娟想起方小林，二十年前，他算不算背叛自己，应不应该给自己补偿呢？

园区的最后面，就要上山的缓坡上，是几幢看起来挺高级的家属楼，单从墙体和窗户都能看出不同凡响。楼前空地很大，足够停下楼上所有人的车。谢梅就住在这里。

吃过饭，到了谢梅家里，谢梅手脚麻利地给大家拿鞋套，找拖鞋。拖鞋都崭新柔软，充满芳香。十几个人从客厅迅速分散到几个房间，参观储藏间、卧室、厨房、阳台、卫生间，啧啧有声地赞叹。谢梅只能陪冯老师一人，别的对装修细节和风格有疑问者，大声喊她，到她和冯老师所在的房间询问，得到解答后，再回去继续参观。一时间，十几个人在房子里碰碰撞撞，喜鹊般喳喳叫着。

大家尤其对那个十五平方米的厨房感到惊叹，还没见谁家有这么大的厨房呢，简直可以在里面边做饭边跳舞。这一百五十平方米的房子显得很空旷，好像不是用来住人的，而是专供人来参观的。她平常不住这里，只有周末，开车带着食物，和儿子偶尔来住一两天。给一个可靠的清洁工一把钥匙，来之前打电话，叫她打扫干净。听谢梅说，住这里的人，都是市内有房的，周末或假期来住两天。是啊，如果是唯一的一套，谁会住这里，远离市区。比起谢梅这散心、观光式的大house，时心娟家那躺着病婆婆的五十多平方米的黑黢黢小房，简直就是老鼠洞。

"来，喝茶喝茶。我这里啥茶都有。喝茶讲究一个壶泡一种茶，看我这里，光茶壶就有好几个。咱们先喝金骏眉，再喝黑茶，再喝普洱。"壶里的水已经烧开，谢梅让冯老师坐在沙发中间，她坐在冯老师身边，让大家在U形沙发上围绕她俩坐一圈，对面的男同学坐小凳子。在差不多能打乒乓球的大茶几上，茶海之上放了四五个茶壶、公道杯，有青花瓷的，有紫砂的，有黑铁的，一律是卓尔不群的造型及工艺。小庆说："哎呀，谢梅这几个壶，每个都上千了吧？"谢梅笑笑，好像不以为意。时心娟心中轰然一声，天哪！"也不全是，这个铁的，在日本买的，合三百多元人民币，在咱们金花商城，就上千了，我上次去买东西，专门看过跟这个一模一样的。你们说说，黑不黑？"她挨个表演每种茶的冲泡、喝法，要大家先观汤色，再仔细品，还要分别向她汇报口感、心得。

时心娟拿起茶几下的一个铁茶叶盒，打开来，一坨黑乎乎的茶叶上有几个粉质小黄点。谢梅眼观六路，一边忙着手里的冲泡，一边给她及时介绍："这是黑茶发酵到一定程度长出来的金花，茶越纯正，金花越艳丽。"时心娟默默欣赏着那几点小米粒般的黄花，心想，这恐怕是世上最小最昂贵的花朵吧。盖上盖，放回原处。看看女儿，发现女儿正在看她。两人都读懂了彼此的目光，那是震惊和羡慕，以及由此而引发的忧伤与失落。她默默抱住女儿，女儿在她肩上靠了靠，两个健壮的躯体有了孤苦伶仃的瘦弱感，在喧闹的人群中，用一种只有她们二人能懂的方式交流，靠在一起轻轻摇晃身体，小船般在水中漂浮。她感到对不住女儿，让孩子处于这样的环境之中，被震住了，窘迫地坐在那里不敢动，也不跟别的小朋友说话。

丈夫不停地给她发短信，打电话，质问她到底啥时候能回去，一家人，只等她们娘儿俩了。今天一大家子聚在一起，是历年来人最齐的，婆婆想照个全家福，这件事意义重大。她回短信说，最晚六点到家。

大家好像都很珍惜这幸福时光，围坐着喝茶，闲谈，感叹。冯老师从当年精干的中年女性，变成现在快八十的老人，头发雪白，靠卧在沙发上，疼爱而有些落寞地瞅瞅这个，看看那个，用目光挨个检阅大家。

时间过得太快，还什么都没有做呢。这句话好像成了口头禅，人一张口总爱这样说。其实这话太没良心，也太不负责任。好像你没有虚度过光阴，好像你没有犯过错误、走过弯路、轻信于人，好像你没有过漫漫长夜里的落泪和心碎，好像你没有品尝过失败、孤独和寂寞，好像你没有经受过雷暴的惊吓、淫雨的耽搁，好像你没有一次次梦想生活有点起色，却又终于不得已低下头来面对现实一样。客观说吧，时光还是很充实很丰厚的，它让我们一点点看到人生的秘密，悟出生活的真谛，让我们经历伤痛，慢慢复原，终于知道要脚踏实地地活着。拿出当年的照片和今天的一对比，任谁都不能再随便就说时间过得太快。你从一个毛头青年，长成现在的臃肿身材，你的满头浓密青丝开始掉落，你开始偷偷买染发剂，这岂是一日之功？你的孩子一点点逼上来，个头超过了你，你还说什么都没有做？时光让时心娟从一堆坚硬的瓦砾中摸爬出来，将其一点点打磨成圆球；时光让谢梅变成一个喋喋不休的中年女人；时光让眼前这些单纯的小青年变成老油条，站在同学情谊之上，相互打量，看哪个人对自己有用。这会儿他们手里传看着谢梅拿出来的一张照片，说是往新家搬东西时找出来的，当时随手夹在一本书里，是十几年前他们一起郊游时的合影，那时冯老师头发还是黑的。大家在照片上找到自己，都唏嘘不已。

"冯老师我给您汇报下啊，这儿反正也没外人，我现在吧，单位每年能拿二三十万，利用职务之便偷偷开了个小公司，每年还能挣六七十万。"小杨同学说。

"哎呀，那你每年就是一个杨百万，还不赶快把你那帕萨特扔了，买个宝马？"小庆揶揄道。

"打算换，这帕萨特开了三四年，跟着我跑了几万公里，也够本了。冯老师，明年到我家聚，我开着宝马来接您！"

时心娟给大家说，她四点必须离开。路太远，到市区，就得倒两趟车。她问谢梅这里最近的公交车站怎么走。谢梅说，下了我们这条路，在环山路上往右走几步就是，没有站牌，但总有几个等车的人，只有这一趟车，到市区后，你再想办法倒回你家的车。马上有同学在手机上给她查行走路线。她知道，从谢梅家楼下到公路上，是挺长的距离，刚才车开进来，都好几分钟呢，幸亏她今天没穿高跟鞋。有人反对她提前离开，说王辉还没到呢，二十多年没见，你不想看看他变啥样了？听说他是西凤酒代理商，说不定给咱一人拿瓶酒呢。冯老师说，叫她早点回去吧，家里人等时间长了，不好。

三点四十五分。祥和的气氛在她眼里成了最后的断章，嘈嘈切切，让人心情烦乱。这难得一见的场合，温馨，欢乐，大家围绕在冯老师身边，尽情开心。孩子们最大的十六七，最小的十岁，每人兜里揣着冯奶奶给的红包，趴在那边餐桌上，形成他们的小气候。她实在不想回到那个拥挤、冰冷、磕碰，散发着病恹气息的家里。没有暖气，只在客厅里生了一个炉子，两间房门都打开，以期进去点热气，家里不冰冷而已，她们已经习惯于在室内也穿着厚毛衣。现在娘儿俩穿着她手工织的粗笨毛衣，再加上心里着急，身上微微出汗，鼻尖上也渗出汗珠。

"看到你们过得好，我就放心了，房子都很大很漂亮，装修得也好，有的高贵，有的实用，有的简约。"冯老师说。时心娟感到羞愧，她不在冯老师说的范围内。冯老师很是体恤她，曾经严肃地说，心娟你到我家来，啥都不要拿，你花钱我心里不舒服。在这个欢乐的时候，冯老师心里还想着其他几个过得不好的同学："程明离婚了，自己带着孩子，单位倒闭，也没有找到满意工作，这儿干干、那儿干干，过得艰难，也不好意思跟同学们联系。我有时候主动给他打个电话，问下情况。"那么我，应该是属于程明那个行列的，应该是躲着大家的，而我却一颗热热的心扑过来，加入他们的行列。"吴敏最头疼，还是那样，招摇撞骗，到处借钱，拿着钱人就不见了，再也联系不上，现在大家都知道她是啥人，不借给她。周小松在海南，今年没回来，三十那天给我打电话拜年了……"

时心娟不停地看表，留恋倒计时的十分钟、五分钟。谢梅突然说："心娟别着急，四点，我开车送你到车站。"

告别总是艰难的。时心娟承受着几个男生的嘲讽和挽留，和孩子一起来到门口穿外套，跟大家打了招呼，离开那馨香亮堂的屋子，和谢梅一起下楼。"真不好意思，其实我很想跟大家多待一会儿，可没办法。"她像个麻袋一样踏下楼门的最后一个台阶，真诚地看着谢梅，步态有点踉跄。女儿也跟她一样，一副心情挺复杂的样子，她看出妈妈的慌乱，感到自己的忧伤，小小的人儿，体会到了自卑，也显得张皇无措。

谢梅说："反正是出来一趟，往前多送一点吧，一脚油的事。"环山公路上非常空旷。"看到没，前面一辆公交车，那个红点。咱们追上它，看它进站，否则这一路都没站牌，不知该在哪里等。"谢梅开得有点飙车的劲头。中午吃饭时，她已经给谢梅说了孩子的情况，希望她给考点老师打好招呼，体育分直接记四十九。这时，她有必要再叮咛一下："谢梅，我娃的事，你可记着啊！""没问题，开学后你再提醒我一下。"谢梅看着前方说。那个红点越来越大，已经很清楚地看到后窗玻璃上写的线路了。放慢速度，只跟着它。谢梅突然说："方小林可真不是东西，当初跟你一直好下去，多好的，自己同学。"时心娟就明白了，谢梅说的好，是肥水不流外人田的意思：你方小林反正是胡来，结婚那么草率，让别的女人把你忽悠了，那还不如娶了时心娟。如果时心娟跟方小林结了婚，断不会像现在这样，过这种任谁一眼看去都是贫寒窘迫的日子。那她时心娟，肯定也会张罗着让同学们到她去。她会和方小林一起，先开车到冯老师家，放下礼品，将她老人家接到自己家里，让冯老师参观他们的新房子、大房子。这么多年过去，他们一定也有更好的房子了，从前那个大院里的三室一厅，早就淘汰了。冯老师肯定会颤着满头白发说，好好好，真好！瞧我这些学生，都过得这么好！时心娟都被这场景感动了，突然对谢梅心生感激。她看一眼女儿，女儿也在眼巴巴望着她，鼻尖上冒出几点小汗珠，她已经给擦了几回，它们又源源不断地渗出来。她搂了搂女儿的肩膀。今天的经历，对女儿来说，是一场心灵动荡，不知少女的心里，该怎样跌宕起伏、惊涛拍岸。她再次抬起手给她擦掉汗珠，女儿拉住了她的手。这趟出行，女儿知道了，世上还有另外一种生活，妈妈的同学里，还有这样一类人，而她们娘儿俩，今天之后，要结成同盟，更加相亲相爱。此时两个胖墩儿，一个穿碧蓝色呢子大衣，一个穿桃红色羽绒服，像两个艳丽的圆球坐在车后座上。那辆公交车进站的时候，谢梅一打方向盘，小车华丽丽一条弧线，停在它前面。时心娟和女儿打开车门下来，噔噔噔跑到后面公交车门口，先把女儿推上去，跟谢梅招招手，自己也沉重地挪跳上去。公交车出站，谢梅喊："到家了发微信！"

好在过年期间，路上不堵车，每一趟都开得飞快，可路程实在是远，回到家也五点多了。打开门，引起一阵小小的骚动、喧闹，丈夫抛来白眼，小声责怪。一屋子人，像一瓶过期罐头，散发着不妙的气息。她突然觉得，这一切，太寒酸、太丑陋了。她和女儿出去一天，带着华丽的忧伤和丰富的内心回来，觉得她们不再属于这个集体。眼前的人真是可恼，不知道自己的贫贱，还这么兴高采烈地欢聚着。拥在婆婆的床上床下，坐的坐，跪的跪，蹲的蹲。大哥的儿子，不知道从哪里弄来个三脚架，拍了好几张，确信把每个人都收进去了，确信大家都张嘴喊了茄子。收起照相机，大家忙忙乱乱、喜气洋洋地准备吃饭。女儿落寞地坐在一边，任大家怎样逗她，也不像从前那样傻傻地笑，没心没肺地吃，她矜持而羞涩，突然之间长大了。

五

好像只等着照一张人数最全的全家福。过完年，没出正月，婆婆去世了。办完丧事，家中不好闻的气味慢慢消散，遗留下的东西一点点处理掉。看着到处黑乎乎的墙，她想，这房子从住进来几十年来，恐怕从没有粉刷过吧！还是水泥地，木门窗已经变形，开关都吱吱嘎嘎响。厕所门关不严实，每次家里有外人时，上厕所需要用力抬着，插销才能从里面插上，头顶的下水管道生了一层厚厚的铁锈，随时会掉下来一小片砸在头上。何不把房子装修一下呢？这样，明年去小杨家时，就可以宣布后年到自己家来呀！她突然为这个想法而热血沸腾。

问了一下同事，装修这种五十多平方米的两居室，用最便宜的材料，也得四五万。她的心又凉了。家里存款，也只有四五万，准备着给女儿上高中、上大学用呢。

孩子开学，是初中的最后一个学期。学校狠宰一把，学杂费、补课费、卷子费，乱七八糟交了三千多。夫妻俩一个月的收入转眼没了。还要准备上两三千，用于确保女儿的体育分。

在库房上着班，她为房子的事还在犹豫。装，还是不装？想想每年去的同学家里，都是三室两厅、四室两厅，亮亮堂堂，修整一新。自己家面积虽然小点，可要是里外装修一下，也还说得过去。昨天吃晚饭时，她问女儿，婷婷，把咱家房子装修一下，过年让冯奶奶和叔叔阿姨都来，好不好？好啊好啊！女儿眼睛一下亮了。晚上睡觉前跟丈夫说这个事，丈夫冷静地说，装修？钱在哪儿？把钱用了，将来婷婷上高中、上大学，咋办？她的心，一下子又灰暗了。现在丈夫骑电动摩托车拉人，也就是摩的司机，每天除了接送女儿外，就是在路口等人。夏天晒得黑人一般，倒也无所谓，只是冬天难过，给腿上套上厚厚的护膝，还是得了关节炎，一阴天就疼，只能买了药往膝盖上喷。他认为，当前这个家，远不到装修房子的时候。要是从前，她又会开口骂他没本事，窝囊，跟着你过真是憋屈，可现在，她不再骂了。自从婆婆死后，她突然对他好了，见他拿着药瓶子喷膝盖，她心里一疼，这个没娘的人，虽然没本事，还有各种各样的毛病，可毕竟是自己最亲近的人，多年来从无一句怨言地跟她生活在一起，表现出对她的百般依恋，自己不对他宽容些，这世上就再没有疼他的人了。再说，她慢慢也明白了，当你抱怨的时候，证明你自己也不咋样，你只配跟这种人生活在一起，有那么多好男人、成功人士、高富帅，你去嫁呀！现在，她不但关心他的吃喝和冷暖，还允许他批评自己了。这在从前是不可想象的，以前只有她训他的份儿，哪里允许他说一个不字。这会儿，她就躺在他身边，听他叨叨。"真不知你咋想的，房子装不装都能住，可孩子没钱上不了学，今后用钱的地方多着呢……"他那瘦麻秆般、已然关节炎的腿挨着她，她翻个身，肉墩墩的腿跷上去，贴住了他的膝盖。二人在黑暗中沉默一会儿，感觉到相濡以沫的气息静静流淌，一起沉沉睡去。

可是装修这事，一直在她心里萦绕。她竟然在休息的时候，一个人跑到建材市场，把各种材料的价格问了个一清二楚，记到本子上，回到家里算来算去，用最次的东西，最节俭的办法，也得三四万。

女儿不时问，妈，咱家什么时候装修啊？她眼睛闪闪发光，仿佛已经看到冯奶奶和叔叔阿姨、小伙伴们在春节时来到她家，门口地上，堆放了各种礼品盒，屋里挤满了人。她是热情而文雅的小主人，尽全力招待大家，拿凳子，摆盘子，带小伙伴参观自己的房间，跟另两个女孩子坐在床边，脑袋凑在一起说悄悄话。要是家里缺了啥东西，妈妈让她去买，她会拿了钱，快快地去，再快快地回来。然后她坐在大家中间，成为幸福的一员，静静听他们说话，随时给客人倒水、拿东西，抿着嘴接受大家的夸奖。

时心娟走火入魔一般，时时刻刻都想着装修。走在路上，见有散发装修材料小广告的，她必接下来，把那上面每样东西仔细研究一番；卖房广告也接过来，痴痴地看结构图。在库房里，拿笔在纸上画图，布置家里的格局。现在的老沙发还能凑合用，到时换个新罩子就行。冯老师家也是老式两室一厅，传统的那种小厅大房间（房间也不大，只是与过道般的客厅相比，多几平方米），老式沙发，用一块布单子蒙着，可冯老师收拾得干净整洁，看起来也挺温馨的。家嘛，大有大的豪迈，小有小的精致，主要还靠装扮、布置呢，你爱它，它就美。客厅只有十平方米，到时来人多，肯定坐不下，可以到他们的房间，反正就是两三个小时，然后带他们到附近的饭店吃饭，撑死也就花四五百块钱。

她看见那个公文包的时候，送货的南方人已经走了，一定是他的包，刚才随手放在这里，交货，清点，接了个电话，没完没了地说呀说，在库房门里门外来来回回地走着，此电话引出彼电话，边打边开上车走了。货车在他走之前也已经走了。她拿过包来打开，里面一沓钱，还有身份证、三张银行卡、几张购物卡，很多票据。那人会回来的。她已经到了下班时间，便在库房等待。她不想把包交给来接她班的人，害怕钱数、卡数说不清。手里拿着那个皮质柔软的包，她想，出门能拿着这样包的人，生活一定是充实幸福的，花钱和刷卡的时候，一定是潇洒痛快的，不会像她一样，为了房子到底装不装修生出这么多熬煎。她有一刻很想从那些钱里抽出几张，这种人钱多得可能都记不清里面到底是二十五张还是三十二张，可她立即告诫自己，不行，万一人家记着呢，或者是刚才从哪里领到的货款，等着回单位交公呢？已经做了好人，就做到底吧，我现在是在岗位上，不敢胡来，找个工作稳定下来，多不容易。她与这个柔软的皮包战斗，一直等到那个人来。

"哎呀，一发现包没拿，马上掉头回来，路上堵车，堵得我急死了，又没有你这里的电话。"那人从车里钻出，向库房扑来。

"没事，包落在我这儿，你就放心吧，我下班都快一个小时了，还在等你，亲自交到你手里，我就放心了。"她说，"快看看，东西少没少？"

那人打开包，只把那沓钱大概扒拉一下，重点看他那些卡和票据。"票据不用看，我要那东西一点用都没，卡我也没用，又不知密码，你就看看钱少没少。"时心娟说。

"不用看，不用看，没问题的！"那人到底没好意思把钱掏出来一张张数，只是手指头伸进去，捏了几下，"实在是，太谢谢你了！"他突然抽出一张红色的卡，塞给时心娟，"这是一张五百块的金花商城购物卡，送给你。"

"哎哟，不要不要，金花商城东西贵得要命，五百块钱连一个衣裳袖子都买不到。"平生头一回跟金花商城发生关系，她激动得脸色黑红。

"拿上拿上，"那人使劲让，"能买的，它负一楼有个超市，里面有食品和日用品，去给孩子买点吃的。这是我们单位刚办好了送客户的，给谁都是给。"那人把卡硬塞给她，转身走了。

她庆幸自己刚才战胜了贪心，没有从那沓钱里抽两张。

回到家，跟丈夫、女儿说，这周末逛金花商城去。

丈夫用奇怪的眼光看她，女儿惊异地张大嘴巴，随即激动地跳过来搂住了她。

一家人为此换了平时舍不得穿的衣服，乘上公交车，来到离家最近的金花商城。在门口，三人不约而同地停下脚步，相互看看，给自己壮胆似的。走进去，像踏入另一个世界。一楼是化妆品，放眼望去，找不到一个汉字。服务员都比别的商场高挑、漂亮，脸上抹的画的，定是她们柜台里卖的这些来自法国、美国、日本的化妆品。时心娟她们超市的服务员，长相、气质跟她们没法比，简直地下和天上。女儿紧紧拉着她的手，不知谁的汗，在两只手心里搅和在一起。她随便看了那些化妆品，没有一个下五百的。那张对他们一家三口来说，如此贵重、如此珍视的一张卡，买不了任何一样东西，那些迪奥眼霜、兰蔻眼霜、SK-II眼霜，十五毫升，售价全部在五百以上。也就是说，她一个月工资，只够买三瓶眼霜而已。角落里摆着一些丝巾，她顺手捞起一条，看那上面的标签，一千六百八十元，内心顿时升腾起一股无名怒火。这是一个失真的地方，让人产生幻灭感、恍惚感，你针脚细密、有理有据的人生，你沉甸甸的生活沃土，你几十年形成的稳定三观或五观，在这里，就像是一个玩笑，就像是命运对你的一个嘲讽。如今，那淡淡嘲讽挂在营业员嘴角。她们见惯了一掷千金，耳濡目染，觉得自己理应属于这些奢侈品，或者她们本身就是奢侈品。她们早练就一双火眼金睛，对这三个突兀的闯入者，一眼就能分辨出来。她们的微笑也显得更加清高，更加意味深长。商场人很少，因为这里绝无什么打折优惠大甩卖，永远是一副你爱来不来的样子，我就卖这么贵，怎么着？女顾客们，大多很漂亮，其做派、表情让人觉得，她们好像吃的不是粮食。嗯，她们吞玉服金喝甘霖，要不为啥叫锦衣玉食呢？吃饱了玉食，闲闲地来看锦衣，她们的表情有力地证实，女人的相貌就是财富。那些暂且还没有转化成财富的营业员们，对她们又欢迎又充满敌意，暗地里冷冷打量，口蜜腹剑地对话，交易的所有细节都变作女人间的较量，商场的气氛显得空旷而虚伪。

这三个人，也意识到自己不属于这里，就像是虎群里出现了几只小倭瓜，怪异而无助。她们又穿得太多了，纷纷冒了汗，有一种压迫感、屈辱感，不由自主地变得慌张。还是去找那个超市吧，或许那里有他们这个卡能够应对的东西。噢，不，为了慎重起见，时心娟还是找了个收银台，将卡递上去说，看看这里面有多少钱。收银员瞅了一眼上面的字母，看向别的地方，淡淡地说，五百，声音不像是从嘴里发出来的，好像这个数目不值得她轻启朱唇。我知道应该是五百，你刷下看看，我不记得是不是上次用过了。收银员说，那您得去服务台看，不结账的话我这里看不到余额，然后指给她服务台所在的地方。她匆匆跑去查了，果然是五百，放心了。三人顺着拐角的楼梯下到地下一层，进入超市区。总算是较为亲民了一点，能见到几十块几百块的标签了，也敢看了，也敢摸了。主要是一些食品和日用品，大多是进口的，每一个都显露着卓尔不凡的相貌。三人受到委屈和伤害的心灵平复了一点点，可还是被一种奇异的美妙感、幸福感折磨着、蛊惑着，跃跃激动，不知所措，像是被生活宠幸的孩子，放纵自己任性一点，脸蛋都红扑扑的，相互激动地小声抱怨、责怪、嘀咕，小幅度地推搡、拍打。孩子觉得自己已然变作公主，有资格嘲笑父母了，就像是他们刚闹过矛盾似的，不停地向爸妈翻白眼、撇嘴，你说什么她都要抢白、否定。刚才入口处服务员交给他们一辆精致的小车，上面刚好卡着能放进提篮，女儿愉快地推着。可二十分钟过去，里面一直空着。他们要做的是，先将每个货架观赏一遍，将那些没见过的东西看一看、认一认，顺便用余光打量其他顾客。这里跟他们日常所见的那种空间巨大、闹闹哄哄，散发着塑料味、各种添加剂气息的超市完全不同，它面积不大，安安静静，顾客不多，精美的物品沉稳地待在自己的位置上，似乎不在意能不能卖出去。人们说话声音都很低，时心娟开口跟丈夫说了一句话，音量把自己都吓了一跳，感觉整个小超市里的人都听到了。三人都敛声静气，用悄悄话交流。时心娟看到女儿窘迫而绯红的脸蛋，想到自己可能也是这样，心生怜爱，拿起像铅笔盒一样大的一包饼干，标价十五块八，上面印着埃菲尔铁塔，小声问，要不要？嗯嗯嗯，女儿用频繁点头回答。于是提篮里放了一小包饼干，就像一个空旷的大房间搁了个小板凳。她再小声说，想吃什么你就拿吧！女儿露出惊喜的目光，真的吗？她点点头，凑到女儿耳边说，一百块以内的东西。女儿高兴地搂住她的腰，手上的热力透过毛衣向她传递，然后轻手轻脚走回她刚才看过的一个抹茶果冻那里，两个鸭蛋大的小塑料杯，用纸盒套起来，要十二块九；一盒盘子大小的铁盒子包装的曲奇饼干，上面印着花园与公主的凸形图案，产自丹麦，净重量三百八十克，要六十八元。女儿一定是喜欢这个盒子，曲奇吃完后，用盒子放东西。可也怪了，这些东西的精美程度，竟然让你觉得它贵得有道理，让你心悦诚服，并不觉得挨了宰，不再有割你肉般的恼怒与烦躁。女儿把这三样东西放在篮子里，幸福地看她，用眼神心满意足地说，好了。她又拿起一小瓶六块九的芥末味青豌豆，冲女儿豁达地笑笑，放在车里，同样用眼神说，再饶一个。此时她不再是那个为了几块钱而斤斤计较，不舍得给她买东西的妈妈了，女儿又丢给她一个感激的笑。丈夫一直在身后跟着她们娘儿俩，很顺从的样子，不需要说话。金钱和物质像一把做工精良的木梳，将人梳理得熨帖温顺，一家三口更和睦、更相爱了。她在考虑，要不要拿那一桶一百三十九元的花生油。家里的油快吃完了，平常他们都是买几十元的菜籽油，可现在，不用他们再另外掏钱，也能尝尝花生油的味道。可是，卡也是钱呀，我们吃花生油是有点奢侈了，不如留着给女儿多买几回好吃的。人都说，女儿要富养，可我从来没有能力把她富养过，让孩子总是那么拮据窘迫，几样小零食就把她激动成这样子。她决定，今天就到此为止，也算是初识一下这高级超市的面目，下次来，就有经验了。

女儿推着最终没有把篮底盖严的车子，三人往出口走。与一个推车碰在了一起。那个车上，装得太满，垒得冒了，一些东西都是挤着卡着才进入篮子的，边上用货品拦了堤坝，加高护围，以至于推车的主人在这个拐弯处都把握不好方向了。

"对不起。"那人说，伸出细长的胳膊奋力把车身挪了一点，将一包快要掉出来落到他们车子里的饼干拦住，放回自己车内尖顶之上。

方小林放好饼干的同时，也看到了时心娟。

二十年的光阴，方小林基本保持原样，依然是细瘦身子，小小脑袋，大眼眶里滚动着小小的黄眼珠。他看到的时心娟还是敦厚结实，黑黑脸蛋，似用刀子随意划了一下的小肉眼泡。

两人对于在此相遇没有任何心理准备，方小林有一刻眼睛里闪出一丝冷漠无情，似乎想装作没认出来而扭开头去，可再一想，他们曾是同学。

"怎么、怎么是你啊？"二人都有点磕绊地说，然后有些尴尬。时心娟给他介绍了自己的丈夫和孩子，方小林用受辱的表情看了一眼，冷冷地点点头，好像他二十年来就没吃过饱饭似的，一双饥饿的大眼睛闪着对这个世界的敌意和戒备。两人简单问了一下对方的情况，时心娟得知他已经当上从前单位下属公司的一个副总。他对这个副总显得很不耐烦，诸事都让他不满意，一摊子事里里外外都不好办，每天瞎忙，都没时间购物，只好今天集中时间来一趟。时心娟本是想问他再婚没，可又不好直接说，迂回一下，问他，孩子多大了？方小林说，八岁，上小学二年级。

已经来到结账口，方小林拿出孩子推车里的东西，先放上去，给收银员说，我一起结。哎呀，不用不用。时心娟客气地拒绝，要掏自己的卡，方小林摆摆手阻止她，那神态让人感觉这是一个米粒大的事，完全不值得再提。在这个过程中，时心娟赶紧告诉他同学们每年的相聚。方小林说，我知道。时心娟说，明年你也来吧，都是同学嘛，好多年没见，大家还总提起你呢！方小林说好的，问时心娟住在哪里，要不要开车捎上他们。时心娟说不顺路，不用捎。从自己包里拿出塑料袋，将几样东西装在里面提起来走了，留下方小林在那里，还没有从惊异与不适中回过神来。

从相遇到离开，大约五分钟，方小林并没有提出互留电话号码，也没有问任何一个同学的情况，连冯老师也没有问一下。而她还是一贯风格，一副没心没肺的样子，在最短时间内把自己知道的全倒给了他。时心娟这才发现自己对方小林从来没有一丝一毫的怨恨。从小她妈说她记吃不记打，是的，她从来只记着别人的好。关于二十年前，那个决定性的时刻，时心娟记得最清的就是冬天的夜晚，路边小店里，滚烫的稠酒顺着嗓子眼一路直下，热辣辣地疼。那是一种奇妙的感觉，刺疼，获得，充实，从上往下，烧灼感一点点减轻，是食道和胃没有感觉，还是稠酒向下滑落的路上降低了温度？嗓子眼在十几分钟内不停地呻吟，我疼我疼，让主人有史以来第一次意识到从嘴巴通往下面这段距离的存在。那一跳一跳的疼痛，伴着稠酒的甜蜜与浓厚。她端过方小林的啤酒喝了一口，又是一阵刺痛，可能是食道里面烫坏了，起泡了，再被凉凉的啤酒一激，又是一阵折磨与撕扯。或许是她直接端他的杯子喝酒这个举动，让方小林有了某种冲动。同学们在热烈地说话，她默默坐着，装作若无其事，不让大家知道她的烫伤，只独自感受那阵阵袭来的疼痛。

　　三个人已经上了公交车，时心娟与女儿手拉手，一直在回忆中，没有说话。女儿沉浸在幸福里，也不说话，不时用那种少女特有的多情眼神看她。女儿跟她个头一样高，胖胖乎乎，小眼睛，大嘴巴，上嘴唇过于宽松，慷慨地多长出了一些尺寸，而嘴巴充其量也就那么宽，没有地方妥帖安置，只好往上翘出去那么一截子，整个嘴形看上去像个抛物线，一不小心就从最高点看到了牙齿。好在女儿比她稍微白了一点点，是个薄眼皮，不像她那厚厚的肿眼泡，所以比她稍微好看了一丁点，仅仅是那么一丁点，让她刚刚越过某一条线，成为中等相貌，不至于被人认作丑丫头，而已。宽容地说，女儿长得蛮调皮蛮个性的。现在，方小林可能已经开着车回到家，后备厢放着两大袋子食物。他在超市拿那些几百几百的东西时，一定显得很随意，好像花多少钱都无所谓。啊，假如……那么和他一起采购这两大袋子东西的就是自己。他还住在那个院子吗？那个门口标有省某某局的大院子里，长着几棵名贵的大树，他就住在办公楼后的某个家属楼上。或者已经搬到南郊曲江附近——本市的富人区，那里像雨后蘑菇一样冒出来一片片高楼，远远看去，像科幻电影里的景象。这些楼给富裕的人居住，或者归他们所有而长期闲置。谢梅本就住在那里，现在更往南迁，新房在山脚下了，那么大那么好的房子，更多时候是空着的。

命运是什么？我在这二人的故事里，充当了什么角色？

六

打开家门，觉得房子比从前更黑、更破了，简直不是人住的地方，联想到她们从宫殿一般的金花商城回来，真像一场梦。春天已然来到，炉子已经熄灭，阳光被四周的高楼阻挡，进不到她家来。屋里比外面冷了好几度。女儿爱不释手地摆弄那几样吃的："唉，早知道有你同学付账，咱真应该多拿几样。"哼，我真该拿了那桶花生油，她心里说。女儿撕开那个铅笔盒一样的饼干袋子，惊叫一声："妈，你猜，这里面有几块饼干？"她走过去，女儿故作神秘地将塑料袋里小抽屉一样的纸盒拉出来，精致的带条纹的纸板隔出四个小间，盖着纸板盖子，以确保饼干在正常运输过程中不会受到磕碰与挤压。每小间里面躺着三块小饼干，色泽金黄，方方正正，厚厚实实，正反两面压出精美的花纹，一派系出名门的骄傲与磊落。"啊，真好吃！爸，妈，快来尝尝。"女儿拿了一块放她嘴里。甜得有所保留，让人有所期待，奶味醇厚却适可而止，油料添加得恰到好处，烤制时间也定是分秒不差——牢固密实又酥软温存，在口腔内玲珑剔透地发出几声脆响，用世上最熨帖的方式，不卑不亢地融化于舌尖。它好像是虚心听取了多数人的意见，综合考虑各种挑剔者的口味，力争求得一个最大公约数，尽其所能对你宠爱呵护，可又不纵容你，而是慎重地坚守自我。极尽浪漫又克制严谨，历经千锤百炼，和光同尘，把自己塑造出这般可人的味道与品质。这短暂一刻，足以让你感受到生活多么美好，幸福原来如此简单与纯粹。别看它只是小小的饼干，却处处体现着作为饼干的尊严，足以让你领略世间妙味无穷，让你对它的价格无怨无悔。是的，真是不贵，它在嗓子眼里余音袅袅地哼唱着。

"这和咱楼下十二块钱一斤的饼干，不是一码事。好东西就是贵。咱不能怪人家东西贵，只能怪自己没钱。"她摸了摸女儿的头。两人对视着，用充满爱的目光望着对方。一块小小的饼干，大大提升了她们的生活质量和幸福感。"今天你开心吗？"她问女儿，她记得外国电影里经常这样问。

"嗯嗯！"女儿使劲点头，"以后能不能每次去都给我买这个饼干？我是说在这个卡用完之前。"

"好的。卡用完了，你想吃，我还去给你买。不就是十五块八嘛，有啥了不起！"她像是做了一个什么重大决定。她明白了为什么世人一腔热情地追逐名利，永无止境地追求财富与地位，是因为这世界对成功者回报太多，从一块饼干、一件衣服，到一辆车、一趟旅行，方方面面，竭尽所能地宠爱着你，恭维着你。她再次感受到忧伤与激励，好像身上有使不完的劲，要去奋斗，去拼搏，去向生活赢取她该得的。

可是，她能干什么呢？做生意，没资金；干苦力，不挣钱；学习，晚了。她只是在心里一次次给自己设置美好前景，朝着那个目标奋斗、加油，天天背诵心灵鸡汤、成功秘籍，可就是上天无门，青云无路，总也不能付诸行动。

女儿开学后，她去找那个张主任。离上次给张主任打电话都两三个月了，中间隔了个年，或许人家早就把她这回事忘了，不管怎么样，得去拜见一下。第一次去不能空手，可现在当官的谨慎得很，一个个如惊弓之鸟，拿什么好呢？她想到金花商城的购物卡。虽然这样一张卡对自己家人来说是宝贝，可对人家张主任来说，就是毛毛雨，也许根本不在乎。可她在乎，她现在要把这张对她来说代表着意外收获，代表着欣喜满足，当然也代表着顺利与成功的卡送出去，以期换回女儿的升学坦途。

电话联系后，她来到张主任办公室，将女儿的学校、学号、名字用短信发在他的手机上。张主任说，我今年还真不敢给你打包票，现在啥都严了，我问过下面，谁也没个明确答复。她将那张购物卡奉上，说您多费心吧，尽量关照，我等您的消息，随时把两千块钱拿来。

又一个周末，女儿说，妈妈，咱们再去金花商城吧。她说，卡没了，送人给你加体育分了，如果你体育能考四十九分，总分数就能多十几分，够得着上昆仑高中。女儿噘了噘嘴，垂下眼帘不说话。

过了两周，谢梅打来电话，说张主任问过了，各个考点有电子监控，都不敢那样弄了。

张主任给她打电话，要她过去把那张卡拿走，说当时就不想收，可怕她心里不踏实，先收下替她保管。时心娟说，那个是小意思，不值得一提，您也费心四处打听了。她自然不好再去将卡拿回来，说不定后面有啥变化，还会用上人家。

过了几天，张主任突然给她打电话，说就在她上班的超市门外马路边上，这里不让停车，请她赶快出来，他要把卡还给她。

时心娟跑出去，见一辆很高级的越野车停在路边，窗户摇下一点，张主任戴着墨镜的侧脸露出来。时心娟一看那车，觉得自己送出这张卡，简直是个玩笑。没来得及客套，张主任匆匆将一个信封交给她，挥挥手，走了。

她拿着失而复得的这张卡，心底又涌出一丝温暖。那些来自国外的高级食品、日用品一排排、一层层等着她去逛，去挑选，女儿的笑靥将再次绽放。至此，她对金花商城的负一层已经产生了绵绵的情意，像亲人重逢一般。她从信封里掏出那张卡，哟，不是了，变成了家和超市的卡。是张主任拿错了，还是那张他已经花掉，用这张同等金额的代替？

女儿还问她，咱们什么时候装修啊？她迟疑了一下，想女儿已经十五岁，也该懂事了，就告诉她，家里只有不到五万的存款，留着你升高中用，如果你分数不够上昆仑高中，就得交赞助费，少一分多交几千，少十分，就得多交几万。

"那我不上昆仑高中呗，随便上个高中就好了。"

"上不了好高中，考上大学的机会更少。"

"那，我努力考上昆仑高中，不交赞助费。"

"那太好了，你只要考到人家的分数线，每学期只用交八百块学费，另外的书本费、学杂费撑死也就一两千。"

"妈妈，还有三个月，我现在开始用功，你给我请个家教吧！我知道自己的弱项在哪里，我要补习数学和物理，三个月顶多花几千块钱，要是考上，就能省几万块，咱们就能装修房子了。"女儿突然变成了大人，说得有条有理。

时心娟赶快四处打听，给女儿找好的家教。同事推荐了一位特级教师，一小时一百五，每周补两小时，多了孩子也消化不了。那么，中考前差不多花四千块。豁出去了！

娘家那里回迁，她爸爸前年考虑周全，要了最小的一套住房，其余面积折合成一间门面房。他说，就我们老两口，房子再小，总是单元房吧，五脏俱全，能住就行，而要上一间门面房，就能不停地生钱。

那么，是自己经营，还是出租呢？他们叫回几个儿女商量。

大家说，先观察下，看人家都经营什么。其实是哥哥弟弟对此不感兴趣，他们说现在生意太难做，各种工商杂税应接不暇，操不完的心，求不完的人，关键是没什么好项目，不如出租，每月收点钱省事。

粉刷一新的门面房暂时空着。女儿快要中考了，时心娟主要还得给孩子做饭，招呼家教老师来辅导，分身乏术，也不适宜做什么别的重大决定。可她脑子一刻没有停过，白天黑夜在考虑这件事，隐约觉得，这是一个机会。她知道机会对她这样的人，少之又少，可她多年来一直处于等待状态，随时准备伸出灵敏的触角抓住它。经营服装？不行，这里是文化市场，服装不成气候。开饭馆？好像跟文化也不搭界。卖字画和假古董？不懂行，又怕本钱太大。

她给爸妈说，给她两个月时间，等女儿中考完再说。爸妈说，不用急，其实那房子也不好出租，旁边几间，都还没租出去呢。

那天她回娘家，在市场看了看别的门面，一多半都明确了经营目标，有卖字画的，有卖假古董的，有卖十字绣的，有卖根雕木艺的，有卖茶叶、花盆的。竟然有一家，店名叫"搪瓷厂记忆"。里面摆了很多老旧的大白搪瓷茶缸、搪瓷脸盆，瓷釉掉得斑驳陆离，上面都有红字：为人民服务、人民铁路为人民、人民电力为人民、人民邮电为人民、抓革命促生产、八一路招待所、西安钢铁厂工会、黄河俱乐部……配着黄军帽、黄军衣、黄军书包，在粗糙的石板上、带大圆铁钉的旧门板上、一截大树桩上、铁棍脸盆架上，颇有艺术感地摆放着。时心娟指着那个写着"抓革命促生产"的问店主，这多少钱一个？那人说，不卖。

"不卖你摆着干什么？"

"展示。"那人指着那边的新的，"卖那些。"时心娟扭头看去，正是当年她们厂的产品。墙上还有几张黑白照片，是她们的厂区、厂房及车间生产场面，她还看到了她的师父。还有一张照片是多年前搪瓷厂门口的公交站牌，一根白红相间的粗铁棍举起一个牌子，最上面写着几个大字：本站　搪瓷厂。她曾经和方小林一起，站在这里等车。有一次她从厂里出来，看到方小林正瑟缩在寒风中，靠着这个站牌等她。"正宗骆驼牌搪瓷。"店主说，"早已不生产了。我这里货最全，从五十年代投产，到九十年代倒闭，每一款都有。"

"有那个蓝色带玉兰花的糖罐吗？"

"当然有，那是九十年代生产的。"

"卖多少钱？"

"五十。"

"这么贵，有人买吗？"她前年在八仙庵会上，是十二块一个卖掉的。那人淡淡笑笑，不再回答，那笑容的意思是，操你的咸淡心。

"我家多的是。"她说。

"拿来，我收。你是搪瓷厂职工吧？"

"是你卖出的价吗？五十？"

"当然不是。"

时心娟备受打击，好像谁把她骗了一样。她确信不认识此人，也就是说，他不是搪瓷厂的人。可能他跟厂里的人认识，或许，他早几年把库房积压的东西全买了，又或者，他也曾是受害者，穷则思变，有了这种思路。人家有如此眼光，我怎么就想不到呢？她把她的"骆驼们"，按日用品处理掉了，而这个人，却把它们当成工艺品、纪念品来经营，将自己的顾客从毛毛钱都要计较的为稻粱谋者，转向了吃饱没事干、花钱购买旧时光的人。

我就不信他能挣钱。时心娟愤愤地走了，可心里很不是滋味。回到家拿出自己仅有的几样东西，反过来看后面的商标，是淡淡的蓝色，上面是一头憨态可掬、昂首阔步的骆驼，下面是围成半圆形的七个字——西安人民搪瓷厂。过去的时光，不复存在；这头可爱的骆驼，也远去了。哼，就是给我五十块，也舍不得卖了。

可是那人要怎样挣钱呢？谁会买他的这些东西呢？难不成他有别的生意？贩毒？以此作掩护？

女儿考期临近，学习越来越用功，晚上要催促几次才肯睡觉。

她又抽了半天时间回娘家去，再到市场上看，又有几家门市开门营业了，自家那个门面房，依然紧锁。她又来到"搪瓷厂记忆"，没有几个顾客，店主还是那人，闲闲地坐在里面，好像挣不挣钱没关系似的。葫芦里卖的什么药？

我倒要看看，他怎么挣钱！她再一次离去，仍找不到答案。

晚饭后，女儿把卷子、课本放好，做着准备，突然说："妈，没有卫生巾了。"

等来老师，安顿好二人坐下来开始补习，她下楼去附近的家和超市。听女儿说，班上有个女生，爸爸做生意，家里有钱，吃的零食、用的卫生巾都只在金花商城买，上面不带中文的。她站在货架前，面对形形色色的卫生巾，在四块九的和八块九的之间犹豫，之前她从来只买四块九的，最便宜的一种。可今天，她多逗留了一会儿，那张购物卡，基本是用来给女儿买吃食和家里日用品的，上面还有二百多。狠狠心，买了五包八块九的，反正又放不坏，都留给女儿用。给自己买了两包四块九的。又给女儿买了一块巧克力，好像只有这样，才对得住每晚学习到深夜的女儿。其他地方省省吧。夫妻俩的内裤，已经薄到洗的时候不敢使劲搓，丈夫的袜子，没有一个是不露出脚后跟的，时心娟有一次给他扔到垃圾桶里，他又捡回来，自己洗了洗，说，这是最新流行款式。

　　远远地，她看到自家窗口暗黄色的灯光。白天，她经常趴在那里看丈夫骑电动车带着女儿从这里经过，有时候为了看到那个瞬间，从他俩一下楼她就走到窗口，头伸出去，不错眼珠地盯着，等待电动车驶入视线，就那么一闪，钻进大树底下，看不见了。由此，她对身边这棵大树也有了感情。劳累的丈夫已经在另一个房间入睡，女儿在灯下听老师讲课，她一定眨巴着小小的眼睛，不放过老师的任何一句话。客厅里枣红色的老式餐桌上，放好了三百块钱，每次老师讲完从小房间出来，她都恭敬地将钱递到她手上。老师之所以选择周六晚上这个时候，是因为她在另一个学生那里辅导完路过她家。女儿说，老师的钱真好挣啊，光今天就六百。她说，有本事的人钱都好挣，要不是认识人，咱还请不到呢。

　　这个春天的天气有点奇怪，冷来冷去，总也暖不起来。眼看要暖和了，立即刮风，再次冷下来。收起来的厚衣服，又一次次拿出来。天气预报里，不断有大风、降温的消息。身边这棵大树，顽强地钻出了点点新绿。

　　迎着风，她停下脚步，仰望自家窗口，虔诚地双手合十。

发表于《创作与评论》2015年第9期

梅丹丽

一

梅丹丽高中毕业，在邻村小学当民办老师。

这一片平坦无垠的大地上，总会冷不丁冒出一个美人儿，美得简直不像是这片土地上生长出来的，直让人疑心她是几天前从另外一个世界空降而来。在赶集赶会的场合，如果有梅丹丽的身影，所有的人都想挤过人群，尽量近地看她一眼，好给别人描述他所见过的梅丹丽。

慢长脸儿，比标准的鸭蛋脸更精致一点点，几十年后兴起的整容术，怎么也整不出如此自然的宽度和弧度。双眼皮，浓密的眼睫毛就像眼皮上栽了一把青草，笼罩着黑亮亮的大眼睛。高高挺挺，有着一点小小骨节的隆起的鼻梁，让人赞叹上天怎么会创造得如此恰切。最为个性的是她的嘴巴，不是传统的小嘴，樱桃小口一点点。那种规定好了的尺寸，被歌颂了几千年的款式，有什么意思呢？梅丹丽长着一张稍微大些的嘴巴，棱角分明，有失柔和，上嘴唇连接人中那里的线条有点生硬，一副毫不妥协的样子，倔强地微微翘起，这使她说话的时候、笑的时候，嘴唇像火苗在跳动。美女的脸上都有小缺点，有的是小雀斑，有的是小对眼，有的是长歪了的门牙，但正是这些小缺憾让她们更加动人，比那些哪儿哪儿都长得标准的姑娘可爱几分。你若非得在梅丹丽脸上鸡蛋里挑骨头，那就是这稍微大了一点的嘴巴，单独来看，不太像女人的嘴，有着男孩子偏于硬气的棱角，似乎表明她具有一般姑娘家所没有的胆气与倔强。上天动用最完美的布局描画好她的五官之后，又用毛笔为这面庞着上稍微厚实的粉红色，锦上添花可能就是这个意思吧！那粉红是实实在在阳光晒透的坚实感，使得她的脸有着字正腔圆的妩媚，又有着不可侵犯不能亵渎的严正与健康。

　　看到梅丹丽的人，都会有一种恍惚感，知道上天力量的无情与可怕。想那老天爷是咋回事，这样偏心眼，为何我等小低个儿、罗圈腿、房梁一样的大粗腿，好像生来只是为干活儿，而她细长笔直的双腿干活儿有劲，走路好看，纤长而结实的手指，粗活儿细活儿都能做，夏天割麦割在最前头？为啥咱家扁平鼻子蜡黄脸，小眼叭嚓，头发稀少，而她面若桃花、双目传情，两条黑油油的大辫子搭在肩头？怎么咱笨嘴拙腮见人不敢说话，只憋个大红脸，她伶牙俐齿，落落大方，学校里领着一群孩子念ɑoeiuü？为啥人家给咱介绍的对象不是胖就是瘦，不是低就是黑，家里不是穷就是脏，而她就有大队支书的儿子来提亲？哎呀，人比人气死人，这梅丹丽就是老天爷派来折磨我们的，实实可恼可恨！火星子在心里迸出的当儿，梅丹丽从对面走来了，对着你一笑，大眼睛波光闪烁，似两片黑绸缎在拂动，你的心立即服服帖帖，憨了一般，刚才的所有恼恨立即烟消云散，落地为尘。梅丹丽说，小秀你也赶集呀？走，一起回去吧！你立即雪狮子烤火，完全融化，跟上她长腿的步伐，觉得能跟她一路走都是荣耀。

　　春天里，媒人上门来。邻村大队支书央人来为他儿子建设提亲。几天后，安排两人见面。那建设，脸黑个儿低不说，还胸无点墨，小学凑合毕了业，张开嘴吭吭哧哧，话都几乎说不囵囫，虽然在他爹的帮扶下当了生产队长，但实在无法叫梅丹丽满意。

梅丹丽的伯妈虽然也知这黑小子配不上自己闺女，可人家毕竟是支书的儿子，将来闺女嫁过去，绝对受不了穷。二位老人替她做了主，初步答应了亲事。

梅丹丽的苦恼写在脸上，学校老师们也都知道她的心事。

陈素云老师说："丹丽，西乡我娘家一个门儿里的兄弟，比你大一岁，高中毕业，在海南岛当海军，长得一表人才，他跟你才能站到一堆儿。要不，我给你俩说说？"

梅丹丽的大眼睛忽闪两下，看了看陈老师，垂下眼扎毛，叹了口气，没有说话。

"我那兄弟去当兵三年了，今年腊月可能会回来。家里人都怕他在那边找了，在那边扎住根就麻烦了，想在家给他定一个。"

麦收时节，梅丹丽拼命割麦，深深弯下腰，比往年走得更靠前，一把一把，锋利的镰刀飞舞，恶狠狠地划出一片片麦茬，好像要借此割掉烦恼。她也不戴草帽，任由太阳把自己晒成红色，几天后变成浅褐色，然后蜕皮。建设剃头挑子一头热，趁着大忙时节跑来帮忙干活儿。场里分麦的时候，大麻袋扛到肩上，噌噌噌往梅丹丽家里走，恨不得让全世界的人都知道，他和美人儿正处着对象。梅丹丽对他不理不睬，像没有这回事一样，建设和家里人一起在堂屋吃饭，梅丹丽躲在东屋，叫不出来。

建设伸着脖子，盼到农历六月初二，急不可待地来"送好儿"。"送好儿"为当地风俗，是男方示好的意思，拿四样菜，其中一块肉是定的；三样青菜中芫荽是必须的，代表二人有缘分；

另外两样青菜，芹菜、菠菜、莲菜、茄子、豇豆角随意选，反正每样都有说法。梅家回了一块木炭，一块发面，象征日子红红火火、兴旺发达。两样东西分别用新手绢包着，交给男方家嫂子。伯妈留他们在家里吃了饭，梅丹丽还是躲在东屋不出来，伯妈给客人解释，这闺女，怕见生人。

建设和他嫂子走后，梅丹丽再次明确给伯妈说，这门亲事她不愿意。

"长相不能当饭吃。世上好条件的多的是，能叫咱遇上吗？公办老师，县里的干部、工人，你要是能自己遇见，也中啊！可咱这乡旮晃里，到哪儿去相遇那么如意的人？这就中了，也就是个儿低点，其他啥都怪好的。"伯妈说。

"心强命不强，落个使得慌。寻媒的事，自古听伯妈的，没错。我们还能害你？"伯说，"寻到他家里，事事处处走到人前头，将来对你俩兄弟，都有好处。"

二十世纪八十年代，女孩子寻媒说亲，一般由不得自己，也无法由自己。生活封闭，条件有限，你想自由恋爱都没地儿找人去。多少女孩子怀着遗憾和不满出嫁，那又能怎样呢？常常还有女孩子要给当哥的换亲。一般都是家里成分不好，过于贫穷，或者当哥的有轻微残疾，这就得辛苦媒人，踏破铁鞋，上天入地，跑遍十里八乡，也要找到一家上有哥、下有妹，并且也是这种烂包条件的。那么不管妹妹怎样如花似玉，也得和条件相当的对方家里换亲。两个妹妹在同一天，相互嫁给对方的哥哥，这叫两家换。还有更复杂更高级一点的三家转，难度又大一些，女孩子更得无条件迁就。有时候男方比女方大了十岁，或者好模好样的女孩子要嫁个歪瓜裂枣，兰心蕙质的姑娘得跟个心智不太全乎的男人。姑娘自然是不愿意，哭闹几场，寻死觅活，最烈的连着几天不吃不喝，终是架不住伯妈的苦求。有的当妈的实在无计可施，背过旁人，泪水长流，跪在女儿面前。再看看哥哥眼看要打光棍，你内心纵是燃起再多的火，终是一盆水浇灭，有过再多的美好想象，哪怕是有了意中人，都是枉然，罢罢罢，为了亲人，前面是火坑也得往下跳。这都是命，不信不中。全世界化为一个声音，都来劝导她：不是每个人都能找到意中人，不是每桩婚姻都能让你如意，所谓女儿难，就包括婚姻的不如意，你就权当可怜可怜你哥吧！你但凡有点良心，怎能经得起这样的亲情围攻？一般的女孩子，也就认了，低下头去，任由亲人牵着走。

当然，也有刚烈的女子。在娘家时，就有寻死念头和行动苗头，无奈伯妈派了人，严防死守，日夜看管，叫你欲死无门，挨到吉日，送到婆家万事大吉。新媳妇趁大家在院内吃席的当儿，插了房门将自己挂在房梁上。一个人要解决自己的性命，也就是几分钟的事情。院子里哪个人要回屋拿东西，又或者从窗前走过，惊呼不好，所有人扔了筷子，跌入一场突发事件之中，连忙摘了门扇冲进屋里，搬凳子，搭梯子，抢救下来。行动快的，人还没有断气，啊呀呀虚惊一场，派两个嫂子，守在身边，温言细语陪到天黑，交到一群闹洞房的青年手里。七七八八花样，闹到深夜，新媳妇各种折磨尝受个遍。一群如狼似虎的半大孩子走后，两个嫂子在窗根下守候，直到确认新郎事情办妥，才放心离去。也有笨拙的新郎，一个人对付不了极力反抗的人，窗外等待的嫂子要进去帮忙，进行一场小型搏斗，直到新媳妇精疲力竭，任由摆布。可偏偏有的新郎脸皮太薄，一看有外人来，自己先羞得不行，任嫂子们怎样怂恿，他竟然躲在被窝里不再行动。那么族中人对新娘子的看守，要一级警备，持续到正月里。直到确认新娘子破了身，认了命，众人才舒口气。祖祖辈辈，哪个女子不得过这一关呢？每个泼辣的媳妇，都是从害羞的闺女演变来的。

也有男方家倒霉的，上吊事件发现得晚了那么一步，房梁上解下来的人儿，身体再不能温暖过来。一时呼天抢地，喜事转眼变丧事。男方家断不能接受，一队人马打回女方家里，要领回也是今天刚送出去的闺女。一时间一片混战，一片哭声。娘家说好好的大活人，送到你家里去，死到你家里了，我们还没问你要人哩，怎来我家里要人？死死拉住刚做了自家媳妇的人，说啥也不能叫对方带走。毕竟是在人家庄上，女方人多势众。也早有媳妇们架了新媳妇，和新郎一起转移到别家，让你找不到人，先圆了房再说。人财两空的这一家也不是吃素的，将尸体用草席卷了，有做得更绝的，将自家置办的新媳妇身上的新衣裳扒下，叫她腊月天只穿个小裤头（因为只有这一件是从娘家自带的），赤身露体，拉来扔到娘家门口。娘家对死了的女儿，又疼又恨，想再给穿上自家衣裳。有族人出主意说，不能穿，一穿咱们就是认了，得收管她。狠着心，仍那样年根根儿里赤着身子，再派人拉回婆家门口放置。如此哭哭闹闹几天，年也过得肝肠寸断，人命官司扯来扯去。公家是管不了这事的，严禁买卖包办婚姻说了几十年，你们还要以身试法，出了问题只能自己兜着。这时就得有乡间执事人——两个村子里不论哪一个能人或头面人物，要出来调停。顾不上在家里过年，奔走于两家之间，磨破嘴皮，主张以和为贵，长远论事。不管咋说，你们两家今后还要做亲戚，死了的人，说破天不能复生，活着的人，还要过日子，要往长远看。这样吧，死者娘家赔一点钱，叫婆家把人埋进祖坟里，不管咋说，虽没圆房，可毕竟领了结婚证，进了你家门，生是你家人，死是你家鬼。关于赔偿金额，再耐心地讨价还价，详细到几十几块，一条裤子，一双皮鞋，又叫执事人再奔走几回，终于累得透透，亲人的心伤得透透，双方再没有力气闹了，擦干眼泪，接受这个现实，亲戚照常走动，该喊啥还是喊啥。只是那失去了还没有挨身的媳妇的男子，如若没有第二个妹妹，今生就再也不可能娶上媳妇了。

这些惨痛的教训，为后面的人留下警示，从此人们对不从的新媳妇更是警戒。村里有一个这样的新人，全村人人有责，每个人都自觉自愿维护婆家的利益，用人民战争的汪洋大海，淹没你，到处都是监视的眼睛。在前几个月，新媳妇不用下地干活儿，家务活儿也可不做，婆婆顿顿做好端到你面前，全家老少讨好你，只为感化你，安心和他们的儿子睡到一起，走到哪里，身边都会有人跟随，直到肚皮鼓起，警戒才慢慢解除。

这样的事，遍地皆是，没有人觉得哪里不对，自古以来，哪能由着你闺女家自由恋爱呢？多犟几句，脾气赖的当伯的，大巴掌呼上你后背，破鞋头打在你肩膀。梅丹丽的伯妈已经属于慈爱型宽容式的了，前面又有许多教训，不可霸王硬上弓，再加上她是民办老师，家里唯一的闺女，伯妈多少抬举了她一些，容忍她甩脸子使性子，一次次耐下心来给她讲道理，下决心这样跟她磨缠下去，不信拗不过她。说你是我们懂事的女儿，早晚会明白伯妈的一片苦心，哪有当老子的害自己孩子的；说到时人家把你娶回家里，要啥有啥，全家老小真心待你，百般迁就；还说建设说了，你就是个石头蛋儿，他也要捂在怀里暖热你，就不相信你还能不从，一天不化十天化，一月不从仨月从，世上没有暖不化的心。

夏忙彻底结束，场院没有犁松之前，村上请来了电影队，放电影《小花》。当穿着军装的唐国强出现在银幕上时，梅丹丽的心忽悠一动，那在海南岛当兵的人，长啥样呢？是不是唐国强的样子？陈老师上次说过之后，再没有提这个事，她是忘记了，不想说了，还是要等那海军从海南岛回来？我那时也没有明确表态愿意，可我也没说不愿意呀，有哪个姑娘家能立即说我愿意我愿意，快点给我介绍吧，不都得拿捏一下吗？啊，那当兵的人，去了三年，有没有在那里找下对象呢？他会不会因为在部队上干得好，提了干，留在当地，找个吃商品粮的对象呢？

梅丹丽发现，自己的心，竟然在那个没有见过面的人身上了。

每天见到陈老师的时候，她都期待对方再提起那个话题，或者随便说点关于娘家兄弟的事，哪怕是他家的事，他兄弟姐妹的事，可陈老师再也没有提起过。能不能开口问呢？不，怎么好意思？

八月初二，建设再次来"送好儿"，又拿四样菜，肉块比上次的更大，还是本家嫂子陪着，话里话外都是想得到确切答复，望今年腊月里把事办了。当着外人，梅丹丽脸定得平平的，不吐口，她伯妈嘴上说容我们再商量商量，可那待客的殷勤劲，垒尖端上来的蒜面条，传递出一种完全愿意的信号。因为婆亲都在腊月里，女方家也没必要答应得那么痛快，大家相互配合，所有程序就像演戏一样按部就班地走完，男方家该送的东西，一样不少地拿来。

梅丹丽借了辆自行车，骑到了陈老师的娘家小陈湾，打听那当兵的人家在哪里。村上孩子将她领到家门口，她见那当兵的爹娘都顺顺溜溜长得挺排场，心放下了一半，陈老师没有哄她。好像她已经跟这个人有什么关系了，充满感情地将他家院里屋里看了一遍。她说她组织班里的学生，要给解放军叔叔写一封信，要让孩子们收到海南岛的来信。经她学校陈素云老师介绍，想要他儿子的地址。

陈家叔叔转身回里屋拿地址。梅丹丽看到堂屋桌子上放了个镜框，里面夹着好几张照片。她走上前去，看到最上面的一张，穿海军军装的年轻人眼神明亮，直望向她，开朗地笑着，充满朝气。跟唐国强不是一种类型，却是另一种好看，短暂的一瞬，她被他照亮了。陈家婶子在身后站着，她不好一个劲地盯着照片看，只是装作平淡的样子，随便看了一眼，便转过身来。陈家叔叔拿出儿子寄回来的信，叫梅丹丽照着抄，信封上只有部队番号，没有地址，便将邮戳上的地址抄下来，又拿出信瓤，翻到最后一页，叫她抄上面的名字。他的字也写得那么好，规整，有力，潇洒。梅丹丽这才知道，当兵的人，叫陈松波。

装着地址回去的路上，梅丹丽感到她已经跟这个人有了事实上的联系，这不是吗？他的地址，他的名字，都在我的衣袋里装着。

陈松波同志：

你好！我是尹张小学的民办教师梅丹丽。你本家姐姐陈素云老师跟我提到你，她说要介绍咱二人处对象。不知你意下如何。

我小你一岁，属虎，今年二十，高中毕业后当了民办教师。家里情况：除了伯妈，还有两个弟弟，一个上高中，一个上初中。爷爷去年过世，现在奶奶跟着我家和两个伯伯家生活，轮流，每家四个月。

请你见信后慎重考虑一下我的情况，望能给我一个答复。

这是我的照片，也请你寄一张照片来。

祝你工作顺利，身体健康，在部队大有作为。

那人

　　此致

敬礼!

梅丹丽

1982年9月20日

　　梅丹丽，作为一个姑娘的名字，这三个字先让人倾倒。任你有再丰富的想象力，也不可能把这三个字的主人想象成丑人或者笨人。她仔细把信看了一遍又一遍，又把自己的一寸黑白照片看了又看：一张微笑的脸，轻松咧开的嘴巴露出几颗门牙，大眼睛脉脉含情，外穿浅色西服，里面白领子翻出来，两条大辫子搭在胸前。她对着自己调皮地笑了笑，噘起嘴，亲了亲照片，脸突然红了。她最终决定，先不寄照片。一个姑娘家，主动给人寄照片，太不自重了，应该等他回信来要。嗯，他回信时，一定会要我的照片的。对，要了再寄。

　　她画掉了关于照片的话，在信上又改了几个地方。要显得有礼有节，不卑不亢，说明了意思又不能太热情主动。然后再拿一张信纸，认真誊写一遍。她的字，娟秀，有灵气，还带着一点点矜持。最后写下的"梅丹丽"三个字，像三朵将开未开的花，比含苞大了一点，有一两个花瓣试图伸展手脚，跃跃欲试，探头探脑，勇敢而谨慎。她两手托着那张纸，让它随着心脏的跳动，在胸前起伏、颤动。她将信纸对折一下，再错开一点折了两下，装进信封。她会一种很复杂的折信纸的方法，跟小姐妹学的，叠成一只鸟的形状。但她没有那样折，那太烦琐了，会让对方觉得自己太急切太用心机，对方拆的时候，一定会有小小恼恨的，也会认为自己常常给人如此寄信，练就了复杂的折信方式。当她在信封上写下"陈松波"三个字时，觉得已经和这个人有了一种心意相通的情感。

第二天她到北舞渡镇上，为了保险，寄了挂号信。她想，对方若是有心，也当给她寄挂号信。挂号信必得本人拿着章子签收，不会随随便便交与他人。为此，她又在镇上刻了个章子。

二

梅丹丽开始了等待。尽管她知道，海南岛来信不会很快到达，但她看到邮递员骑着自行车进入学校，还是一阵心跳，好像她从寄出信的那天起，已经将自己送上了一个步步惊心的台阶之上，从此每一丝风，每一场雨，每一片树叶掉落，别人说的每一句话，都有了不一样的寓意。这封信，从河南到海南，至少得一个星期，他收到信，写回信，得一两天，他的回信从海南到河南，还得一个星期。她记下了邮递员每次来的时间，保证他一来，她就到传达室，以免陈老师先看到海南岛来信。她每天早早到学校，先去看传达室的窗台。章子一直在她身上带着，她要随时准备着将红红的章子盖到邮递员的单子上。

第二十天，终于有一封海南岛的挂号信来到她的手上。信封下面是部队的统一编号，她的名字在他的笔下伸展得洒脱、自如，像三朵完全绽放的花。她跑到学校外的大片收了苞谷还没有砍倒秆的地边，确保目之所及周围再无一个人，手儿颤抖着撕开信封。

梅丹丽同志：

谢谢你的来信，谢谢你对我的信任。我家里的情况，想必素云姐已经跟你说清，我不再复述。

　　我已经来海南岛当兵三年了，按部队规定，今年就有探亲假了，我腊月十几回家，我们的事等我回去再说吧。

　　代问我素云姐好。

　　祝你工作顺利，身体健康！

　　此致

敬礼！

陈松波

1982年9月30日

　　她心儿狂跳，将信看了一遍又一遍，再详细分析这有限的一百多个字所传达出的信息。首先，他没有对象；其次，他没有拒绝。可是可是，他却没有向自己要照片，也没有寄来照片。啊，为什么不要？你不要照片，我怎么再给你回信呢？

　　陈松波同志，收到你的回信，非常高兴，感谢你的信任，感谢你……啊，一个姑娘家，应当矜持，不该没完没了地感谢。我的信，恐怕不会寄出了，既然不会寄出，那就敞开了写吧。写吧，把心里话都写出来。将来，如果成了，都给他看；如果没成，留给我自己。

　　从此，梅丹丽每天写信，开始在信纸上写，后来在本子上写，白天在学校里写，晚上回家写，随时随地在心里写。纸上从来没有他的名字，可她天天在跟这个人说话。

　　你知道吗？那个人，实在是叫我不能接受，他跟你简直没法比，一个天上，一个地下，一个山顶，一个沟里。素云老师对你的描述是，高高的个儿，浓眉大眼。那天我去你家，见了叔叔婶婶，我从他们脸上想象你的样子。对了，我看到了你的照片，在你家镜框里，时间太短暂了，你伯为啥不在里屋多找一会儿你的信？你妈为啥不进去帮他找？那样我就能好好看看你，凑近了看，把你看个够，把你的样子刻在心中。不过，就那一眼，我就认定了你，你真好看，健康，明朗，干净，帅气。你为什么不给我寄照片来？你为什么不问我要照片？你为什么一点都不热情？你为什么不给我回信的理由？你为什么不明确表示愿意和我处对象？有你的一句话，我就明确跟家里人说，叫那人再也不要来了。

收秋了，建设又跑来帮忙，将大苞谷棒子往麻袋里装，装得满满，扛起来就走，好像有使不完的劲。你除了出憨力，还能干啥？哪像我的松波，啊，他是我的吗？他那么英俊，当地的姑娘会不会看上他？会不会缠住他？听说海南的姑娘，不像我们这么含蓄，她们热情奔放，有看上的男人就大胆去追，抓住了就不撒手。梅丹丽没来由地更加烦恼，不搭理建设，建设也不恼。白天鹅总是骄傲的嘛，先让你傲几天吧，你终究是我的人。因为送过了两次好儿，建设壮着胆儿把梅丹丽的伯妈叫了伯妈，他们也都爽快地答应了。这样看来，好像是除了梅丹丽之外，人们都在全心全意、有条不紊地推进这桩亲事，齐心协力、一步一个脚印地向最终那个目的地进发。

那人又来了，我烦透他了。看他一眼，心里就有火。他一进我家院子，整个空气都凝固了。世上只有金风配玉露，哪有白鹅配老鸹？你知道我的心有多难过吗？你为什么不给我一句承诺？只要有你一句话，我就给伯妈摊牌。啊，我不怪你不热情，这充分证明你是个稳重的人、负责任的人。你是军人，你有纪律，你不会随随便便和一个人确定关系。我理解你的慎重与理智，我盼着你腊月回来。

领着孩子们念"解放军叔叔",梅丹丽的心,甜蜜而忧伤。如果这个解放军叔叔和自己确定关系,那将是多么幸福而自豪啊!你为什么不确定呢?你为什么不问我要照片呢?我这些写好的信,你最终会不会看到?

看电影《等到满山红叶时》,她爱上了这句话,这分明是一句承诺。可是,远方的人,你为何不跟我说"等到腊月回家时"?他说了啊。可是,他说"等我回去再说吧"。"再说"这两个字,多么可恼,还是给人以距离感。

转眼天又凉了,噢,对了,你那里不凉,你那里一年四季都是暖和的。北方已经进入深秋,我的心也跟着冷起来,再没有你的信,你忘了我吗?还是你那封信就算是承诺?你为什么不再给我来信,就像正常的恋人那样,鸿雁传书,说说你那里的情况,说说你的部队?每收到你一封信,我会立即给你回信,思念的话儿密密写满几张纸,最后还要写一句"纸短情长,就此打住吧"。你为什么不给我这个机会?你等着我再给你去信吗?可你没有说保持联系啊,你只说"我们的事等我回去再说吧",那就是两可的意思吗?到时见了,你还有可能不同意,看不上我吗?想到这里,梅丹丽的心里有了恼怒和怨恨,恨那远方的人儿不解风情,不懂她的心。可是,最懂女儿心的,是啥人呢?是不学无术、游手好闲,与姑娘们周旋,脚踩几只船的花花公子,那些人最懂姑娘的心思,知道怎么讨你喜欢,怎样让你开心。部队上严格管教出来的人,怎么会去琢磨姑娘家的心思呢?这恰恰证明,你是个正人君子啊,你是个值得等待的好人。

每天睁开眼第一件事,是想他,每晚入睡前最后一件事,还是想他，就连梦里，也是他。他回来了，穿着海军制服，帽子后有两条飘带，在陈素云的安排下，两人见了面，四目相对，电闪雷鸣。陈老师刚一转身，他将她搂入怀中，你是我最满意的人，两人同时说。你为啥不给我写信？她问。我写了，我天天写，不敢给你寄，都在箱子里存着呢，带回来给你看。哗地一下，他打开一个大大的本子，上面密密麻麻的字，却是她梅丹丽写的那些话。

再一次的梦里，他在椰子树下，身后是蓝色的大海，他穿着的蓝道道海魂衫，包裹着结实的胸膛，一张英武的脸儿，向她绽着笑容，红红的嘴唇咧开，露出白色的牙齿。

梅丹丽从此迷上闺房，迷恋睡觉。常常爱钻到小东屋里，躺在床上闭起眼睛，营造她自己的世界。再见陈老师的时候，心里怦怦跳着，期待陈老师给她说点什么。但陈老师再没说过。她当时只是开玩笑般地向梅丹丽提起本家兄弟，后来大家都知道大队支书家几次"送好儿"，建设几回帮忙干活儿，陈老师便不提自家兄弟了。

活在梦境里的梅丹丽，已经把自己当成了陈松波的恋人。她甚至有几次冲动，想再到小陈湾他家里去，再趴到堂屋桌子上好好看看他的照片，帮他伯妈干活儿，和他家弟弟妹妹一起吃饭，就像真正的对象那样。难道，她不是他的对象吗？她手里有他的来信呀！也就是说，她梅丹丽也跟他的家人一样，手里有沾过他的体温的信件，那是他用手写下，眼睛看过，双手摸过，也许还用嘴唇亲过的信。这时她就恨那远方的人儿，为啥不在信上多写一句："你若同意，咱俩现在就确定恋爱关系。"啊，只要你短短一句话，我就可光明正大地推掉那个人，我就完全属于你，我的伯妈，肯定也是高兴的。你为什么不写呢？你为什么不问我要照片呢？你不知道我现在的情况呀，你不知道，剃头挑子另一头一直在加热加热，快要成滚水锅了。他们在策划着腊月里娶亲呢，而时间，也在一步步向他们所盼望的那时走近。你还以为，我可以安稳地等到你回来。不是吗？只是几个月，我就不能等吗？

农历十月初二，还有一次"送好儿"，这回，肉块又大了些，足有七八斤，顺带商量婚事详情。梅丹丽明确给伯妈说，谁愿嫁谁嫁，反正我不嫁。建设在一边听到了，小眼睛翻了几下，求救般看向他已经叫了伯妈的人。他那不是伯妈胜似伯妈的亲人，小声向他保证，事情不会有问题，丹丽从小就是嘴上不会说软话，其实心里良善得很。梅丹丽一甩手，走了。伯妈对建设说，谁家闺女不得拿捏几回？到时候，你娶回家，磨一磨，哄一哄，不就是你的人了吗？建设的本家嫂子，一拍他的肩膀头，开玩笑说："好花都带刺，看你会不会摘，到时候，能不能收拢得住，就看你的本事了。"说得建设又高兴起来，是啊，冷美人冷美人，说的就是她吧，娶这样的美人，不得付出大代价吗？人力，物力，财力，都得加大尺度，增加力度。这厢梅丹丽在东屋，关严了门，又拿出松波的信，看了再看，捂在怀里，胸口起伏得厉害。要不要冲进堂屋，告诉那些人，她有对象，是个当兵的，比他建设好几百倍几千倍？啊，伯妈要是知道了，会很高兴的。可是，可是，你为啥不在信上说，"咱俩从现在开始确定恋爱关系"？有了你这十几个字，我就向他们彻底摊牌，哪怕我在家一年年等你。

建设那边趁热打铁，农历十月二十六，订婚衣裳送来，三身单，三身棉，三双皮鞋。由两个娘家嫂子陪着，用三辆自行车带着，哗啦啦打着铃进到村里来。建设自己也穿着新衣服，预演新女婿的样子，恨不得敲锣打鼓。村里人都跑来看。梅丹丽的伯给男人们让烟，已经有作为干部亲家的自豪和满足了。梅丹丽的妈把衣服一样样摊开，接受媳妇闺女们的检阅。喧腾腾的场面弄得像过节一样。围观者啧啧羡慕，这衣裳买得多时新多好看，丹丽要是穿上，就像电影明星了。这家条件真好，大队支书家，三间明晃晃大堂屋已经盖好。就只人家模样比着你差了点，那又怎样？世上哪有那么恰好的事？

梅丹丽还是当作没看见，她妈催了几回，叫她穿上新衣裳试试，她还是那句话，谁愿嫁谁嫁，反正我不嫁。伯妈喜怨交加，转过身将她疼爱地骂了几句。

男方家来催，去领结婚证。梅丹丽只是不理。她怎么能够跟这个人一起走在去往镇上的路上？建设一想，没领结婚证的人多了，周围一圈聪明人说，不领就不领，也不耽误过日子生小孩，先结了再说。除过梅丹丽之外的人们，一起定下了腊月二十六娶亲的日子。

陈松波还是没来信。梅丹丽写了快有一本了，总也鼓不起勇气抄一张寄出去，远方的人，没有给她回信的理由啊！他只说"等我回去再说吧"，"再说"，那就是两可，见了面，也许看上，也许看不上。也许，人家已经有了意中人，给她的信，只是看在老乡分儿上，出于礼貌，"再说"两字，是个推辞。

他腊月十几回来，那就离建设他们定的婚期还有差不多十天时间，只要他一回来，两人见过一面，那就一切水落石出。可是，就算他回来，陈老师已经忘记了她说过的话，大家也都知道我已经和建设定了亲，她定是不会再说合这事，那我自己去找他？如果他看不上自己，那就认命。啊，他会看不上自己吗？如若他真的看不上，她就和眼前这个人结婚吗？不，断不会结的，反正总是不结的，看上了，是一个不结的借口，看不上，又有另一个不结的借口。总之，不会跟建设结婚。那为什么还不跟他说个明白，让建设彻底死了这条心？那，伯妈怎么办？没有一个更好的女婿引到他们面前，只是退掉建设，他们会多难过啊，在村上脸面往哪儿搁？要是松波能看上我，伯妈也会高兴的，大不了给建设家退了钱财。啊啊，心乱如麻，斩不断，理还乱。为什么想见的人总见不到，不想见的人却在眼前晃？谁知梅丹丽的内心燃着怎样的火焰，谁知这世上多少女儿的心里，各样的火苗烧着，释放怎样的热力，然后又无声熄灭。难道，我也要让它熄灭吗？让命运的寒凉和僵硬将它浇灭？缓缓地，默默地，最终熄灭，就像它从没有燃烧过一样？

进入腊月，梅丹丽更加不安。那人就要回来了，他回来后会找自己吗？他为何不来一封信，告诉自己回来的确切日子？他回来后，如果先跟他姐素云见了面，素云告诉他梅丹丽将在腊月二十六过门的消息，他还会和自己见面吗？他会不会把自己当成负心人，当成骗子？

怎样才能知道他回没回来？那就常到他村上去打听，旁敲侧击地问。啊，我应当在上个月去信问他到底哪天回来。现在已经来不及了，信不能很快到他身边，他可能已经在回家的路上了。

腊月十五天快黑时，她借了辆自行车向西而去，来到小陈湾。在村头观望了一会儿，拦住一个小姑娘，让她去陈松波家看看他回来没。那小姑娘说，没回来，我刚从他家门口过，要是回来，全村人都知道。

腊月十八的夜里，梅丹丽步行十里路，来到小陈湾村头。等了一会儿，见一位大叔路过，问他你村上陈松波有没有回来。大叔说，没有，要是回来，全村人都知道。

腊月二十一的下午，梅丹丽骑着自行车，再次向西，来到小陈湾。她等不及再问人，直接来到陈松波家里，说她的学生给陈松波写了信，却没有回信，她今天路过这里，看一下他回来没。

陈家父母说，上月写信来，说腊月十七八到家，可人到这时还没有回来，信也不见来，我们也正着急。梅丹丽差点脱口说出，我比你们还着急，我比你们还难过，我的心都快要熬干了。她顾不得矜持，给陈家父母留下她家的地址，说，他回来后让他一定去找我。梅丹丽走到桌前，对着镜框里的他深深地看了一眼，不再管陈家父母疑惑的表情，大步跨出门，推着自行车转身走了，她怕自己会失声哭出来。

腊月二十三，结婚前三天，男方家来过礼。半扇子猪肉，四包点心，四瓶酒，一捆粉条，一块豆腐，一身红秋衣秋裤，一件红棉袄。这衣服是结婚那天女方要穿的。之前订婚送的衣服，当时就可穿了，梅丹丽却连动也不动，原样包着放在那里。

梅家大张旗鼓地待客，叫来村中嫂子婶子们帮忙做饭，随礼的人这个来那个走，祝福声欢笑声不绝于耳，院子里热闹非凡。只有梅丹丽是局外人，脸定得平平的，没有一点喜色，木然地应付着这一切。

腊月二十五清早，梅丹丽的妈起来做饭。平日这时，丹丽也该起床，帮妈干活儿，可今天，并不见她走出东屋门。妈想着她心情不好，昨夜定是没有睡好，今天是在家的最后一天，明天就是人家的人了，就叫她多睡一会儿。做好早饭，隔着东屋窗户喊她，不见答应，放大声再喊，还是不应，推开东屋门一看，床上没人，被褥叠得整整齐齐，就像昨夜压根没有睡过人一样。

伯妈先是大惊失色，紧急商量之后，决定先不声张，派两个儿子及本家人悄悄地四处寻找。两个媳妇去她平日要好的小姐妹家里问询，去田野里机井边打着手电查看有没有人投井，又跑到东边三十里铁路上打听有无卧轨事件。一天下来，没有任何消息。天黑了，伯妈寄希望于她自己回来。一次次检查她的闺房，凡男方送来的衣物，一概没有动过，她自己的衣服，少了两身，箱底平日存的钱，不剩一个。家人这才确信，梅丹丽出走了。

腊月二十五的半夜，离男方家来娶亲只剩六七个钟头，梅家人抬着新女婿家送来的所有礼物，来到邻村，如实交代说，这新媳妇，你们是娶不成了。

一天又一天过去，再也没有梅丹丽的消息。

一家人自然是年也没有过好，从喜庆的顶峰坠入沮丧的谷底。伯和妈暗地里不知道流了多少泪水，对外强作狠心地说，只当是她死了。从此之后，梅丹丽在伯妈的嘴里，换成了另一个名字：死闺女。

<h2 style="text-align:center">三</h2>

海南岛的某部队里，除夕之夜，大家正欢聚在一起吃饺子，围在唯一的一台电视机前，等着看中央电视台春节联欢晚会。报纸上的节目单，早已经被人剪下，贴在电视机旁边。突然有人进来，向连长报告说，大门外有个内地来的姑娘，找陈松波。连长和夫人走出来一看，一位姑娘亭亭立在门外，肩膀上挎着个小包袱，显然装着她脱下来的棉袄和毛裤，只空空荡荡地穿着罩衣外裤，显得宽宽松松的。她说她是陈松波的对象，松波本说今年腊月里回家，却不见人，也没有信，家里人派她来问问怎么回事。

连长夫妇热情地将姑娘让进院内，引到食堂，安顿她吃饭。又有几个内地女人围上来和她打招呼。姑娘似乎很焦急，四下看看，不见她想象中的人儿从那一堆当兵的里面跑来见她，她饭也不吃，只是问连长，陈松波，他人呢？

连长说，就在陈松波准备回家的前两天，部队突然接到命令，要派人到河北去执行临时任务，陈松波被安排和战友一起去了河北。

"去多长时间？"

"没有确定的日期，可能一个月，也可能两个月。"

"他会不会直接从河北回河南老家？"

"那不会，部队的纪律，执行完任务，必须先回部队报告，才能回家探亲。"

梅丹丽如做梦般站着，面对一屋子不认识的人，她觉得眼前的一切还在晃动，就像她奔波在路上的那几天，世界在眼前轻轻晃着，晃着。她没有退路，只能一路向南，向南。她乘了火车、轮船、汽车，走过了白天、黑夜，混迹于各种人群中，经历冬季、春季，现在置身于夏天里。她也不敢朝那些当兵的一个个看过去，她不能让人看出，她压根就不知道谁是陈松波，就算现在陈松波躲在这群人里，她也是不知道的。

看来命运对梅丹丽折磨和考验的时间还要再加长一些。

战友们一见陈松波这么美丽的未婚妻，情绪立即高涨，营房里都沸腾了，几个女人也围在她身边，大家一起热情地招待她洗脸、吃饭，再有十来分钟，春节联欢晚会就要开始了。也有两位军嫂自己介绍说，她们一个山东的，一个四川的，没有见到在路上走着的家信，也是在不知因由的情况下投奔部队而来的，有一个还带着孩子。连队安排她们三人和孩子住在一间大房子里。那两位早来一天的军嫂，分明已经把自己当成了主人，叫梅丹丽坐下好好看电视，她们跑前跑后把她的小包袱安放在宿舍里，床铺也都给她铺好了。这边食堂里，军人们让三位家属坐在前排。她们谦让一番，也都在前排就座了。几十个人聚在一起，盯着一个小小的十四英寸屏幕。

中国大地上的一个新生事物——春节联欢晚会正式开始，四位大明星主持人排着队，顺着一个圆，唱着，跳着。刘晓庆穿一件大红衬衣，束在黑色裙子里，裙子下摆几朵大花，柔软的面料使她每走动一下，裙摆就像水波一样舞动，她的笑也像花朵一样灿烂。"哎呀，我们的小梅，跟刘晓庆一样好看。"连长夫人又看了梅丹丽一眼，说。"刘晓庆比起咱们小梅，还差一点。"山东军嫂说。梅丹丽小声说："人家是明星，人家好看。"说完她幸福地低下头。因为经细细比较，她真的不比刘晓庆差，她若是上电视，穿上那一身衣服，那样被灯光照着，说不定比刘晓庆更加动人。刘晓庆又唱歌了，清亮亮的嗓门，眼波流转，像一滴水珠一般，轻盈而灵动。电视里，全是笑脸；电视外，一片年轻军人的欢笑声从身后传来。梅丹丽处在一种从未有过的甜蜜之中，忽又掉入忧伤里，他怎么就走了呢？他怎么不写信告诉我呢？噢，会不会他写了，信在路上，就像这两位分别来自山东和四川的嫂子一样，没有及时收到信？啊，他会给我写信吗？之前那么几个月他都没写，可是，他曾经承诺过腊月要回家的，突然回不了，他一定会给我写信说一下的。信在路上走，或者已经到了学校，而我放寒假，没有见到信。是的，他一定写了，就像这两位嫂子的丈夫那样，展开信纸，郑重地写道，因什么什么事，不能按时回家……那封信现在就在学校，那么，我就是她的对象了，这不是嘛，全连队的人都把我当成他的对象了，只有他，还不知道这件事，啊，他能看上我吗？我伯妈现在怎么样？他们在难过，在痛哭，在到处找我，这个年，全家都过不好了。刘晓庆又唱歌了，四川妹子特有的歌声，不专业，但是很可爱很迷人，暂时将梅丹丽的注意力拉回到电视上来。马季又说相声了。一个姓王的人在夸张地吃鸡了，费了好大的劲，鸡也没有吃到嘴里。笑声一浪一浪从身后传来，梅丹丽也被吸引了，跟着大家一起笑起来。她多么希望这春节晚会一直不结束，节目一直演下去，让她一直跟大伙在一起，让大伙把她当成陈松波的对象。

凌晨，那两位军嫂安心地睡了。山东军嫂的孩子哭了两声，当妈的将孩子搂进怀里，迷糊之中喃喃哄了两声，将乳头塞进娃娃的嘴里。房间里又安静下来。我要是山东嫂子、四川嫂子多好啊，那么笃定安宁地睡着。梅丹丽静静躺着，闭起眼睛，脑海里翻腾着许多东西，终因抵不住连日来的奔波与劳累、焦虑，进入沉沉梦乡。早上，两个女人起床的声音也没能将她从梦中叫醒。两位军嫂见她睡得香，压低声音进出两回，为她关严门，出去了。

梅丹丽醒来时，已经是午饭之后，山东嫂子打了饭给她在碗里盛着，放在床头。她突然感到伤心，边吃饭边掉眼泪。山东嫂子坐在她对面安慰道："哎呀，大妹子，别难过，不就是见不到人嘛，找个军人，就得这样。我和小孩他爸爸，一年也就见十来天，这不是，今年还见不上了哩。"梅丹丽满腔心里话，却又不能讲，擦擦泪，说没事。

梅丹丽吃了饭，到营房外面走一走，这才看清了连队的面目。这是紧临大海的一个所在，不是城市，也不是农村。她前天下午在县城下了班车，到处打听来连队有没有车，人们告诉他，没有去往那里的车。她问车站的人，那么去那里的人怎么办？车站的人说，如果没有部队的车可搭，就守在车站，看路过的马车什么的，搭顺路车。她找不到顺路车，就问人们，这里离部队有多远？人们告诉她五十里。她在一家小旅店住下，第二天起床，在饭馆吃了点东西，便开始步行，一路打问，天黑前来到了连队。

我千里迢迢从河南来到海南，他却又去了河北，这是不是预示着我们两个无缘？不，也许是好事多磨呢，我们常说天涯海角，海枯石烂，不就是在海南岛吗？美好的爱情，总是要经受考验，或许这一切，都是生活刻意安排的。可是，要多长时间他才能回来？问谁也都说不准。可能部队上有些事情是保密的。我已经跟部队的人说我是他的对象，我是不是骗取了部队的信任？假如他回来后，看不上我，怎么办？

还有一个致命的问题是，我带的钱不够回家的路费。平日我只攒了不到二百元钱，路上倒车、辗转、吃饭，也刚刚够用。年轻的心只想着逃离、出走，只想到见着松波，没有想那么多。

如果他看不上我，我要自尊地离开，那么我现在要做的就是挣够回家的路费。我在部队上也不能白吃饭，得帮他们干活儿，帮厨。陈松波的对象这个身份，只是我设下的"骗局"，只是我一厢情愿，还没有得到他的认可。

啊啊，是黑是白，是死是活，一切取决于他回来，一切取决于我俩见上一面。

可是他到底什么时候能回来？

过了初二，那两位军嫂看待下去无望，便都走了，剩下梅丹丽一个人住在那间房子里。

她找到部队领导说："我要一直等到松波回来，不管他去多长时间。我不能在这里白吃白住，给我安排点活儿干吧。"

"不要客气，你就住下等他。也没有什么活儿叫你干，我们这里，养猪、种菜、做饭都有专人负责，你要想帮忙，就去食堂吧。"

"那好，我每天在食堂干活儿，抵销在这里吃住的费用，好吗？"

"你不用这么客气，你和陈松波虽然没有结婚，但也算是部队家属了，就把这里当你的家吧。"

梅丹丽自己找活儿干，每天早起，给灶上帮忙。

正月十五之后，连长夫人的探亲假结束，也离开连队回湖南去了。军营里，只剩下梅丹丽一个女性。

早在初一那天，士兵们已经带她去过宿舍，指给了她陈松波的床位。她在那个下铺坐下来，长长吁了一口气，抚摸叠得四四方方的被褥，枕头上面叠得整齐的衣服，甚至掀开褥子看了看床板和床下的两双鞋子。她凑得近些，闻到枕头上的衣服有微微的汗味，也许走得急没来得及洗，也许是汗味积得太多洗不掉了。她将那衣服洗了，晾干，收回，叠好，放回原处。又将床下的几双鞋子，也都刷了一遍，不管哪一双是他的，哪一双是睡在上铺的兄弟的。当大家都出去练操的时候，她来到这个大宿舍，找每张床上床下的衣服拿去洗，这样做的时候，她觉得自己是一个真正的军嫂。她在大宿舍，总是来到他的那个下铺，坐下来，将脸贴在她的枕上，深深呼吸，闻他的气息。

她以给战士们洗衣服为名，找出他们到处藏起来的衣服，趁他们出操训练时潜入这间大宿舍，最终的目的是，站在那张床前，盯着看一会儿，好像要还原他之前躺在这里睡觉的样子，坐下来，让自己的脸，自己的嘴唇，自己的大辫子，与枕头亲密接触。

战友们一致将她称为陈松波家属，有的小战士开口就叫她嫂子。这样一来，她觉得自己真的已经是松波的妻子了。

来自东北的小吴说："你爹妈真会给你起名字，梅丹丽，没胆量。"梅丹丽内心调皮地笑了，我没胆量？哼，说出来吓死你！现在，这个世界上，只有她自己守着这个秘密。那远在河北的陈松波，压根不知道，有一个人已经在这里死等他了。啊，他到底哪天能回来？这样想着的时候，她觉得又调皮，又幸福，又有隐隐的担忧和恼火。她真想拉住每个人问问，你看，我俩般配不？他能看上我吗？他到底是什么样的一个人，有着怎样的性格、喜好？他是安静的，还是活泼、冲动的，还是冷静的？她会走到院落一角的那堵墙跟前，从宣传栏的照片中寻找他的身影，从其中一张中，认出一个人好像是他。他真的有高高的个子，挺拔的身姿，还有北方青年的结实与俊美。在另一张上，她看到有三个人都跟他挺像，到底哪个是他？她真怕这个问题会不小心冲出口。

梅丹丽常常到大海边看远处的大船，海军们有时候在海上演练，天天乘船出海。傍晚，她看到那艘军舰，从远处缓缓驶来，快要靠岸的时候，一声长鸣，好像告诉军营里唯一的女性："丹丽，我们回来了。"有一天，松波是不是也会坐着这样的大船回来？

她在附近转悠，几里外，有一个小镇，小镇上的几家饭馆，竟然有一家是内地人在此经营水饺面条。店面平常，生意也一般，顾客少的时候，夫妻俩在门口闲闲坐着，有一搭没一搭地说着话。她问人家，要不要帮工，人家说，不需要，也没多少人来吃饭，就中午忙一会儿。

梅丹丽又转到小镇边上，看到有人家盖房子，她问人家需不需要帮手，人家上下看看她，说你干不了。她说，我会和泥搬砖。人家说，我们也会呀，房子慢慢盖，又不赶工期。

她将小镇里里外外转了几圈，分析了每一家店铺的情况，再次来到那家饭馆，对老板娘说：

"姐姐，我会做胡辣汤，会调素馅饺子，还会做菜馍、擀烙馍、做油馍，都很好吃，是海南岛没有的，我都教给你，增加你的经营品种。我还能把你店里店外打扫得干干净净，将外墙刷白，用红刷笔在上面写上经营品种。"梅丹丽闪着一双乌黑的大眼睛，看着老板娘。老板娘好像是被她那双大眼睛打动了，和丈夫对视了一下，问她从哪里来的。她说她来部队探亲，她对象临时执行任务走了，她要在这里等他回来，不想在部队吃闲饭，想挣点钱，回家时给家里人带点海南岛的特产。长相漂亮的人，总是更容易给人以好感，得到别人的信任，再加上她不卑不亢，聪明伶俐，于是双方说好，每天上午十点到下午两点，她来帮忙四个钟头，在这里吃饭，每天给她三块钱，十天一结账。

回去的路费问题解决了，退一万步说，就算陈松波看不上我，我也还是能自然大方地离开，回到老家，重新开始生活。

梅丹丽每天起大早，在连队食堂帮忙做饭、打饭、收拾，然后将中午饭用的菜择好、洗净，走出连队，赶到镇上，教给老板娘她所承诺的那几样吃食，中午帮忙干活儿，午后再回到连队，找出战士们的衣服去洗。她不能闲下来，只能让自己这样忙碌着，奔波着，劳累着，将自己的心填得满满的，没有空闲想心事，晚上躺下就能睡着。

镇上的饭馆里挂出河南胡辣汤的牌子。经过两天的准备，老板采购回所需的配料，梅丹丽试着做出一锅，摆在饭店门口，一个中午销售一空。第二天、第三天继续，最后锅底都刮得干干净净，老板夫妻非常欢喜。再看梅丹丽每天来去匆匆，一来就手脚麻利地干活儿，到处擦得干净明亮，认真地教她那几种吃食的做法。经过对比，其他几种都比较烦琐而累人，胡辣汤最省事，做好一锅放在那里，只需用碗盛了，一碗两元，一碗两元，就可以这样不停地收钱。几天后，他们换成了大锅，夫妻二人一大早做好，摆出，还是能天天卖完。周围的岛民来到镇上，也都要来喝一碗他们之前没有见过的胡辣汤。老板娘对梅丹丽说，每天给你五块钱吧。梅丹丽笑着接纳。

十几天后，胡辣汤变为两锅，素的两元一碗，肉的三元一碗，生意更加红火。夫妻俩眉开眼笑。第二次结工钱的时候，老板娘给了她六十块钱，说是有十元的奖金。每天上午十点和下午两点，胡辣汤技师梅丹丽从镇街上走过，身后总跟着一串目光，小店里的人们纷纷探出头来，看这个来自内地的美丽姑娘。她身上穿着连队里淘汰下来的旧军装，脚上穿着旧军鞋，努力掩盖自己的性别特征，也并不觉得自己有多好看，只将自己当作一个劳作的人，要挣到回家的路费，要多给家人带些礼物。镇上的人，也都知道了她是附近部队一位海军战士的对象，将赞赏和友好的目光送给她。

夜里，海浪的声音伴随她很快入梦。那声音似近，又远，像心跳，又像呼吸，扬起，又落下，你专心听，它在你身边，如果不想听，它好像又轻手轻脚地走远，成为海边人们生活的背景，相安无事，绝不会打扰你。进入梦乡的人，只觉得身体被它托着，轻轻摇摆起伏。

梅丹丽在这起伏之中，做了无数个梦，每个梦里都有一个固定的男主角。

开学后，梅丹丽想给校长写一封信，请上一两个月的假。但又不想让家里的人知道她在哪里，只好硬下心肠，不与家乡人联系。每天傍晚的汽笛声，让梅丹丽的心轻轻颤动，好像那归来的人里，就有陈松波。

四

终于有一天，部队接到通知，从河北归来的战士，于今天下午乘军舰回到连队。

梅丹丽和大家一起，在码头上等待。她穿了来这里后从未穿过的衣服，一件铁锈红的外套，里面是一件白衬衫，领子并没有翻出来，而是害羞似的，服服帖帖包在外套领子里面，露出一小片洁白。而前领口那里，由于外套的翻领，像一个白色小爱心，妥帖而谨慎，随着她的走动，随着她激动的呼吸，一起一伏，轻轻颤动。

长长的汽笛声，像一个长调，一声呼唤。能看清船上的人了，他们俯在栏杆上，向岸上的战友们挥动手臂。船的最前面，一个战士挥动旗语，梅丹丽当然看不懂，可她也和岸上的人一起，挥舞胳膊，颈下的爱心偏了，扭了，挤扁了，幸福地醉倒了。船上的人不知道，一片白色海军服中，为什么会有一个穿铁锈红衣服的姑娘，那陌生的姑娘，脸庞和战友们一起，葵花向阳一般向着他们欢笑。近一些，又近一些，船上的战士们可能得到了口令，全部立正，向岸上敬礼，岸上的人也一律列队站齐，向船上敬礼。梅丹丽突然不知道怎么办了，她躲在战士们后面，透过人缝，向船上看去，几十个年轻军人，一样的肤色，一样的脸，哪一个是陈松波呢？

靠岸为何这样缓慢？程序为何如此复杂？已经停在码头很久了，他们还是不能下船，就那么立着，向着岸上敬礼，身子挺得笔直。他们每一个都好看，每一个都可爱。这些人里面，不论哪一个是陈松波，她都接受，她都爱。对了，还有个细节问题，一会儿，不能叫人看出来，她和松波并不认识。可是，松波不知道她是谁，不会主动向她走过来，而她，该向谁走去呢？她在码头上的战士中，盯牢了东北小吴。

终于，船上的人，每人背着一个背包，排着整齐的队伍下船。岸上的战士分为两列站在两边，让他们从中间走过。梅丹丽跑到小吴身后说："哎呀，都穿着一样的军装，我都认不清人了，哪个是陈松波？"小吴说："我来给你看。"过一个，不是，再一个，不像，直到船上的人都下完，小吴转过身对她说："没有陈松波。"

梅丹丽脸色煞白，紧张地问："你看清了？"

小吴说："看清了，没有。"

怎么会没有呢？梅丹丽紧跑几步，对着那几十个人的背影大喊："陈松波！"她几乎要哭出来了。

战士们以不变的步伐走着，没有人停下来，认领这个名字。相会的战友混在一起，变成几个纵队，向营房走去。只有小吴停下来，陪着她，不敢再叫她"没胆量"，极尽安慰地说："今天回来的只是一部分，那陈松波，肯定是下次回来。"

"下次还得多长时间？他们到底去河北干啥去了？他会不会是路上直接回河南老家了？"梅丹丽终于像个孩子一样，呜呜哭起来。

小吴逐条给她解释，下次的时间不确定，去河北是部队行动，要保密，陈松波不可能自己回河南老家，这是部队的纪律，执行完任务，必须回来报告。

她让小吴回去，她想一个人在这里停留一会儿。她走到大船下，踏上舷梯。军人不让她上去。她说她要上去看看陈松波是不是在上面，是不是睡着了没下来，是不是在跟她开玩笑，还躲在船上。战士告诉他，这批返回人员名单里，确实没有陈松波。

梅丹丽不肯离开，守着那条大船，直到它挪开，停到旁边的港湾里。

梅丹丽一夜都在做梦，重演了傍晚时的情景：从下船的队列里走出英俊的陈松波，黑黑的笑脸，海军帽上的飘带在风中起舞，他知道她在等他，向她走过来，将她紧紧拥在怀中，接下来的情节，就像每次梦中那样。梅丹丽从一阵战栗中醒来，天色微明，不远处飘来大海涌动的声音和咸腥的气息。已经出了正月，家里都还好吧？伯，妈，你们想我吗？恨我吗？我要一直等下去，必须见到他。见面之后，两个结果，不论是哪一个，我都接受。我要回到家里，请求你们原谅，叫你们打我一顿出出气。然后我要自己寻找幸福，掌控自己的生活。

她起床继续劳动，早饭时见到许多新面孔。新面孔们也都知道了她的身份，每个人都告诉他，陈松波因为表现出色，留在那里继续执行任务，再有一二十天，就会回来。

傍晚时分，她拉住一位新面孔问，你们在河北，到底做什么？新面孔迟疑一下，经不住她的求告，说，反正任务已经快完成了，基本可以揭秘，我们不只在河北，还在北京、天津，将服役到期的几艘旧军舰移交地方，经过修理，供地方上的人们参观。有个城市要举办春季航海展览，现在就剩最后的工作了。陈松波和十几位战友留在那里，做收尾工作。

"有你们在那儿的照片吗？"梅丹丽问。

"照片当然有，但在宣传干事那里，留作资料用，现在还不能公开。"

梅丹丽的想象，又有了很多新的内容。同时她的忧伤和担心更深一步：他立功了，接下来可能提干，留在部队，他还会找一个农村姑娘吗？

夜里，大海的心跳和呼吸变得急促，高高扬起，重重落下，声声入耳，无处可逃，简直吵死人。劳累一天的梅丹丽，还是不能入睡，身心一直处于摇摆起伏之中。

期待和焦虑更深地折磨着梅丹丽。她在连队食堂和镇上饭馆拼命干活儿，所挣的每一块钱都存起来，开始物色给家里人带的东西。不论他是否看上我，我都要回家呀，东西总是要买的，区别只是，如果看上，我多停留几天；如看不上，我收拾东西转身离去。

每天数着日子，每晚被大海捉摸不定的呼吸声折磨。心情好的时候，大海的声音平缓安然，似有若无；突然被一个不好的念头控制，大海就发出噪声，在她耳边聒噪不休。梅丹丽的身材更加修长，眼睛更大了，黑眼珠深深陷在眼眶里，整个人失去了光彩。这世上有多少人，任由内心的渴望一点点降温，冷却，或者因为害怕看到失败，先说服了自己，收起想飞的翅膀，连一个梦想都不敢编织。而梅丹丽，让这火苗一直燃烧，燃烧，哪怕将自己烧成灰烬，她也要迎风起舞。

终于在一个下午，十几天前的一幕重演，梅丹丽再次穿上那件铁锈红的上衣，领口那里，依然是洁白的爱心。只是这次，她没有挥手，也没有欢笑，也没有站在人群中间，而是错开几步，胆怯般站在离大家几米远的地方。她屏住呼吸，看着那渐渐驶近的军舰，上面站成一排的人，他们中这个跟那个，还是看不出区别。无论这军舰上走下来一个什么样的人，说他是陈松波，她都会爱。大海平静得没有一丝波浪，海面像一个长长的没有边际的破折号，不知将要注解怎样的谜底。

船上的人向下走，她紧张得快要停止呼吸，觉得自己的热情已经耗尽，随时会像一棵枯树一样倒下，声音也听不到，大脑一片空白。小吴跑上去，从走下来的队列中拉出一个人，好像是将电影里的一位男主角拽了出来，引到梅丹丽的面前。

高挑俊美的陈松波，忽闪着一双大眼睛，惊异地看着眼前这个美丽却又憔悴的姑娘，觉得似曾相识。

尾声

春天来临，大平原上的麦子长势良好，预示着今年又是一个丰收年。联产承包到户的第一年，人们憋着劲大干一场。今年春天有点旱，家家忙着租水泵浇地，都很急切，谁家先了，谁家后了，谁插队了，谁夹塞了，常有小纠纷发生，排在后面的人家，就派个人在这里守着，以防有人捣鬼。机井边成为一个聚集地，空前喧闹着，连午饭都是拿到地头吃的。

梅丹丽的伯妈，嘴上不再提"死闺女"，也不让人提，谁提跟谁翻脸。只要有她伯妈在的场合，谁都不敢说起她，她的名字已经成为这个村庄的敏感词。但伯妈的心里时时在想她，在恨她怨她，又可怜她，就像当年那个将自己吊死的新娘一样，伯妈的心，不知道怎样滴血。庄稼不等人，也不管人间悲欢离合，只跟往年一样地生长，丝毫不管割麦的人是否丢失，能否归来。他们想起家里的割麦能手，想到快要收麦，那死闺女还是没有一点消息。一走仨月，活不见人死不见尸，连一封信都没有。她妈暗地里流过多少眼泪，据她自己说，"都快哭瞎了"，落下个迎风落泪的毛病。要是看到别人家活泼泼的大闺女，她的毛病总要发作。又过些日子，她的视力果真下降了。

垒出小渠，扒口，封口，引水流入自家地里。人们穿着胶鞋，拿着铁锨，跑来跑去，以防水渠半道上决口，流入别家的地里。干活儿斗嘴的间隙，他们直起弯疼了的腰，说几句闲话，开一些玩笑，向远方的大路上眺望，好像那大路是一条传送带，会有什么希望缓缓输送过来。虽然他们的心愿常常落空，但所有的人，都习惯性地看向大路。路的东方，三十多里外的火车站，有几趟火车停靠。据见识过外面世界的人说，向南的，夜里十点多一趟，三点多一趟；向北的，早上七点多一趟，中午十二点一趟。这里的人们去外面的世界，都乘这几趟火车。若需倒车，就先到北边的郑州或南边的武汉，换乘去往更远方的火车。人们爱乘夜里十点多和中午十二点的车，这样不用起早贪黑赶路。可是若有万不得已的事或什么紧急事件，只好星夜兼程，奔赴火车站。一个在齐齐哈尔工作的，是村上走得最远的人，曾经吹嘘："你们可不知道，回来的路上，走一站脱一件衣裳，走一站脱一件衣裳。"旁边有人说："那你得穿多少衣裳？你要是在咱县上不下下车，一直坐到广州，就只剩一条裤衩了？""哎，要是继续往海南岛走，你得扒皮哩！"这位见多识广的人说："没去过广州，更别说海南岛了，那地方，听说火车下来再坐船，船下来再倒汽车，折腾几天才能到。"

外面的消息，或者归来的亲人，都从这条大路上来。所以这里的人们，有事没事，总爱眺望这条大路，想在路上看到一些风景或者希望。

远远的，两个小点，是两个人走来，年轻人，一男一女，似乎陌生，又似乎熟悉。他们并肩而行，男的穿着军装，肩上背个提包，女的穿着铁锈红上衣，胳膊上挎了一个小些的包。两人的包都在身体外侧，好让二人毫无障碍地尽量贴近。他们那么协调，那么恩爱，那么幸福，一直说着话，仿佛拉着手，又仿佛放开了，他们的身材健美、灵活，行走有力，好像可以这样一直走下去，永远不知道累。乡下人少见生人，会从几百米外向走来的人行注目礼，不弄清楚来者是谁决不罢休。人们停止了干活儿，几乎是定格在麦田里，看着由远而近的风景，好像在比视力。年轻人眼神好，小秀突然爆发出嘹亮的喊声，响彻麦田上空：

"丹丽！是丹丽回来啦！领回来一个解放军！"

发表于《解放军文艺》2017年第3期

寻找失败者

一 常晚

走着走着，一个词跳上心头：失败者。

常晚被这个结论打蒙了，这仨字像一颗手榴弹扔在脚下，眼看着吱吱冒烟，弹跳两下，轰的一声，将他的世界炸了个血肉模糊。

他在路边站了一会儿，等待硝烟散去。放眼四望，烈日悬空，酷热依然，本市人口密度最大的一个十字路口，行人如常，千人千面，各走各的路，各奔前程。环形过街天桥挤满了人，艰难蠕动，每个人都要挤出自己的位置与出路。常晚突然觉得，是个人都比他强。

那年夏天，他五六岁，跟着奶奶走亲戚。奶奶和表大娘坐在院子里说话，他到大门外和村上的小孩玩。几个孩子将他围在中间，突然一个孩子抬手打了他一巴掌，还用手指头一下一下点着他的脸，警告着什么。他张嘴大哭。几十年来他一次次回想前因后果，全记不起，只有这一巴掌，清脆响亮，让他惊讶，继而是羞辱，疼痛倒不重要了。天哪，他并非处处受着疼爱与呵护，原来还会，竟然还会，有人打他。他很快明白过来，这是人家的地盘，不是他们村。

　　小小的他，也知道挨打是件丢人的事。他当然不敢还击，也没有哭着回表大娘家向大人告状，他从那一群孩子中走出，找到一截土墙，自己哀哀地哭，慢慢整理思路。多年之后，他还记得那种哭泣，温柔低回，眼睛像地下的泉眼，一股一股地涌出眼泪，只是为了安抚自己。那一巴掌，是对他幼小心灵的重大打击，他怎么会挨打呢？他是爷奶爹妈及姐姐的心肝宝贝。爹妈为了要他，费了老大的劲，上面四个姐姐，分别叫转、换、变、招，他才出场。他爹说，好饭不怕晚，于是他叫了晚。晚在全家人的呵护关爱下，穿着姐姐们的衣服成长，一切都是她们弄好了送到眼前，他什么都不用干，只是吃睡玩耍，好好长大，不由得性格有些柔弱。他塞塞窣窣哭完，彻底平静下来，走回表大娘家里，将这件事隐瞒下来。

　　那个打他的孩子，是男孩还是女孩他都不知，可能对方也早已忘记这件事。

　　长大上学之后，他不好好学习，蔫捣蔫坏，父母姐姐间或拍打一巴掌，也不是真打。那种正式的明确的来自外界的挨打，再没有过。可是，当这种失败感突然来袭，他就像猛挨了一巴掌，突然想起四十多年前，那个在别人村子里哭泣的孩子。

　　别人的地盘，别人的舞台，别人的风景。这世界从来没有真正属于过他。

　　上周，他收到通知，应邀参加一个画家的作品展。他是被那种群发微信通知的，这种消息向来不会带着他的名字而来。尤其是现在，他刚刚被裁员，敏感的他应该拒绝的，但他还是去了，人家能想到他，已经不错了。几年前，他们报纸还存在的时候，他采访过这位画家，做了一个整版报道。他又写了一篇评论，发表在一家大企业办的异常精美的内部刊物上，据说读者都是高端人士，有收藏古董和字画的雅好。画家作为回报，送了他一幅小画。多年来就是这样，机会合适时，得到这些名家的一幅画、一张字，再有合适机会，转手卖出，换几个钱。去看个热闹总是可以的吧？他告诉自己。

夏季最热的天气，偏偏展厅里的空调不给力。他来得很早，在门口签了到，领了装在袋子里的画册，匆匆将展览看了一遍。无法仔细看，因为装修材料的气味呛人，冷气盖不住它们，油漆、涂料、甲醛们便合力占了上风。他出来，坐在路边树荫下的石条凳上，看到各方人士一个个到来，有的面孔熟悉，有的似曾相识，有的全然陌生。这个城市文化界的大名人小名人真名人假名人准名人纷纷拥来，他们只进去一会儿，也都出来了，三三两两站在大树下说话。人们大部分不认识他，或者装作不认识，有一位女士的目光掠过他的脸，他也看到了她，就在他们的目光差一点对上的时候，女士快速移开了，走到一群人里面，跟他们打招呼。她不该记不起他的，因为他们曾在一起吃过一回饭，隔着饭桌还聊了几个话题。从她那匆匆移开的目光看，她是认出了他。为了排遣不自在，他扭动了一下花白的脑袋，像是活动颈椎，胳膊撑在石条凳上，不小心碰到了旁边坐着的人，相互看看，也不言语，因为不认识。三个人向着不同的方向而坐，都是来参加这个活动的，每个人手里都提着相同的袋子。

常晚在上个月"荣登"裁员名单。纸媒不景气，报社不得不大面积裁员。他之前是这家报纸文化版的记者。这次办画展的画家知道他被裁了，还是邀请了他，他是怀着一丝感动来的，却不知他的到来又是一次自找伤害。如果还是记者，他此刻应该跑前跑后采访，或者被招待在贵客间里落座的。他后悔不该来，但没有立即走开，还是想坐在树荫下，看看他曾经出入、忙碌的这些场合。门口进出的人更多了，新来的不明真相，一往无前地拥进去，里面的人奋力向外撤。门外站着的人更多了，大有将盛会引向室外的劲头。常晚坐在路边的石凳上，是一个旁观者，他内心还有一个执拗的想法，难道真的没有一个人主动上来跟我打招呼吗？

那些不断被刺鼻气味驱赶出来的人，报告着里面的进展：开始合影了，大腕儿讲话呢，名家剪彩哩，记者在采访……再过一会儿，门口那里一阵喧闹，有大腕儿离去，尾随了很多人。大腕儿快步走到自己车前，早有人为他拉开车门，他坐进去，车开了，大腕儿那红扑扑的脸膛露在摇下来的玻璃窗外，带着胜利者的微笑，向大家挥手道别。汽车从石条凳旁边经过，常晚身边坐着的人迅速起身，拿出手机拍照。那位跟着汽车小跑的记者，因道路不够用，踏上道沿，趔趄一下，踩到了常晚的脚，追了两步，拍到了照片，走回来，对他说了声"对不起，老哥"。终于等到跟他说话的人了，于是他起身走了。

好些年前，他也是追着大腕儿合影或者拍照的人，为了工作，也为了虚荣而开心好几天。后来不好意思了，年纪渐大，不愿跟年轻人挤在一起了。他早早有了白发，四十出头就白了一半。一开始他也染过，可当染发剂挨到头皮，一阵疼，感觉不妙，从此不愿再染。这灰白色对于功成名就的男人来说，是学问，是地位，是风度；对于他这样的人，就是潦倒，就是落魄，就是失败。

一切充满想将他置于不义之地的凶险和严酷。上天派来非凡的酷暑折磨世人，他浸泡在自己的汗水河流里，好像承受着永无尽头的炎夏轰鸣。高温已经几十天了，这个城市一到夏天就摆出一副把人往死里热的架势，总觉得要出一件大事为热天买单。他沿着路边往家走，竟然忘了乘公交车。这个世界所有的信息，人们脸上呈现的表情，就连空气里，都飘散着一种味道，正在汇成一股力量，向他无情地宣告：你，失败者。他像是被太阳晒蔫的树苗，慢慢枯萎了，腿脚竟然也不灵便了。

当年他连考三年大学，终于上了一个地级市二本院校，毕业后分配在家乡的镇中学教书。业余时间写写画画，在市级报纸上发了几篇小散文，到省城参加过培训。自己搞了个剪贴本，贴满了署名"常晚"的豆腐块文章，于是成为本镇才子，结婚生女，按说从此可以平安幸福地生活。可是突然有一天，镇上来了个省艺术家采风团，来观看一座帝王陵墓，他作为本镇文艺青年代表陪同前往。艺术家各有风采，高谈阔论，举手投足间个个都让他着迷。他请他们在他的本子上签名，要了其中几位的联系方式。他给他们写信，多数人不回信，有一两位竟然回了。他拿着那封写有艺术家大名的回信，激动得看了一遍又一遍。从此镇上盛放不下他了，他也于日落黄昏时，骑自行车来到帝王陵前，展开一些天地悠悠、古往今来的畅想。他带着本地特产，去省城拜访了那位给他回信的老师，说他想来大城市工作。调动是不可能的，想都别想，隔着几座山呢。他只好停薪留职，双方两不找。那位老师一个电话，介绍他到一家报社当记者。他在城中村租了一间小房，夫妻两地分居，一个月坐班车回家一两次。那时年轻，也不觉得辛苦，在来往班车上，反而有一种幸福感，窗外的大地也成为风景，陪衬他的满腔热望。文化竟然有着如此巨大的魔力，让他不知疲倦地在这个城市奔波了十八年。后来，纸媒有不景气的苗头，他所在那家小报社干脆自行消亡了。好在他已经买了房，每月还着贷款，女儿考上了省城的大学，妻子在单位办了内退，跟了过来，他们在省城也有了一个像样的家。他这些年混在文化圈，很是认识了一些名人大腕儿。名家一句话，他又换了一家大报社，一切都很正规，还给他交了五险一金，前年又统一办理了医保卡，叫作社会保障卡。报社人事部的人一再告诉他，这张卡千万不能丢，补办起来特别麻烦，将来退休后，养老金也会打到这张卡上，会相伴你一辈子。从此他听到周华健唱那首歌："一句话，一辈子，一生情……"他自己会默默再加上一句：一张卡。他常被顺带邀请出现在各种饭局上，赶的是大场子，见的是大人物，俨然是一个小小成功人士。跟着名家大腕儿吃吃喝喝，将他变成一个大腹便便的中年男子。当"油腻男"这个词出现后，他揽镜自照，默默自问：我油腻吗？似乎有一点，多乎哉？不多也！不由得在镜前发神。纸媒持续不景气，全国各地报社纷纷裁员倒闭，本地也有一点征兆，人还来不及应对——其实也没有什么应对方案，某天早晨像平时那样去上班，他的名字赫然出现在被裁名单里。他突然体会到，人生最悲惨的，莫过于某个名单里没有你的名字，而某个名单里有了你的名字。一少半人突然间失业。大家联合抗议，根据工龄拿到一些补偿，匆忙走人了。他在此工作时间短，拿得更少。犹如一场梦，却原来一直都在为他人作嫁衣裳。

　　小记者一声"老哥"，叫得他心里一紧。人们不会轻视一个地位卑下的年轻人，但会小看一个老大不小的平庸者。他独自走在路边，为了这个场合，他特意穿的一件白色中式棉麻布衫，因汗水而贴在身上，他摸着自己脂肪肥厚的肚子，有一种羞愧感，为什么混得不好还吃得这么胖呢？这一肚子装的都是什么？挫败，沮丧，嫉妒，憎恨，自责？好像都有一点，反正无论如何不敢说这是一肚子不合时宜，他跟苏东坡，差着十万八千里呢！人家是天上的星辰，他是地上的灰尘；人家是池中的荷花，他是水边的青苔。不管怎么说，人家还在体制内呢，就算是发配，那也是皇帝亲手指派。

书到用时方恨少，事非经过不知难。小的时候听奶奶这样说，不解其意，现在明白了。挫折失败的时候，人会变得安静，变得敏感，能看到之前忙碌时看不到的景象，听进从前听不进的话，理解先前不理解的事。"失败者"这个词，强行与自己发生了关系。去年他填一个表格，在年龄那一栏里写下四十八岁的时候，着实吓了一跳，后来他意识到，四十八岁并不可怕，可怕的是四十八岁而无成就。

他回到家，走进书房，打开柜子，检视自己保存的名人字画，如果能全部变现，也就十来万吧。十来万又能怎样呢？能增加你的成就感，还是能解决你人生的什么问题呢？而谁又会来收购这些东西？就自己的状况来说，怎样才能走出失败走向成功？能写几笔，能画几下，可都不怎么样。那些所谓的散文，其实是给别人写的评论和访谈，顶多再加几句浅层次的人生感悟。要出书的话，得自费，要花几万元，书出了后，想有点动静，要开发布会、研讨会，还得拿钱说话，买得小圈子里半日关注，报纸在边角处发个消息，微信上自己和家人起劲转发，其实是自欺欺人。一个人不能将自己的劳动成果折算成钱，还得自己掏钱让人关注，那根本不能算是成就。想想还是作罢。

于是，比四十八岁又大了一岁的常晚被一种失败感控制着。再过一年，跨过五十岁的槛儿，那就年过半百了，老家人常说，土埋半截咧。年纪老大却没有成就，真真是件悲哀的事。

再也不用每天去上班，电话也很少响起，好像人们都知道他是个没用的人了。买菜的路上，他看到街心花园里零零落落的人在打太极，在舞剑，几个女人凑成一个小队伍，随着录音机里的音乐在跳舞，他们怎么能那么心平气和？

　　如果他想有一个稳定的职业，那就回老家镇上继续当中学老师。如果他当年不离开，在学校好好干，也许能当个校长、副校长什么的，或者混得好，爬得快，调到县教育局，一路从政，也是有可能的。不，人生没有如果，都是一次性的，对了，周华健那首歌，还应该再加一句：一次性。当初他离开那里，就没有想过回去，他只想走得远，爬得高；可如今，差不多又回到了原地。唉，一切都怪自己没本事，没魄力，不争气，在城里应聘，也能干出名堂的呀！当年报社有一个跟他一样从外地来的青年，利用自己当记者认识人多的优势，开了个小公司，先搞文化创意，后来收购了纺织城的一个废弃厂区，办起了文艺酒店，做成本市一大品牌；又在全国开起了连锁店，成为董事长，整天飞来飞去，端的是文艺饭碗，赚的是真金白银。还有一个哥们儿，刚来报社时，只有高中学历，虽然父母都是大学教授，可他数理化太差，没有考上大学，来报社记者都当不了，只能干勤杂工——取送报纸、收发文件之类。晚上上辅导课，参加成人自学考试，考完大专考本科，考完本科考研究生。那年，一位当时最火的文化大师来本市办讲座，报社竟然找不到一个能跟大师对话的记者。有人推荐了这哥们儿，说他常看这方面的书，于是他被从勤杂工的办公室叫出来，同一个摄影记者去了。从摄影记者拍回的照片看，他跟那位大师对话从容，相谈甚欢。临别时大师紧紧握住他的手说，我走过很多地方，还没有遇到过你这么优秀的文化记者。考上研究生后，他就离开了报社，专门攻读，三年后又读博士，先后考上北京、南京两个大学两个专业的博士，有了博士津贴和学术经费，开始了南北双城的生活。此刻，常晚用百度搜索他的名字，果然是南京一家重点大学的副教授。他的照片跳出来，常晚的心咚咚直跳，好像副教授会突然从电脑里伸出手挠他两下说：哈，常晚，这么多年了，你没有一点进步啊！

十几年，一个人竟然可以做出这么多成绩，一步步上台阶，跨上了常晚永远也够不着的高台面。而自己呢？忙来忙去，原来命运并没有握在自己手中，纸媒的命运，竟然决定了自己的命运。技不如人，虚掷光阴，这个事实，必须得承认。当你被甩脱出去，证明还没有到非你不可、离不了你的程度。别人手里有十张八张牌——大王小王、连牌对牌，可以挑着打配着出，而你手中只一两张，还是四或五。常晚是个善于自省的人，他看着窗外的骄阳，城市被烤得炽热，人们在地面行走如蚂蚁一般，却都有自己的方向。而他，迷失了自己，简直要流下悔恨的泪水。年近半百，他都做了些什么呀？来到这座城市二十年了，一觉醒来，一事无成。

烦恼无人可说，母亲，妻女，姐姐，七个女人的爱加起来，也弥补不了他现在的痛苦，亲情也有走不到够不着的地方。她们一定会说，平平淡淡才是真，回咱镇上继续教书也挺好的呀！

与其这样每天在家消沉，烟灰缸里堆满烟蒂，不如彻底放逐自己，将自己好好洗涤一回，碾轧一下，煎炒烹炸一番，置之死地而后生。常晚决定出去走走。到哪里呢？北京，上海，香港，这几个城市，足够高大上，是中国人向往的地方，从影视作品里已经熟识，它们会让一个有失败感的中国人更加纯粹，更加柔顺，或许也会激发出一丁点奋斗的动力。鉴于他没有港澳通行证，还是去掉香港吧。

很多想法一落到实处，就会碰壁。根本不会像电影里演的那样，一个人心情不好，登上飞机去巴黎散心，坐上大巴看着窗外的风景，然后行走在乡间小路上，要么夕阳西下，要么细雨蒙蒙，远处再有一辆绿皮火车缓缓驶过，还要有音乐陪衬。导演只是为了将失败变成美学，别的他可不管。只有失败的人才知道，失败其实很残酷，不是装扮一番供人欣赏的，而是要独自承受，压根没有诗和远方、田园情调那一套。出门需要钱。从前去北京、上海，都是有活动，参观采访呀，培训学习呀，跟着名家搞活动呀，充当工作人员、拎包随从之类，公家掏钱，有人赞助，从头到尾不花自己一分钱，弄得好了还有一些补贴——车马费、劳务费啥的。

首先要为自己的这趟出行筹措资金，其次为了不让妻子知道，还得假装是有业务外出。

要自己掏钱了，就得精打细算。他决定去北京不坐高铁，还坐从前夕发朝至的那趟直达列车，硬卧二百多元，是高铁价钱的一半。再说了，一个心情失落的人，没有必要赶时间，北京也没人等你，北京压根就不知道谁来了谁走了。从北京到上海，他查了机票，折扣很低，可以飞去。至于住的地方，如家酒店就可以。三年前，他给一个单位办接待活动，在如家酒店一次消费了四千多元，人家给办了一张金卡，住房打八折，他还从来没有用过。可再优惠，也得二百多，想想还是有点贵，档次还能再降一点。

他联系那个姓余的人，那人上次提出购买他手中的一个笔记本。他十多年前刚当记者时去北京采访一位大作家，让大作家在本子的扉页上给他写一句鼓励的话，大作家用颤抖的手写了，还送给他一本签名书，认真地盖了两个章子。不用说大作家已经故去。他不卖，因为那上面有自己的名字，他不知道这姓余的又要倒卖给谁。现在他一说愿意出让，姓余的立即说，半个小时后到你家楼下。他将那个笔记本和书拿出来，在签字处拍了照片，自己留个纪念。其实有个照片又能怎样呢？人留这些东西原本无意义，能换成钱才有用，这叫造福于民。他打开那个本子，上面是自己当年的工作记录。

随便翻开一页，蓝色圆珠笔笔迹已经被岁月晕染开来，快要化掉的感觉：采访画家某某，名人之后，非常低调。他站在梯子上作画，一手拿颜料盘，一手拿毛笔，像个泥瓦匠在粉刷墙壁，每一幅要用几天时间完成，色彩不满意，就在上面重新涂一层。旁边一座楼里他有一套两室一厅的房子，专门存放画作。他说他的画现在还没有完全得到认可，但他相信将来总会得到人们的喜爱，他相信一个民族对一个画家的认可不只是以头衔作为标准。他说他比凡·高幸运多了，起码衣食无忧，每天可以专心作画。所以他存了很多画作。临走他送我一本画册，毛笔签名，硬皮，太大，装不进包里，我一路拿在手中。

再一页：采访书法家，他一边跟我说话，一边用毛笔从上到下画直线，不停地画，他说训练每天都不能停，一停下来手就生。

又一页：采访归来，灯火阑珊，公交车太挤，干脆走五站路回家，累，但心情激动。人家能从乡村奋斗出来，在城市有一席之地，我为什么不能？

下一页：某某的书房，书架上装满书，另有书从地面靠墙摞起来，一人多高。他从不读当代人的作品，家里也从不保留别人的赠书，而是撕下前面签名那一页，把书放到卖废纸的那一堆，每个月有专人拿麻袋来收。

在一页格子的下面写着：艺术是繁花，生命只是绿叶。这是有一次开会，听到的一句话，觉得很好，赶忙写在下面空白处。

最后一页上，用大大的字体写着：我要以此作为新的起点，更加努力地学习文化知识及各种技能，不断充实提高自己，实现人生价值，向社会及报社奉献青春。那是刚进报社的第二年，得了一个先进个人奖，让填写一个表格，他先在本子上打了草稿。而现在他为之奉献青春的那家单位，早就没了。

电话响起，姓余的说，已到楼下。他合上本子，连同书一起拿下去，要换取说好的七千块钱。姓余的边掏钱边说："哎，把那本书也给我算了，我再给你三千，凑个整数，咋样？"那本书指的是另一位大作家的签名本，当时他让大作家抄写了书中的一段话，那天大作家心情好，抄完后又写上"受常晚先生嘱抄录"，然后盖上鲜红的印章。还调侃说，你这名字有意思，不是晚一次，是回回都晚。前年大作家去世后，他在朋友圈发了照片，姓余的私信他，出价两千元购买，他说不卖。他曾经问姓余的，你要这些东西干吗？倒卖吗？这些只对当事人有意义，别人拿去没用，都是废纸。姓余的说，哎呀，价值大得很，你现在要是有几本鲁迅的签名书，几张巴金的手稿，那就发大财了。我不倒卖，就是自己收藏。我专门买了一套房子，存放这些东西。常晚仿佛闻到一股纸张的霉潮味。姓余的说，我自己文化水平不高，可就是爱文化，这些年挣的钱，都投到这上面了，花了有上百万，反正我喜欢的东西，必须得拿到手，晚上做梦都是这些事，你就转让给我吧，看，这是一万。姓余的拿出一沓钱，用骨节粗大的手向他递过来。

"好吧，我上去给你拿。"常晚接过钱，转身上楼，想这姓余的到底是不是在倒卖，早知这样，当年不让大作家写我的名字了，有自己名字的一本书倒来卖去，毕竟不好。他又能卖给谁呢？要这些东西干吗用？纸张不好存放，不是读书人却放一屋子这玩意儿，有啥意思？不小心着火了，或者水淹了，全部玩完。当然，能换成钱，用于生活，也是好的。他又想起两位作家慈祥的面孔，让一个失败者此时感到一丝温暖，他的这趟出行好像带着他们的注视和祝福。早知这样，当时就该买上几百本，陆续拿去让他们签名。

他拿着那本书下楼，姓余的从坐着的石墩上起身，迎上来几步，伸出双手的一瞬间，像变形金刚一样，胳膊和手好像突然变长了，恨不得提早哪怕半秒钟将东西拿到手里。常年做粗活儿的手，如两把大钳将那本书牢牢夹住，一瞬间脸上现出"哈哈，归我了"的满足和开心。常晚退后半步，与他保持一点距离，好像他身上会迸出火星，烧自己一下。

二　迷彩服

列车早上七点到达北京西站。常晚不像别的旅客那么着急，他在车上洗脸、刷牙，将双肩包两个带子都弄到右边肩膀上，这样更像一个闲散的游人，而不是目的明确的赶路者。出站后过了天桥，在一个豆浆店吃了早餐。他还没有想好要住哪里，其实住一个比如家更便宜的旅馆也是可以的，就是晚上睡个觉嘛，白天都在外面闲逛。

他路过前年住过的大酒店。那次是参加一个学术会议，他是随行记者，那几天从这个大门坦然出入，并不需要知道酒店住一晚多少钱。现在他想进去看看——当然他肯定不住，就是看看。前台服务员告诉他，普通标间和单间九百八十元，豪华间一千五百八十元。他装模作样地问有优惠吗，服务员告诉他，会员卡打八折，网上订的话有更多优惠。他假装要在网上订的样子，拿出手机退后两步转身离开。大厅里摆了一排桌子，盖着绿色桌布，几个人弯腰站在桌前签字，领材料。这是一个会议的接待处，可并没有人接待他，有一刻他有点恍惚，心想如果走上去报上我的名字，或许就会有呢。为什么会是这样一群人或那样一群人在这里开会？为什么会有各种各样的表格与名单？名单上的人通过什么样的路径一个一个出现在上面？而他又是被一种什么力量从这队伍里推开了？本来可以走旁边小门的，但他走了中间的旋转门，好像缓缓地转着出去，就会有什么不同。他想，上次住，没有住在生活里，而今天要花自己的钱住的话，才是真正住酒店。

他低着头，在北京街头慢慢行走，无数条腿从他眼前走过，两条粗壮的腿，带着强悍的力量，闯进他的视野。单是粗壮倒也罢了，若是浑浑圆圆，大白萝卜那种，倒也耐看。却不是的。小腿肚子陡然鼓出两个大肉疙瘩，脚腕那里又收得很细。不知怎么想的，偏偏还穿一条半长不短的黑色紧腿裤，也就是现在人们说的打底裤，裤脚刚好绷在那两个结实而巨大的肉疙瘩上方。随着走动，右边的肉疙瘩好像很是愤愤不平，将裤脚顶得堆拥上去，所以显得两条裤腿不一样长。不知道命运对一个女人多么凶狠，才赐她两条这样的腿。上身注定苗条不了，雄壮的双腿撑起厚实的身躯，薄纱衣服里挤出裹胸的肉，随着行走全方位颤动，很是波澜壮阔，好像搬运自己的肉身成为一个课题，让主人不胜其烦，不能保持身心的平衡，右边肩膀微微向后侧着。这个大块头身躯在上班人群中巍峨地挪动，将迎面而来的一小群人冲散了。那是几个年轻姑娘，充足的睡眠让她们脸色发光，小幅度的说笑打闹形成一股清流，突然被巨石劈开，又轻盈地在巨石身后快速围拢，哗哗有声，说笑着离去，一个动人的小场景消失在常晚的身后。北京街头，有这么多人，匆匆行走，各有各的事，各有各的去处，而常晚还没有找到一个合适的住处。所谓合适，当然是又便宜又干净又设施良好，尽管这样的地方可能根本就不存在，但人总是希望能够找到。拐一个弯，他眼前又出现许多新的腿。进入一座大楼，等电梯的时候，他突然又看到刚才那两条腿，裤脚一高一低的情况更加严重，高的那一边凌乱地裹在膝盖下面。电梯门打开，几个人走进去，他从镜子里看到那个年轻女子的脸，带着对这个世界的厌烦和不配合。常晚潜意识里可能就是想看到她的脸，才一路跟来，断定她也是一个失败者。他只是想进入这个有很多公司，还有一家小酒店的大楼里看看。这里面的格子间或许也坐着一些失败者，他能找到自己的同类，相互注视一下，认出彼此。那些目光，就像熨衣服一样，投在他的脸上，使自己成为一个更加柔软的失败者，辛酸而又感动地行走在首都的街头，行走在永不枯竭的人群中，行走在失败者组成的河流里。他就像那些上班的人一样，进入大楼，看到许多格子间，像是现代化养鸡场，每人驻守自己一两平方米的地盘，好让老板任何时候看过去都一目了然。常晚曾经忠诚地驻守了好多年，现在，连这样小小的一块地方也没有了。刚才那两条雄壮的腿，不知走向了哪一间，放下双肩包，鸡啄米一样开始一天的工作。原来人们所谓的奋斗，无非是想得到某个大楼里的某个格子间，这个小小的格子间，维系着生活、前途、命运、爱情、烦恼、梦想这些指标。

常晚从电梯里下来，再次出现在大街上。

走累了，坐在路边歇会儿，看着许多条腿从眼前经过。行人东张西望，外地人居多，不知因何事由而来，好像在北京的大街上走一走，也是好的。没有人关心他这个外地人这样坐在路边到底想干什么。快中午了，他也饿了，在一个饭馆吃了一份盖浇饭，又走几步找到一家小旅馆，觉得不可能再遇到比这个更合适的了。推门进去办理入住。白床单已经发灰，但毕竟是洗干净的，散发着令人安心的气味。

睡了一会儿午觉，睁开眼睛，怔怔地看着这个小小的房间，一时恍惚，怎么会出现在这里？认识的人没有一个知道我在哪儿。如果我刚才在睡梦中停止了呼吸，人们会怎么办？旅馆老板会报告派出所，派出所来人，根据我的身份证，先联系老家那个镇，镇上的人告诉他们，我二十年前就到省城工作了。不，他们会先看车票，知道我从哪个城市来的，但跟那个城市的谁联系呢？他们还会查看我的手机，他们当然有能力破解密码，看里面的通话记录、微信聊天记录，找到最近的联系人。他们一时还找不到我的妻子女儿，因为电话通讯录里，存的是她们的名字，而不是"老婆""女儿"。她们得到我客死北京的消息，定是晴天霹雳。不只她们，所有认识我的人都会惊得张大嘴巴。一个默默无闻的人，如果想让别人对你产生高度关注，那就是突然死去。"啊，就是那个常晚吗？我前天还见了""啊，就是咱报社的常晚吗？怎么会死在北京""啊，挺好一个人哪，话不多，老是谦虚地笑，又没有生病，怎么突然没了呢"……人们在格子间里、电梯里、电话里、微信朋友圈里，说着他的名字，传着他的事迹，搜罗他的种种优点。常晚快要流出眼泪了，靠在床头，抽了一支烟，喝了一杯茶。再次确认，他不会死的，他如此热爱生活，他死也要活着，他只是消沉而已，他只是偶尔想想有关生死的问题。一个快五十岁的中年人，不能不想这个问题，因为世界不断传来这样的消息，明星，要人，普通人，好像谁都有可能突然离去，不管你多么热爱这个世界，这个世界早晚会推开你。他看看窗户，感到外面的太阳仍然热烈地照着，无论是成功人士还是失败的落魄者，都被同一个太阳照着。人生在世，毕竟还是有一些公平的。一个没有腿的人，定会羡慕上午那两条粗腿。

　　应该再出去走走。他到一楼。这种小旅店，只是在一楼有一个小得不能再小的门面，所有客人，都住在二楼以上。

　　一个新来的旅客站在柜台前办理入住。一名男子推门进来，问住一晚多少钱，服务员头也不抬地说一百九十八，男子问，能便宜点吗？服务员说，最低一百八，男人转身出门。常晚有点后悔，怎么中午的时候没有问一句"能便宜点吗"。那男人——说他是老人更合适些——继续向前走，抬头看着路边的门面，一个"真情商务酒店"，玻璃门上印着二十四小时空调、热水、Wi-Fi。他推门进入，常晚操心着这个老人是否能找到价位满意的，便站在路边假装东张西望。走过来一个年轻女子，外地口音，向他发放传单，是一个装修门市开业的广告。常晚伸手接住，向她友好地一笑，如果大家都不要她手里的传单，她可能就会失业。酒店旁边一家小菜店，暂时没有顾客，店主夫妻俩在说话，自然也是外地口音。路边走过的人，边走边打电话，普通话里夹杂着方言，说自己的产品如何经得起市场考验，卖得很火，一度断货。这么多人来北京谋生，在北京寻找想要的东西。那个老人又出来了，带着挺严峻的表情，为能不能再省几十块钱和想有一个休息的地方的矛盾在纠结。他的步态已经显出疲劳，腰身明显塌了下来，但他仍然继续向前走，常晚跟在后面。那老人背着一个用了好多年的黑色双肩包，中学生用过淘汰下来的那种；穿一件洗旧了的迷彩服上衣，是前些年那种厚实的，袖子挽到胳膊肘上面，当成短袖穿；下身穿一条厚蓝料子裤；脚穿一双黑皮鞋，鞋跟磨去很多。常晚前几年，曾采访过一个开劳保店的人，说近几年这种迷彩服料子也薄了差了，不如前些年的厚实、含棉量高。这位老人，大约七十岁的样子，短短的灰白色浓密头发根根直立，面孔白皙，目光有神，对这个世界充满审视与探索。从一家又一家旅店出来，他的目光更加严峻，腰身也更松懈，但依然向前走着。

从去年春天开始，报纸明显缩版。从前是六十四版、四十八版、三十二版，现在经常是二十四版、二十版，甚至有一天只有十六版，越来越薄的报纸拿在手里，有种不祥的感觉。人们开始传言，纸媒的严冬就要到来。版面少，用稿量也就少，有时候写好的稿子排不上版面，见不了报，没有工分，收入下降，记者们不像从前那么忙了。常晚到书画一条街去，想看看那里的行情，看他家里存放的字画能不能换几个钱。转来转去，他发现，人们都是想将自己手里的东西变现，对于收购，不感兴趣。

他转到另一条街上，到一个小超市买瓶水喝，柜台后面，挤坐了三个女青年在聊天，不时发出咻咻的笑声。

一个约六十岁的男人推开玻璃门进来，"你好！"他潇洒地对三人说。

三个女子暂时停下正在进行的闲聊，热烈的脸立时降温，换上对待顾客应有的表情，略带淡淡敌意与警惕，一副爱来不来的样子。这种闹市区的小超市，生意倍儿好，不需要什么热情服务，也不寄希望于回头客，不得不买一瓶水、一盒烟、一包卫生巾的人，自然会走进来，屈从于你的价格或条件。小小超市，每天玻璃门推开千百回，拥进来五花八门的社会负能量，见惯了坏人坏事，年轻的人需要一身斗争经验，迅速成长为老江湖才能应付。三个女子冷冷看着来人，等待他说出想买什么，或是问路，或是咨询。

"能不能给我两块钱？我回家。"那人不卑不亢地说。并非乞讨，也不解释，只是直言相告。

"老板不在，他的钱，我们不能动，上面有摄像头。"其中一个看着门外，业务熟练地说，分明是见多识广，对这种人不惊讶，也不得罪。另外两人，低下头保持沉默，甚至屏住了呼吸。

那人并不纠缠，甚至清高地微笑了一下，洒脱地转身出门，来到街上，走了几步，进入另一家门面，过半分钟，又出来了。他中等身材，腰板挺直，皮肤黝黑，头发理了个板寸，穿一身迷彩服，脚上穿白色旅游鞋，洗得很干净，左手抓着一个红色塑料袋，卷起来，里面不知装的什么，步履轻松，看不出刚刚受挫。这样的事件对他来说碎碎个事，小得不能再小。这个年龄的男人，常常因不服老而步态夸张地轻快，走路似乎带有表演性质，为了向世人宣告，他还具备男人的一切功能。总让人担心他的鞋子会不会甩出去，是因为这个他才穿旅游鞋的吗？对于老年的到来他们不愿意束手就擒，眼里常常放射夺人光彩，目光炯炯，火苗般扫来扫去，扫过年轻女性的脸时，速度放慢，回环往复，让对方心生厌恶。当然，如果他们地位足够高，钱财足够多的话除外。他再次进入一个门面，不到一分钟，推门出来，不知是否成功。仍然甩着那种毫不在乎的步子，继续向前走，扭头看向路边的小店，判断哪一个可以进入。等到他第六次从一家店里出来时，常晚站在门口。"老哥，抽支烟。"常晚故作闲人状。那人上下打量他，伸手拿过常晚递来的一支烟和五元钱，烟放嘴唇上，钱装裤兜里，向他笑了笑。常晚打着火，先给他点上。那人深深吸了一口，挑衅似的向着常晚的脸吐出烟雾，傲慢地问：

"咋？跟踪我？"

"不敢不敢，闲转哩，有点小好奇，想知道老哥是何方高人。"

"你哩？哪儿的？弄啥的？"他像一个真正的老闲人一样，扎起架势反问常晚。

"我，闲人一个，有机会了写个稿子、做个访谈啥的。"

"你想访谈我？"

"要是愿意，就谝一下嘛！"两人并肩站在路边，看着街上来往的行人，烟快要抽完了，常晚问，"你这样，每天能挣多少？"

"靠这挣钱？早饿死了，实话跟你说吧，老哥是耍哩，穷开心，权当社会调查，看看世态炎凉。那个超市，挣那么多黑心钱，两块都不愿给，啥东西嘛，都不怕我晚上拿砖头把门给他拍了？老哥当年满地拾钱的时候，这些碎伧们，还不知在哪搭哩。"他挥一挥手指向街上行走的人，似乎这些人都得罪了他。

"那是那是，一看你老哥这架势，肯定有来头。"其实他心里想的是，笨狗扎了个狼狗势，老城区这样的人多了去了，从年轻混到年老，越老越坏，成了滚刀肉，人称"老皮"。

"来头不一般。"被常晚一夸，那人更加自得起来，在路边蹲下，常晚将手里的报纸铺在路沿上，坐下。

七年前，本地晚报的社会版有一整版报道，说一名五十多岁曾因诈骗罪入狱的农民，释放后不思悔改，冒充国家干部，骗取女子的钱色。这个农民同时与两个女人同居，白天夹着公文包去上班，晚上按时回家，每天包里都有文件与合同，称自己下属单位的公司有很多生意要谈。他平日把房子打扫得干干净净，衣服也都是洗净熨好，再整整齐齐放在柜子里，做的饭菜也很可口。在那两个女人眼里，他生活讲究，挺有情趣，阳台上种着花花草草，施肥浇水，经管得挺好，有时候下班回来会买一束鲜花，每天给花换水。他还时常出差、培训、开会，反正就是要离家几天，总之怎么看都是个干部。他给两个女人说他离了婚，房子给了前妻，而单位的房子还没有分下来，只好先租房住。他其实每天出门在外卖小商品，维持基本生计。想再浪漫一点，档次高一点，就用从这个女人身上骗来的钱花在那个女人身上，从这个女人家里出差去另一个女人家里。这样两个女人都觉得他混得挺好，蛮有经济实力。事情败露在其中一个女人知道了另一个女人，本是想去抓第三者，俩女人见了面，拉开架式要谈判一番，相互说着说着，突然觉得，两人莫不是遇到了传说中的骗子？于是这俩女人分别回去，到男人那里取证，联手将男人送进了派出所。报纸上还有那个男子的照片，确实一副挺讲究的模样。可是常晚没看过那张报纸。

迷彩服告诉常晚，他刚来省城时，最羡慕"老闲人"这个称谓，可他不够格，他只是个农民，也不够老。不安心在家种地，最爱到处流窜，四处为家。而"闲人"特指这个城市里的某一种人，那时当城市闲人是他最大的理想。他有的是聪明才智，可总是用不到正事上。当年想考大学，老是差十几分。他妈常给人说，我这儿子，除了学习不好，啥都好。那个年代，考不上大学，就意味着你走不出农村。可他敢为人先，远在乡下人还没有大规模拥向城市的时候，就夹个人造革公文包行走在省城的大街上了，吃香喝辣的日子也很是过了一些，跟着几个没有固定住处的闲人倒腾"生意"，事情没弄好，翻把了，判刑了，家里老婆跟他离婚了。

"妈的，就判了两年半，她都不愿等，拉倒，我还自由了呢，彻底不回老家了。我跟那些女人，要说是骗，也不完全属实。实打实过日子总是真吧？我天天回家总是真吧？晚上搂着睡觉也是真吧？打电话发短信说着买菜做饭，下雨了关窗子，家长里短，家务、收入、花销这一切都是真吧？她们爱我也是真吧？啥甜言蜜语没说过？俩女人中，只要有一个帮我瞒下来，保住我，就没事。命背，都翻脸不认人，全然忘了我对她们的好。

"给你说实话吧，我都不觉得那是骗，做这一切的时候，我总有一种感觉，这就是我的生活啊，我是如此爱着生活，爱着那些女人，爱着她们对我的信任。其中一个总想跟我结婚，绕着圈往结婚话题上引，我何尝不想结婚。我常常觉得有两个我，街头卖小商品的是我，包里装着文件下班回家的也是我，有时候站在政府门外，就想，我怎么就没有在这里头上班呢？回家用钥匙打开门，女人把饭做好端上桌，俩人边吃饭边看电视，对着里面的新闻发发议论。这不就是我想要的生活吗？我一直小心维护着，想一直这样过到老，咋会有假呢？有一个，一看爱情剧就靠在我肩上，说她总算找到了真正的爱情。噢，那你说，既然爱情是真的，那咋一说我是骗子，爱也就没了呢？她爱的到底是不是我这个活生生的人？

"假如我爹妈没有把我生在农村，假如我考上大学出来了，假如给我一个平台，这个城市有我的一个岗位，啥事业我干不好？要是我有钱，要是我真的是一个副处级干部，那些女人不是上赶着来吗？我经常都忘了自己是在行骗。都几年了，平安无事，这不就是我的生活吗？唉，现在想想，不该贪心，要是指着一个过下去，那不是好好的吗？啥骗不骗，人生不就是一场骗？哄骗高兴了是爱情，哄不高兴那就是骗。我一直认为，我并没有犯罪，是谁把我的生活弄错了。

"唉，也没啥，这不是蹲了几年，又出来了。给你说，老哥我改造好了，牢狱饭不好吃，那地方再不能去，年龄大了，死在那里头就麻烦了。多活几年，多看看这花花世界。我现在就做点小生意，生意不好了就逛街，连带着拾几个零花钱。我骗了吗？我啥也没说，只说我回家，就需要两三块钱，给就给，不给拉倒，谁还为这报警立案去？

"就像是眨了个眼，可六十咧，老汉咧。你猜咋，上个礼拜在路上遇到前几年抓我的警察，问我这几年再犯事没。我说没有，彻底学好了，现在是守法公民，不信你回去调我的资料。他就问我想不想把户口转来，说是要成立直辖市，人口得过一千万，他们每个人手里都有几个户籍指标，必须完成。先开始规定的要有大学文凭，其实，大专也行，高中也行。我老天，还有这等好事！我当天就跑回老家，想把户口迁出来，一夜之间变成城里人，美成啥咧！可是村里人都劝我，好事能轮上你？你户口一迁走，家里地就没咧。听人说，要通高铁，高铁站就建在咱村边，占了谁家的地，给赔好多钱，到时地也值钱，房也值钱。而你到了城里，超过六十了，又不给你交养老金，两下里划不着。把他家的这把人难为死。这城市啊，不需要你的时候恨不得把你撂远，又是无业游民咧，又是盲流咧，啥难听说啥；需要你来充人数的时候热情得很，啥条件都没咧，就想一下搂到怀里，听说几分钟就能办好落户。当年咋敢想能把户口迁到城里来？现在能迁咧，农村户口可又值钱咧。唉，咱咋啥都赶不上！"

"老哥，你经历丰富得很，叫我说，你也不完全是个坏人，用我们行业的话说，从你身上折射出改革开放的进程，映照着时代发展。"

"发展屁哩！背得不像啥咧。"那人抽着烟，看着街道景色，眼睛里却是莫名的欣慰与喜悦，"唉，人背不能怪社会，反正迁不迁户口，我也要老死在这城市里，将来死咧，叫警察拉到南郊的火葬场去烧了，灰一撒拉倒。不能生在城里，我死在城里，总能成吧？"

常晚的稿子写好后，却没有通过终审。报社领导说，从这个人身上看不到社会正能量，格调也不高，再怎么说他也是一个骗子，法律都定了性的。他给经常联系的几家杂志投稿，人家也不登，说讲述一个罪犯的故事，导向有问题。

此刻，北京街头这个穿迷彩服的老人，再次进入一家店里，等了一分钟，走出来，努力直起腰身，茫然的脸上更添一丝愤懑。

一个不是军人而穿着迷彩服的人，差不多就是一个失败者了。

其间老人还掏出手机，停下来，可能在回微信，是告诉家人，他快要找到住的地方了吗？

常晚观察了这么长时间，认定他不是坏人。坏人一般不会如此心疼钱的，他们常常不惜违法犯罪搞来钱，只是为了一下子挥霍掉。而这个老人，为了省几十块钱走了快半个小时，不屈不挠地一家一家这样问下去。

常晚突然有一个大胆的想法。那个老人又从一家店里出来，他递了一根烟给他。对方没有接，警惕地瞅着他，用中部方言说："我不吸烟。"常晚多年的记者生涯，让他知道怎样跟陌生人打交道，他笑笑，问："大叔，你看我像坏人吗？"

那人也笑一下，但还是紧绷着，眼里闪出尖锐的光，上下打量着他。

"我就住在你早先问过的那个旅馆。"

"你跟我这么大老远，想弄啥哩？"那人眼里现出一丝愤怒。

"我到这边办事，刚好又看见你。还没找到合适的旅馆？"

对方有点尴尬地笑笑。

"大叔来北京干啥哩？"常晚尽量用拉家常的口吻说话。

"送孙女上大学，后天回家，想随便凑合两夜，实在不行就睡火车站广场去。"他说得有点赌气，分明不是那种能去睡广场的人。

常晚说："我住的标间，有两张床，如果你不嫌弃，晚上可以来凑合一下。看你这样，睡觉不打呼噜吧？反正我一个人，能有人聊天，也挺好的。"那人目光闪烁地看着他，像探照灯一样想把他照个清楚。两个男人站在路边，都有点光脚的不怕穿鞋的那种坦诚，亮出自己的底牌：你看，我没啥可丢没啥可惦记的，你还能把我怎样呢？

"那，晚饭我管了。"那人语气柔软下来，四下望望说，"刚才好像路过一个庆丰包子铺，咱晚上吃包子吧？"

"行，想必你也累了，可以先回去休息。"

"好好。"那人立即同意，他急于有个落脚的地方。

两人很快走回旅馆，常晚给前台服务员说，他等的朋友来了，让朋友拿身份证登记。朋友似乎也很愿意这样做，彼此的防线又撤除一些。他用守法公民的坦然，甚至是小小急切，从包里拿出身份证，交给服务员。常晚扫了几眼身份证，没看真切，上楼的时候，那人递他手里，又让他仔细看了看。他名叫何新政，比常晚大二十岁，来自一个省会城市。

何新政倒在床上，将黑色双肩包和被子枕头靠在身后，很快睡着了。

常晚把电视调成静音，看了两集连续剧，那人还没有醒，瞅了几回，他是如此放心地在一个刚认识的人身边安睡，有些扁平的脸被电视画面一会儿染成红色，一会儿又涂满蓝色。他一动不动,双手交叉扣在肚子上,呼吸均匀,胸口微微起伏,像一个柔软的雕塑。一个男人可以睡成这样,就像——就像死去一样。自己睡着时也是这样吗?如此恭顺,如此依赖,对世界没有了一点戒备和抗争。眼看六点多了,常晚轻轻关上门,下楼去刚才他们路过的庆丰包子铺买了十五个包子,两杯稀饭,放塑料袋里提着回来。他觉得,两个不太熟悉的人,面对面坐一起吃饭,毕竟有点不自在,不如靠在床头,各吃各的。

房卡开门声,使何新政惊叫一声,起身看了看四周,缓过神来,想起自己为何睡在了这里。"哎哟,不是说好了晚饭我请吗?这咋一下子睡了俩仨钟头?昨晚火车上没有睡好。"他进了卫生间关上门,一会儿出来,拿出自己包里塑料袋装着的洗漱用品,进去洗了把脸,说,"你等会儿啊,我出去给咱再弄点吃食。"

他拿着手机,以那种拦不住的架势出去了,双肩包留在床上,拉链还保持开着的状态。常晚扒拉一下包里,只有一件破旧的上衣外套,一件长袖T恤。

十来分钟后,何新政回来,提了两个凉菜、两瓶啤酒,说都是给常晚买的,他不喝酒,也不吃凉菜,他胃不好,只吃几个包子,喝一杯稀饭。

何新政的孙女今年考上北京的一所重点大学,也是他当年就读的学校。在儿子儿媳商量着送孩子来上学的时候,他突然说,他也一起来,到北京看看。大学毕业四十多年,再没有回来过,这次他一起来,看着孙女入了学,然后就自己行动,不再跟儿子儿媳一起走。儿子知道他的脾气,也就听从了他的安排,夫妻二人已经买好今晚返回的车票。

何新政年轻的时候,应该是个长得挺排场的男人。二十世纪七十年代，作为工农兵学员，走出农村，进了北京城的高等学府，毕业后分回家乡的小城市，后来调到省城一家企业。唯一不好的是，上大学前在家就结了婚，妻子是农村户口，夫妻分居两地，给他生了一儿一女，后来虽然到城里来了，妻子却没工作。两个孩子还好，都上了大学，有自己的出路，夫妻俩日子过得还算平静。不想二十世纪九十年代末，企业破产，人员全部下岗回家，工资停发。一下没了收入，儿子面临结婚、买房，他拿不出钱接济，儿子也没钱给他。最困难的时候，他傍晚去菜市场拣烂菜叶子，去两站路外一个家属院扫地，还摆过几天地摊儿，跟城管在街上打架，东西被没收。苦熬十年，直到六十岁，单位给他办理了退休，才拿到退休金。一个月两千多块，夫妻两个，吃饭倒是够了，但想有存款，就比较困难。老伴儿前年脑梗，住了一次医院，出院后，人变得呆呆傻傻，连现在是哪一年、哪一月都不知道，就只每天做饭、吃饭、拉话、看电视。

常晚想起奶奶说的话：一分钱难倒英雄汉。现在这个名牌大学毕业的男人，只能困守在别人的房间，靠在床头吃包子，喝稀饭。那么他的"自己行动"，都是什么项目呢？

何新政说，去天安门广场、王府井大街看一看，有空的话，再回母校转转，看看孙女。

"故宫想去吗？"

何新政沉吟一下，说："掏钱的地方，我不去，上大学时去过了。"

"一起去吧，我给你买票。六十岁以上是半票，就三十元。"

"让你掏钱，那多不好意思，咱俩萍水相逢，你叫我住在这里，已经很感谢你了。现在社会，人与人之间的关系都很紧张，都像防贼一样防着别人，你没看电视上，成天说的都是咋样防人？"

"是我请你陪我去，我一个人，也怪没意思的。"

"按说你该喊我叔哩，你比我儿子也就大了不几岁，可人到了社会上，还是称兄道弟好一些。当年我们上高中时，搞大串连，天南海北来的，都叫革命战友，现在这样叫，不合适了。我说小老弟，你是来北京出差、跑业务？那是每天发补助的，你住这小旅馆，就能省出不少差旅费。我们当年出差也是这样，拣最便宜的旅馆住。这样好，出一趟差，还能挣点钱。"

常晚不得不承认，他跟着这个人，偷偷观察他，请他来与自己同住，其实是想找个人说话。这样一个后天就是陌路，今生恐怕永远也见不到的老者，可能会是最好的倾听者。他跑下去买来酒菜，就是为了让常晚吐露心声吗？他坚持喊大叔，而这人称呼他小老弟。

电视画面还在闪烁，帝王伟业仍在继续，捉鳌拜，平叛乱，这些离老百姓远得犹如天上的事情，人们为什么迷恋、好奇、激动？说来说去，还是对帝王将相感兴趣。普通人，哪怕住在陋巷，吃着菜根，三餐不保，却始终心系庙堂，操着国家大事的心，时刻准备着接到通知，洗把脸换身衣服出门被车接走，去过那种似乎能立即进入角色的伟大生活。就像这位老人，说起时政新闻，立即热情地发表见解。窗外的北京城快要安静下来了，差不多每个人都回到或将要回到属于自己的房间。而常晚离开自己的城市，花着自己的钱，坐着火车来到这里，就是带着迷茫与失落，想在远方寻找到什么。男人不必时时坚强，也做不到战无不胜。常晚是一块被失败鞣制得温顺厚实的皮革，是生活和好的一团面，已经足够温柔，但还需要再醒一醒，揉一揉，擀一擀，捏制花样，变得更加合乎要求，而这鞣制的过程，擀碾的步骤，也包括向另一个混得不怎么样的男人倾诉吧。甚至，他潜意识里可能还盼望着一些意外，一场事故，这个男人刚才说的那些都是编的，他压根就是一个骗子，一个作案分子，趁夜里自己熟睡时拿走自己的东西，或者在撕扯中打伤自己，派出所来人，将他带走，自己以一个受害者的身份被讯问、指证，解释为什么跑到北京来，为什么将一个陌生人带回自己房间。总之，应该有个什么事件，不管是好事坏事，进入他沉寂的生活，打破目前的局面。

电视一直是静音状态，帝王将相们只张嘴，不发声，因为他们都在倾听一个男人的讲述，一个失败者的懊恼。常晚后悔，他没有利用前些年，多考几个从业资格证；没有巴结好报社领导，混个部门小头头，免于被裁；没有经济头脑，将那些结识多年的大腕儿们哄得高兴，为他所用；没有利用记者身份，编织社会关系网，给自己打造一个平台；没有在纸媒倒塌之前，跳到更好的地方；没有趁着年轻脑子好，多多读书，成为一个饱学之士；甚至没有在前几年，敢于贷款，多买两套房子，等着今年突然升值。总之，当你明白一切的时候，是晚了的时候。人生是一场竞技，力量不够的人，会被痛打几拳，扔下场来，擦着嘴角的血，默默离开。

何新政静静地听着，不插话，不提问，也不知道如何安慰，但分明，他是听懂了的。电视里的宫廷争斗告一段落，广告无缝对接，一个年轻人跳出，为一瓶饮料而歌。彼此沉默了一会儿，何新政慢慢说："你们还算好啊，遇上好时代，信息流通，早早明白了很多道理。我们那一代人，对于上面的说辞，完全相信；对于社会的看法，也都按照上面说的来；对会议上、新闻里说的，没有过一丝怀疑，基本没用自己的头脑想过问题。我是到了六十岁，才明白过来,才把这个社会看清看透。晚了,什么也做不成了。叫我说呀,今后孩子上大学,不要学工科,工科保不准哪个行业好了哪个行业坏了,学到了倒霉行业,说不行就不行,叫你立即倒闭,失业,没饭吃。文科好,文科也保险,富不了,但也穷不到哪儿去。我这孙女,我建议她学中文,中文是个万金油,哪儿都能抹一下,女孩家,轻轻松松,工作也好找。唉,不听我的,儿子儿媳也都不听。算了,管不了,儿孙自有儿孙福。

"我的心可没有老,还总想着干点啥,单位破产这十来年,尝试过很多。一开始,我设计过一个煤气阀门,安上后,省煤气,简单易行,就是一个小小的弯管,在我家煤气灶上试过,省百分之十几的气,这我都有详细的记录。跑了省上很多部门、单位推广,没人认可。我们搞设计的,不能把东西直接转化成产品,必须得有工厂上马制作才行。后来,还给出版社干过校对,想着我设计图纸那么精细,干这个肯定没问题。可没想到汉字那么复杂,一个字有多种用法,看着是对的,一查字典,是另一个。保证不了时间和质量,人家也不用我了。我还自学过法律,帮人写状子、打官司,但又有了司法考试,考不过的,不能公开从事,只能背地里帮忙。我试了两年,没考过,太难,通过率才百分之十几。我还给报社当过信息员,就是看到街上哪儿出了啥事,赶快给报社打电话,他们采用后,根据反响大小给我付钱,三十五十的,不稳定,后来又有了网络,人人都是自媒体,报社连信息员也不需要了。这两年呢,我又想回老家磨面粉,你不知道农村人现在也懒了,怕出力,面都是买的。我们县上有个面粉厂,磨之前麦子拿水泡泡,磨出的面粉压秤,都是潮的,拿手一抓,能结成块状,放家里都发霉。我就想买一套旧设备,在自家老宅院里磨面,保质保量,就不信没有人来。

可村里人都说，不行。为啥？我家不邻街，过道窄，农用三轮车进不去。关键是孩子不同意，说太辛苦。想想也是，快七十的人了，自己拿不下来，雇人吧，也划不着，再说农村现在没有劳力，都外出打工了。

"总想起俺娘说的话，钱难挣，屎难吃。你不知道现在社会，人心都坏了，坏完了，坏透了。农村也都是坏人，总想沾你的光，想着咋咬你一口。我想开磨面坊，他们现在说风凉话，如果真开起来，要是挣着钱了，他们就会想法坑你，坏你的事，叫你弄不成。

"找来找去，就不信没有我能做的事，我就该一辈子受穷？其实这次到北京来，是听说我一个亲戚的小孩，有点手艺，在这儿揽活儿，给马路上铺地砖，管吃管住，每天工钱二百多。我想到他那儿看看，跟他学学。我能设计图纸，难道还铺不了地砖？肯定铺得比他们好。"

常晚说："可你是个技术人员，名牌大学走出来的高才生，怎能干那活儿呢？那是民工干的活儿。"

"嘻，革命工作不分高低贵贱，挣钱就行。一个月要是落四五千块钱，那多好的，我从来没有一个月拿过那么多钱。"他眼里闪出光彩，好像钱已经到手了。

"哎，那你回去后，打算做啥呢？"何新政突然问常晚。

"不知道。开公司或开店没本钱，再就业没有年龄优势，回老家去上班不甘心。"

"要是开个小店，卖生活用品，倒是稳定。可你一个大记者，面子也拉不下来吧？而且见天捆死在那儿。你不像我们，破产企业职工，人也老了，干啥都行，只要挣钱。"何新政说出了问题实质，常晚也不反驳。何新政继续说："我是说呀，你要有啥新的事业，有适合我干的，我就去投靠你。我会画图纸，搞设计，工作认真，身体还好，跑腿也没问题。我这个人呀，没有坏心眼，就是脾气倔，性子急躁，这我自己清楚，所以总是吃亏。"

两人说话到很晚，常晚两瓶啤酒细水长流地下到肚里，晕晕乎乎，什么时候睡着的，也不知道。

天亮了，两人从各自的床上醒来，发现一切安然无恙。两人完全放下了戒备，像是一家人了，相互招呼着，吃了昨晚剩下的包子，喝了开水，一起出门。何新政凉了开水倒进自己的塑料大水杯里，确保他在外面喝一天。在前台服务员的注视下，两人一起走出去，就像所有出差来京的人一样，早出晚归办事情。何新政见常晚没有带水杯，便在旁边小店买了一瓶水，递给他，说到了景点可能会贵，还买了一袋面包片、两根小火腿肠，装在背包里。

去往地铁站的路上，何新政对北京的市政、行人、建筑、警察等进行点评，多是批评嘲讽的语气。堂堂的首都北京竟然在很多方面都没有做好，让他这个早年在此求学的人有点失望。地铁安检处，工作人员让他们把水打开喝一口，常晚乖乖听从，何新政举着水杯大声质问："难道我这是危险品吗？你摸摸，还温着哩！我们外地人到北京来是参观学习的，难道是什么危险分子吗？"工作人员不与他多言，总之，不喝一口不让他进。何新政大有不理论一番不罢休的架势，双方僵持下来，挡住了后面的人。常晚劝解一阵，何新政很生气地喝了一口水，狠狠拧上杯盖，通过关口后，又回过头指点着工作人员，低声咒骂，令常晚吃惊的是，他的咒骂非常凶狠，仿佛有深仇大恨。

地铁上，两人并肩而立，过了几站，何新政突然转头说："你说说中国人贱不贱？这地铁上，半拉外国人都没有，偏偏要放英

语，人家外国的车上，外国的旅游景点、公共场所，给你放中文
不？拿你中国人当回事不？当年我评工程师职称，因为英语过不了
关，整整折腾了三年。你说说，中国人为啥非得学英语？"常晚笑
笑，没有接他的话，他突然严肃地问："刚才的地铁票，多少钱一
张？来回票钱记下，我回去给你。说好的是你给我买故宫门票，地
铁票我自己出啊！"常晚说不用不用，他执意问多少钱，常晚报了
票价。他说："噢，在我们那儿，地铁也是计站的，但公交车全部
一块钱，坐一站一块，跑几十里地还是一块，六十岁以上免票。前
些年，我们有个市长说了，要让老百姓得实惠，从那时候起，市内
公交车，不管是普通的，还是带空调的，都是一块。哼，都愿到北
京来，北京有啥好的？"常晚发现，何新政对社会上的事情有着一
股强烈的参与愿望。有愿望的人，常因这个世界没有把他想要的东
西及时送到眼前，没有按照他所期待的方向发展而愤愤不平。这个
何新政，有那么多精力用来愤怒，很小一件事都会让他发脾气，还
没有走到故宫，他已经跟人吵了好几架，锐利的目光看向四周，然
后用洪亮的嗓门展开批评。常晚觉得，这样一个老愤青，竟然能平
安无事，不挨打，不出事故，全仗着周围人讲文明，有涵养，让
着他，那么常晚也决定忍让到底。反正他又不是什么坏人，他只
是……对，他只是人穷脾气大，对于这个将他抛弃了的世界，如孩
子般踢打哭闹。

在故宫里，何新政安静下来，不再抨击时政，大概是觉得对
于几百年前的事情，再说什么也没有用了。他在那些大殿、廊道、
花园驻足，似在沉思。凡有文字的地方，他都停下来伸着头仔细地
看，小声念出来，还掏出本子，将一些数据记下，好像他要以此为
参照回去搞什么工程似的。他煞有介事地背着手，用脚步丈量大殿

的宽度，口中念念有词。遇到有人挡住了他的脚步，他就用严厉的目光扫射人家，生气人家破坏了他的丈量，走到这头后，再走回去重新来一遍，拿本子记下来。他脸上认真的表情让人觉得这个地方与他好像有什么重大的关系。刚才在天安门西出地铁站，他一定要走到新华门去看一看。伸着头，探着身子，脚下不小心踩着了警戒线，门口的警卫指挥他："向外走，不许踩线！"他后退两步，站在一边，用严肃的表情看着警卫，好像随时会上去跟人家理论。常晚吓得拉他快走，他站着不动，说："看一看怕啥哩！"他静静地站了好大一会儿，似乎希望碰巧看到什么隆重画面，作为此生的重要谈资。故宫里的常晚被人流推拥，走着走着，不见了何新政，回头看去，也望不到人。常晚走回一段路，见何新政站在一个台阶上瞭望，脸上的表情是坏了大事的惊慌失措，是他又停下来记录什么而耽搁了。两人这才想起，还没有相互加微信，赶忙扫了微信，又存了电话号码，说再走散了就发定位，打电话。到了中午，何新政掏出面包片给常晚，又给常晚一根火腿肠，两个人边走边吃，吃完喝水。何新政为他这个英明决策很是得意，说："咱吃点东西，就不饿了，可以安心参观，来一次不容易，好好看看，下午闭馆时再出去。"

两人归来，天快黑了，都很累。尤其是何新政，毕竟快七十岁的人了，躺在床上长长地出气。刚才路过庆丰包子铺，他抢着买了十个包子，还给常晚买了一瓶啤酒、一份花生米。两人回到房间，先歇息，再吃饭。

吃着包子，继续看电视里的帝王伟业。何新政问他，后天飞上海的话，怎么去机场？常晚说，准备打车去，提前叫好了顺风车。何新政说："要不这样吧，我也晚走一天，明天我上亲戚小孩那儿去看看，后天我去机场送送你。"常晚忙说："不用不用，这里离机场很远，你回来要倒好几趟地铁，太麻烦了。"何新政说："你听听我这安排行不行？后天咱俩一起退房，一起去飞机场，送走你，我直接去火车站。我回去的火车是晚上的，时间宽裕得很，可以多游游逛逛。我不坐高铁，没意思。"常晚问他："那你买到卧铺票了吗？现在是暑期高峰，不好买哩！"他说："要啥卧铺啊！无座票都行，车站随到随买。"见常晚用疼惜的目光看着他，何新政羞涩一笑，突然像个孩子，说："我没有坐过飞机，想去机场看看。"

三　励志姐

下了飞机，立即感到空气的湿润，云层低垂，甜腻温热。常晚乘地铁十号线，坐了十几站路，上到地面，在那一带转悠。他上次来出差，采访上海书展，就住在这一带老城区，还在思南公馆听了一场文化访谈。上海这么大，不可能转遍，到曾经来过的地方会有一种亲切感和安全感。

白天风如细绸，夜晚灯火温润，上海时时处处让人迷恋。而他怀着一种莫名的感动和酸楚，好像这座城市理解与包容了他的失败。看着那些历经风霜却仍然呈现尊贵的老建筑，行走在梧桐浓密的树荫里，窄小的街道都是单行道，汽车快速驶过，他竟然有一种似曾相识的感觉。他是《大上海》这部电影里一个临时客串的小角色。一个中年男子，西装革履，体态矫健，从一座楼里出来，快速跑过马路，右手举起，左手压着没有扣扣子的黑西服下摆，使它不至于飘起来失了体统。他要冲到马路对面打那辆差点跑掉的出租车。

常晚有一个恶作剧般的心理，想伸出手指，戳一戳上海，看它有什么反应。上海报他以平静的面容，不怒，不笑，不嗔，不理。在一个路口，他看到一个老人，奋力蹬着三轮车，拉一车垃圾，细白松弛的面容，因为热而变得粉红，淌着汗，掀起衣襟擦一擦，从他身边经过。上海人的长相，有那么几种类型，而这个老人，像选项填空一样，坚定不移地选择了其中的一种。上海也有穷人。他为这个发现有一丝窃喜。这个让全国人民仰望的城市，竟然也有失败者。不但有，还会有一大批，一定的。他们都在哪里呢？这个蹬三轮的老人是吗？他想拦住老人问一问，老人离他很近了，三轮车快要蹭到他身上了，是一车斗建筑垃圾。老人用全部力气在和这一车垃圾较量，这使得他面呈悲壮。劳作的人，自有一种不可侵犯的庄严，叫人不能亵渎与打扰。

常晚决定继续在街头寻找。上海人高傲，不把外地人往眼里放，攀谈的可能性不大，那就默默观察吧！不需要询问，不必征求他们的意见，常晚自会看出，谁是失败者。

街道很窄，显得楼房更高，他突然想起一首诗，他采访过的一位诗人写的："我从上海××酒店二十三层的窗户望出去／××酒店，××广场和××展览馆／把时间扭曲在一起／这个早晨闷热而华丽／我以外来者的眼光／对它漫不经心地一瞥／看见了上海的中心地带／在潮湿的八月里谨慎地涌动／并成为这个时代的注脚……"诗里那些酒店名字、广场名字，常晚都忘记了。显然，这是一位成功者写的诗。每个人的人生格局与眼界，其实都在诗句里了。"黄河之水天上来""千里冰封，万里雪飘"，一个普通人，断然写不出这样的句子。如果常晚会写诗，他顶多写一写家乡的小河，夜晚的灯光，母亲劳作的身影，妻子疲倦的眼神，再开阔一些，是吹过树林的风。感情无限延伸，把夜色拉长。累了，就停下来，和石头一起沉默。可人家不经意间就瞅见了上海的中心地带，并且就成了时代的注脚。不用说，肯定是住在了上海的繁华地段。

前年，那位诗人来常晚的城市为新诗集做活动。在诗歌不景气的情况下，拥来的读者，除坐满了书店摆放的凳子外，还站了密密麻麻一圈。对谈之后是签售，面对排了几十个人的队伍，诗人不急不慌，在每一本书上都一笔一画地签上对方名字和自己名字，还与读者间或说话。当他用余光看到有人拍照，会适时抬起微笑的面孔，挑战一下人家的抓拍水平。队伍蠕动，他似乎很享受这个过程，每一个笔画都从容不迫。常晚那本签名书是提前半个小时，在书店楼上贵宾室采访诗人时签的，书店提供的书。诗人要乘坐三个多小时后起飞的航班，但他没有一点着急的样子，因为他知道身边的人都在为他服务，也知道这年头追诗人的人毕竟有限，统共也就百十来人。等他签完最后一个字，起身离开，汽车会在书店门口等他，他的箱子、提包也不用他操心。他那种从容的样子，让人觉得飞机也会等他的。

而常晚怎么也生不出俯视上海的豪迈。他住的是一家小酒店，统共四层，没有电梯，楼梯上贴的是二十年前的粉红色瓷砖，好几个地方被磕掉一块，疤疤癞癞的，露出里面的水泥。房间很小，横长的一扇窗户，高高地悬在墙的上方，开窗关窗的时候，要站到床上。窗户外面是另一座楼房的墙体，视线出去几米就被切断。酒店有点落寞地待在一条小街上，里里外外呈现着为省钱而迁就的局促，当然也有着为像他这样的人而守候的贴心与平易。你尽可以出门到街上，去感受现代化的大上海。

路边一个小小的敞开的水果店，房顶很低，大个子进入都有压迫感。门口小桌上，一次性塑料盒里，西瓜、甜瓜切成块，放了一个塑料叉子，蒙着塑料薄膜。他问了价，忙碌的店主是个五六十岁的男人，正在给另一个顾客称桃子，告诉他，十五元一盒。可够贵的，再一想这是上海繁华地段，他好几天都没吃水果了，便拿了一盒甜瓜，走进去交钱。店主又要给另一个人打开冰箱拿冷饮，恨不得再长出一只手，先在冰箱旁边的墙上扯了个塑料袋要帮他装好，他说，我自己来吧，店主便转身开冰箱取东西。他在一筐桃子上用塑料袋装好那盒甜瓜，将十五元钱放在桃子上，走出了低矮的小屋。店主的声音突然追出来："哎，你把十五元钱给我付在哪里了？微信扫了吗？"他叫得急切、投入，仿佛十五元是一件至关重要的事情，比上海自贸试验区建设，比全球石油价格浮动要紧多了。用的是上海普通话，这个地段的人都知道，出没于此的多半是外地人。常晚又走回店里，指给他看桃子上的十五元钱。店主收起钱，立即满面笑容，连说了两个对不起，还对他挥挥手道了再见。他很想问问对方，你感到过失败吗？几块甜瓜卖这么贵，挺挣钱的吧？但那人又给另一个顾客称葡萄去了。上海人务实，忙着挣钞票，没有时间考虑成功或失败。

这么大的上海，竟然没有一个认识的人，他如一粒尘埃飘浮。第二天傍晚，街灯刚亮起的时候，他路过一个国际品牌折扣店，站在马路这边望向对面，富丽的颜色很是迷人，关键是国际品牌和折扣两个元素，很吸引人。他等待几辆汽车快速驶过之后，过了马路，进到那家店里。是卖皮鞋和皮包的，价格是挺便宜，但全是仿制品。因为有一个女式皮包，他去年听到报社两个女孩子议论，从美国代购那里直邮要一千多元，国内商场卖两千元，而这家店里要价三百二，还能打折。上海人也卖假货，这让常晚再次心中窃喜，又莫名地一暖，大上海多么有人情味啊！他拎起那个包，左右看看，想着要不要给妻子买一个。中年男店员走过来介绍说，这是这个品牌最受欢迎的款式，能直背，能斜挎，说着掏出里面的长带子，从两边扣上，提起来给他看，确实很精巧，关键是价格便宜。常晚有点动心，但他面色平静地问："还有别的样式吗？这个稍微有点简单，我爱人可能不喜欢。"再用挑剔的眼睛看去，这冒牌货，不知怎么就显出一点削薄与贫气，这种样子在正品是简约，在仿品就是简陋，跟二三百的价格倒是蛮般配的。常晚听人说，现在很多女士都背高仿的包包，一般人看不出来，只有本人知道。

"这是经典款式哪。"那男店员说，"你真心要吧？还有别的样式，旁边库房里有。"常晚表示感兴趣。男店员叫住前面给人拿鞋子的一位女店员说："你带这位先生去库房看看！"他走过去接过女店员的工作。

两人出了店门，到后边巷子，拐到背面，拿钥匙打开门，进了一间屋子。女店员路上已经问了常晚，想要哪一类的。常晚说："皮的，软的，轻的，能背能挎，能装东西。"他上个月听妻子说过，她想要一个这样的包，出门办事时，能把胳膊和手腾出来。女店员已经打开灯，一个箱包的小世界呈现在眼前，行李箱立了一地，形成一个平台。女店员揭开帘子，从里间拿出几个包，嘴里说着"软的，轻的，能背能挎，能装东西"，立即有四五个包出现在平台上。红的，黑的，绿的，蓝的，她对常晚说："你慢慢挑啊，我微信上来生意了。"她坐在凳子上，低头看手机。常晚从那几个中，挑出两个，比较来比较去，干脆拍了照片，给妻子发去，怕她不及时看，又打电话，假装信号不好，走出门外，小声说，质量挺好的，关键是便宜。妻子用完全信服的口气说："嗯，两个都挺好的，你定吧！营业员是女的吧？让她帮着参谋一下。"

于是常晚走回来问女店员，她觉得哪个好。白白瘦瘦的女店员，又是上海人的填空选项，甚至再精确些，是严格按照那种徐娘半老、文化程度不高、极其爱美的上海女人长的——穿件粉红衣服；稀疏的头发吹了蓬松造型，类似于早些年的爆炸头；尖尖的嘴巴，快速地说话，声音有些沙哑："看先生你的样子，很儒雅，你爱人一定也有文化，这个墨绿的蛮好的哩，符合你的所有要求。"这女人表现出十分敬业的样子，在她看来，为了卖出一个包包值得说很多话，稍微夸张些的赞美也是允许的。常晚其实已经很满意了，南方人做什么都精细，仿也仿得挺好，他只是对两个里面选哪个拿不定主意，便假装说："到底是不是真皮的？我看怎么不像？"女店员说："啊哟，你说这话气死我啦！"但她没有一点生气的样子，倒像是撒娇，变戏法一样，手里有一只打火机，噌地弹出火苗，对着包底燎过去。手法十分轻盈，挨上离开，挨上离开，非常迅速，最终那火苗根本没有挨上，倒是吓了常晚一跳。"如果不是真皮的，立即就着了呀！"她说。

常晚想，何不两个都拿上呢？给妻妹一个，那远在乡村的娃她姨，背上一个来自上海的皮包，将是一件多美的事？关键是便宜。来一趟上海，若不买东西，回去的路上后悔就来不及了。人在离家的时候，总是会对家人怀着柔情。那么，要不要给女儿也买一个呢？她明年大学毕业，背上一个来自上海的皮包去找工作，走向社会，多好的。关键是便宜。他将这只孔雀蓝的拍照，用微信发给女儿，问她喜欢吗，若两分钟不回微信，他就打电话。女儿很快回了，连说几个喜欢。他做这一切的时候，女店员一直在手机上忙碌。

他说："三个都要的话，再多打点折吧！"

女店员说："我们打八折的，你要三个的话，给你打七折好了，价都不一样的，打完都是二百多吧。"但常晚知道，这不是最终。他说："再便宜些，你这都是冒牌货。"那女人说："啊哟，你说这话气死我啦！我们都是正规的加工企业，得到这些品牌许可的，你看，有执照。"她从手机里调出营业执照的照片给他看。常晚的兴趣不在执照上，被动扫了一眼，也没看清，那女人也不需要他看清。两人饶有兴致地搞价，这女人不时说，稍等，我微信又来生意了，低头应付一下手机，然后说："这一会儿做成三单了，我们的货走得非常好，关键是品质，一会儿加个微信，你朋友有想要的，我负责发货，快递费我包了。"她轻轻拍拍胸脯，发出空洞的声音，显出一种豪迈，突然又不像上海女人了。常晚觉得，她应该叼根烟卷的，对，她一定是抽烟的，不然怎么会有打火机？她的嗓子也是哑的。上海人干什么都有一种敬业精神。他中午在一家小有名气的餐厅吃一碗阳春面，服务员是个个头很低的年轻女子，穿着干净的黑色绲红边统一制服，鸭蛋脸精雕细刻，头发梳得一丝不乱。等待常晚点餐的时候，她无意识地向窗外看了一眼，沉静的面孔呈现出安心、隐忍又不屈不挠。她不该干这个工作，她想随时走向更精彩的生活，她甚至储备好了过那种生活的气质与涵养，上海女人一生都为此而磨炼与等待。当然如果那种生活不来的话，她还会认认真真地为顾客端饭，踏实地干好眼前的一切。几分钟后，她沉默地为他端来面条，手里拿着餐巾纸裹好的筷子，轻轻地放在他眼前。那女子脸孔无论如何都算得上漂亮，尽管没有化妆，尽管有了细小皱纹，但仍然有一种令人尊敬的气质。那么阻止她有更好职业的，可能是身高问题。她穿着统一配置的平底黑布鞋，双腿短而秀气，矮得坦坦荡荡，矮得楚楚动人。常晚想问问她，你是失败者吗？可那女子脸上有一种柔软的坚硬，不愿多说一句无关的话，她礼貌，得体，尊重你，但这一切与你无关，只是她自己的事情。常晚在身后注视，她又走向另一张桌子，收走顾客吃完的碗盘。而眼前这个卖包包的女人，差不多是可以问的咯，但是她那么忙，微信生意不停地来，根本没有机会讨论失不失败这个话题，这会让她感到莫名其妙，她或许会说，啊哟，你说这话气死我啦！

搞价几个来回，常晚终于亮出底牌，三个一共五百。那女人说："啊哟，不行的，没有这么低的价，都是全牛皮的哩！"小小的脑袋摇得像拨浪鼓，脸上的粉也快要掉落下来。常晚咬定五百，那女人说最低六百，一会儿又说，五百五好了。常晚说："五百，来，微信支付，我扫你。"那女人说："好吧，难为情，但是你给我现金，我微信上钱好多了。"常晚掏出五百元现金，放在她面前的箱子上。那女人收起钱，给他将三个包分别装上，再拿一个大塑料袋装在一起。她锁好门，在夜色中跟常晚道了再见。

常晚毫无目的地游逛两天，每天走路超过两万步，把自己走得很累，脚底板疼。再次被上海的灯光温柔地照拂着，他停下脚步仰视那些老建筑，想着大门里曾经进出的人都是怎样的成功者与失败者，注视路边一个个狭窄得胖子都不好进去的小门，每一个门口，都统一尺寸挂着门牌号码。他伸出手，轻轻抚摸了一下那个铁皮门牌。每个弄堂门口有一个玻璃亭子间，亮着灯，里面有的有人，有的没有人。他拐进一个亭子间里没有人的弄堂，向里面走。一个门突然开了，出来一个男人，与他迎面走过，他并没有受到盘问。他轻轻走在影视作品和书中无数次描写过的地方。他看见那些小小的窗子，拉着窗帘，里面亮着灯，他看到小小的窗台上，摆放着一个个小花盆，那些花盆似乎都擦得干干净净。不，是因为空气湿润，根本没有尘土落进花盆，里面不知名的花，在灯光里，静静呈现开放的姿态。从他身边经过一个女人，在用嗲声嗲气的上海普通话打电话，叫北方人听了，不由得要起鸡皮疙瘩，觉得这不应该是她的真实状态。可那女人确实在说着办公室呀开会呀文件呀之类的事情。

他怀着被上海人总体看作乡下人的那种满足与获得，那种失落与忧伤，那种类似于奋进、妥帖的心情，决定回家。他来的那天就在手机上买好了明天下午三点从浦东机场起飞的飞机票，这样两个机场都去过了，由西到东，他的行踪穿越了整个大上海。

他提前四小时进入出发状态，退了房，来到马路对面的一家大馄饨小馆子吃了饭，坐地铁，换乘一次，来到机场，将一个个程序走完，来到登机口，离登机还有半个多小时。他坐了一会儿，听到晚点的通知，飞机还没从前站起飞。

一个身材娇小的女人，手端相机，站在玻璃墙那里抓拍飞机滑行的画面。那飞机像一条大胖鱼，缓缓地由停机坪向旁边的登机口靠拢，朝着伸出的廊桥依偎过来，舱门对准廊桥。仿佛直到这一刻，这个钢铁制造的家伙才回到现实生活，而之前在天上飞行时，只是一种魔幻状态。有时候常晚会看天上移动的那个小白点。夜晚，它们是一闪一闪的小红点，常晚家的院子上空有飞机航线经过，每过几分钟，就会有一个小红点闪烁前进。实在不能想象一个小点承载着那么多人，还装着行李，装着吃喝用度，装着情感，装着思念，装着焦虑，装着成功与失败，装着一样都不能少的人间万象。莫不是有一种神秘的力量，超度着这一切，使它们暂时脱离地面？这个女人，可能也时常这样胡思乱想，因为她拍完照，相机拿在手里，还是专注地站在玻璃墙跟前，注视着那一架飞机。它静静地停着，与那廊桥严丝合缝地对接在一起，廊桥就像是飞机长出来的一部分。乘客们鱼贯而出，经由这个管道，将自己输送到各个出口，由这个大楼排泄出去，奔向自己的生活。那女人穿着造型有点夸张的A字形丝绸连衣长裙，为湖蓝向白过渡的颜色，下摆几乎要拖到地面，显出一点稍嫌造作的文艺范儿。刚才她走向玻璃墙的时候，裙子翻卷出浩荡的波涛，此刻它恭顺地下垂，安静得让人担心，好像要出什么事情。没有人知道，已经不年轻的女人，里面穿着一条紧腿裤，抵御着公共场所的空调。她的包里，一定还有一条披肩，随时会拿出来，护住已经出了问题的肩膀。外人看，她光鲜亮丽，稍一接触，就知道从头到脚，都是小毛病。

那女人走回来，坐在常晚旁边的座位上，确实不年轻了，脸比背影至少大了二十岁。她伸着胳膊，把相机拿得挺远，回放刚才拍到的画面，一看眼睛就花了。当她感到常晚也转过脸在看时，将相机移过来一点，细手指摁着，一张张闪现在两人眼前。然后她说，再好的相机，也拍不出真实的画面，眼睛看到的是那么生动立体，一拍下来，就成了死板的平面图。她轻轻叹了一声。

这是一个黑黑瘦瘦的女人，脑袋尖尖，头发长长，眉眼间有一股柔软而忧郁的气质，拿那么大的相机仿佛力不从心。她将相机中的照片导到手机上，然后发微信群，说她在办一个摄影培训班，群里已经有近百名学员，她在线为学员们传授摄影知识，而这知识也是她自学来的。她主动提出加常晚的微信，开玩笑说，放心吧，不会硬拉你进群的，也不会兜售广告。这个年龄的女人，总是话多，每个话题都是一个线团，扯起头就没完，任什么也挡不住她们说话的欲望，不但说话，还开玩笑，还仰头张嘴大笑。

可常晚感到，这个女人，她的大笑和夸张的语调，都是为了掩饰某种情绪。有一种人敏感细腻，如蝴蝶的翅膀，能接收到最细小的声波，长久遭受丝丝缕缕的打磨及浸润，静水流深。他们的追求和理想，在现实中找不到答案与共鸣，不免心灰意懒，疲惫而忧伤。这个女人呢，要不断提醒自己，才能保持喜乐状态，仿佛一不小心，就会跌入深流之下，所以她不时大笑两声，以排遣某种尴尬。

四十年前，她是省体操队的队员。当年挑选她时，教练希望她将来个子低一些，最好不要超过一米五八。为此还专门到她家看了她父母的身材，估计她不会长太高。果真，十三岁后，她的个头不再长了，小巧玲珑，四肢修美，很符合一个体操运动员的身材。那时有一部电影《乳燕飞》，她看了好多遍，激动得落泪，认为自己就是娜仁花扮演的那个幸运儿，训练的时候，觉得自己终将一飞冲天。然而，并不是每个运动员都能出成绩，顺利地走向大型赛场，让人们在电视直播里看到她翻杠、跳马、旋转、落地。每一个成功者后面，是千百个失败者的身影。完美的个头并不能让她脱颖而出，十五岁时被定论为再没有前途，终结了体操生涯。

三十年前，高中毕业待了两年业的她，参加公交公司的乘务员招工考试。文化课通过后，发放一个表格，要求到指定医院检查身体。除了查健康状况外，公司对身高也有要求，男的一米六以上，女的一米五五以上。因为这些人卖几年票之后，都是要开公交车的，身高不够的话，踩油门费劲，不利于安全。

秤台上铺了一张报纸，每个人脱掉鞋子站上去，颇有点刀下见菜、不容含糊的意思。搭眼一看个头够标准的，那位女护士也就不再认真看，随便地说一米六二、一米七三……让人觉得她好像会对每一个人都这样随意一报似的。她走上身高体重秤，心里很是紧张，她的体重远远超了。因为停止高强度训练后，她很快发胖，又处于一生中最健壮的二十岁，沉重的肉身，再也飞不起来，根本看不出她曾经灵巧地运动过。但人家对体重没要求，只在意身高。她想踮一下脚，那个负责看秤的女人按了一下她的肩膀，凑上去看她头顶，报给填表格的人——一米五三。

一周后，公布录取名单，红榜贴在院子里传达室的墙上。匆匆看一遍，没有自己的名字，再仔细看一遍，还是没有。旁边的人走了几轮，到楼上拿到招工表格离开了，她还站在那里，将那写有三十多个名字的红榜看了好几遍。社会又给她上了人生一课，世间最悲惨的事情，莫过于某个名单里没有你的名字。她记得那个叫王丽娟的，并不比她高，她当时在医院里的玻璃门前跟王丽娟站在一起，用余光看了的。因为知道有身高要求，所以几个个头比较低的女孩子相互暗自打量。可现在红纸黑字的录取名单上，却有工丽娟的名字。是不是搞错了，把我的名字漏写了？她去楼上人事处办公室，一个戴眼镜的黑瘦男人正在发放招工表格，还给了每人一张盖了章子的淡蓝色小卡片，说"从今天起，凭这张卡，免费乘坐市内所有公交车，等手续办完，用这个换工作证"。她问人家是不是漏了她的名字。人家说不可能，名单都过了几回，一个个对的。那人从身后另一沓表格里翻到她说，有传染病和身高不够的不录取。她说："我文化考试成绩挺靠前的，我将来不开车，我卖一辈子票，还可以干别的工作，调度员，修理工，哪怕，打扫卫生也行。"那人说："可我们招工都是按照驾驶员身高标准招的，这叫行业标准，知道不？”说完挥挥手，意思是让她走开，不要妨碍后面的人。有一对父女，来领女儿的招工表格，那女孩刻意穿着一双酱黄色人造革高跟鞋，鞋跟和底子是一次成型的黑色橡胶，那个烘托她身高的鞋跟三四厘米，衬得她娇小的身材也婀娜起来。二十世纪八十年代末，高跟鞋还很少见，一般姑娘家能穿一双方口平底黑色皮鞋，就已经很不错了，而她的这一对后跟，就有了明显优势，显然人家是有备而来。她又来到楼下，再次站到名单前，好像这名单在她离开的几分钟内就发生了变化，传达室那位大爷变戏法似的又贴出一张正式的，刚才那个，只是预演，考验一下他们的应变能力。那对父女走下楼来，没有立即离开，似乎要欣赏一下女儿将要成为其中一员的这个大单位的院子。尽管经过培训学习之后，会就近分在下面分公司里的某一个，被固定在某一辆车上，与这个院子其实没太大关系。但这个绿树成荫的小院，对他们来说是那么温情可爱。那对父女站在树下，默默看了一会儿她的背影，父亲对女儿低声说，并不比你低，你看，头顶还尖尖的，好像还能长高。那个穿高跟鞋的女孩子，收回了笑容，走到她身边，因为之前报名、考试，她们都见过面，相互也算认识，只是不知道名字罢了。女孩与她并肩站在一起，默默地看着名单，也很想让名单上有她的名字。其实女孩很想对她说，当时给量身高的护士十块钱，她就不会按你，直接给你报一米五五。她肯定会转过头，用谴责的目光看着高跟鞋女孩，或者会直接说，你那天为什么不跟我说？那女孩会说，当时你没跟我们在一起。张少鸽男朋友的表姐是那个医院的护士，提前给量身高的人说了，本来人家只是答应给她一个人帮忙，但张少鸽好心，又给我和王丽娟说了，所以我们几个等到最后，大家都量完，才过去的。最后我们主动凑了五十块钱，让张少鸽交给量身高的那个人了。高跟鞋女孩思忖着能不能说，敢不敢说。如果不说，对不起这个见了几回面的女孩；如果说了，会不会有风险？而且也于事无补。她们是如此单纯，犹如一个水滴，而将要面对的社会复杂如大海。女孩咬一咬嘴唇，父亲在大门口叫她。那女孩最后看了她一眼，走到父亲那里，两人消失在大门外。

当时高中毕业的女孩子，最大理想就是进国有企业，有个正式工作。对于她来说，进星级大酒店不大可能，人家除了要求身高外，还对身材、相貌、气质有要求，所以她很向往公交公司这样一个大单位，这是一个永远不会让你失业的地方，城市不断扩展，公交车总是不够用。

其实，她的理想是考公务员。因为她家楼下一个姑娘，考上了公务员，进入市政府工作，她妈整天拿这个说事。可参加公务员考试要求大专以上文凭，那么就一边干临时工，一边参加自学考试吧。

她还报考了各种招工考试，假肢厂、糖果厂、纺织厂、玻璃厂，还考过报社、杂志社……她才知道社会分工如此之细，各行各业，各有门道。社会这个轰轰运转的大机器，半个零件都不能少，每个机构进人，都有自己的条件与标准。只要沾上"国有"二字，她都去考，反正就是一门心思要投入体制的怀抱。先有个正式单位，将来有好地方还可以调动，这是她和父母的一致思路。最后她考上了市织袜二厂，一听名字就是个小单位，但总算是国有企业，进入了"正常人"行列。接下来才能考虑婚恋问题，工作单位的性质也是介绍对象的重要砝码，国有，大集体，临时工，这是当时青年工人的三个档次，不容含糊。

成人自学考试规定的课程，春季、秋季各考一次。第三年，她怀孕了，要生孩子。考试日期在月子里，分明是考不成了。好在孩子早生了十来天，考试的日子，是在她满月之后。她生出一丝希望，拿起书本复习，抱着孩子一边喂奶一边看书。

她冒着生产后的虚汗，走进考场。

"考过了吗？"常晚问。

"过了，六十二分，挺险的。后来我明白，像我这样的人，是拿着自己并不过硬的现有条件，想在这社会上谋到想要的东西，那就比较困难。"

接下来，她着手考公务员。可不是那么好考的，千千万万的人都想进入公务员行列，录取的只是有限的几个。她都快考疲了，很想放弃，但已经考了几年，干吗不再试试呢？终于在第五年，考上了公务员，她已经三十出头，由将要倒闭的织袜厂调到了区粮食局工作。真是人生处处有惊险。

"姐，你还是挺厉害的。"常晚由衷地说。

"唉，失败者，失败者。"那女人自嘲地笑笑。

"进入公务员队伍，就是人生最大的胜利，怎么能是失败者？"

"有一种说法叫越成功越失败，因为你走上一个台阶，看到更大的世界，会感到更大的落差。公务员干了快十年了，觉得这样的日子也挺无聊的，每天干同样的事情，现在就知道你将来的结局，并不是每个公务员都能混上个一官半职，实现人生抱负、人生理想啥的。那么人生价值到底在哪里？我常想这个问题。还没等我想明白，事情就起了变化。前些年不是喊叫着转企改制吗？号召政府部门和事业单位转成企业。好多单位是光说不动，只有我们领导，要给上级表现，率先将我们区粮食局改成了粮食公司。转眼之间，我又成了企业职工，而他因改革有成绩，提拔走了。那些面临退休的人，退休金是公务员的一半，天天咒他骂他。可人家活得好好的，去年又升官了。

"就这样把我们推向市场，很快不行了，发工资都成问题，我呢，就在单位办了停薪留职，开了个茶文化公司。嗐，其实就是卖茶，想说得好听一些，整个什么文化。"

"姐，你的人生经历，是很励志的。那你说，什么是成功？什么是失败？"

"成功没有标准，失败也没有标准。就像同样说没钱，有的人没钱吃饭，有的人没钱买飞机，有的人一个月挣五千元高兴得很，有的人会因此而跳楼。二十多年前，我月子里抱着孩子看书复习那会儿的焦虑和痛苦，现在还记得。那时年轻，有奋斗精神。现在常常失去那种斗志，有时候就想算了，什么也不做了，已经在单位办了内退，孩子也大学毕业有工作了。但人总是要有梦想，有期待，你可能笑我哩，五十多了还做梦。人不能没有梦想，有梦想就会痛苦，会不安，一天不做事情，好像自己有罪似的，陷入焦虑自责之中。"

"那你还好，有事情做，而我呢，是个彻底的失败者。"常晚说。

"有失败感证明你对生活还有期许，我就是常常在失败中看到希望，激发起永不服输的劲头。"

语音播报不断响起，一听到他们的航班号之后是"我们抱歉地通知您……"就知道持续晚点。乘客们也是无奈，低头看手机，闭眼打瞌睡。已经晚了两个多小时，但二人因为谈得投入，并不觉得烦恼，这一切好像是机场有意安排的，为常晚这趟为期几天的出走奏响一段别有意味的尾声。

那女人有着非凡的倾诉欲。"什么都不好做，我也常遭受失败的打击，去年夏天销路出现问题，借出去的钱收不回来，连房租都没钱交，差一点被赶走。我明白了一个道理：想成多大的事，就得受多大的麻烦，上天创造了我就是因为爱我，让我来这世上走一遭，流尽汗水与眼泪，经历失败与打击，然后我小心翼翼地伸出舌头，品尝荆棘上蜂蜜的甜美。"女人处于一种神经质的激动中，嘴唇上开出朵朵唾液小白花，自己意识到了，拿出餐巾纸擦一擦。细手腕上再次露出一只厚实的小口径白玉镯，玉的盈润衬出手腕的枯黄，好像不是为了好看，只是为了向人表明她买得起，也只有她的手能够戴进去。那种自认为沾了点文化气的女人，常会戴一只这样的镯子。她又顺势擦了擦眼睛，不好意思地说："请原谅中年妇女，容易激动，话又太多。老弟，回去后我要请你吃饭啊，还要请你到我的茶楼来喝茶。这次出来好几天，没有人跟我说话，感谢飞机晚点，让我一次说个够。请不必担心，也不用多想，我不会勾引你的，我已经对男人失去兴趣，从四十五岁之后我就告诫自己，我再也不会主动跟男人怎么着，当然，年轻时候也没有主动过，现在更没有必要了。"她粲然一笑，黑瘦的脸上布满皱纹，突然间感觉挺可爱的。

常晚产生了一种类似于崇拜的感觉，在这个娇弱的女人面前自己反而很渺小，他手足无措地将袋子里的包拿出来看。女人说，这包真好看，问了价钱，拿过来看一看，从包带子的边缘接缝处仔细抠一下，断定不是真皮。常晚也像她一样抠一下接缝那里，显出过分的弹性与柔韧，果然是人造革。他惊叹南方人仿制手段如此高明，怎么看都像是皮子，却竟然不是。

"假如你无法判断真假的话，价格就是最好的判断依据，真东西不会是这个价位。"女人说。

常晚心中有小小的失落，但一想，价格实在可爱，样子款式也都好，不是真皮，又怎样呢？毕竟是在上海买的。

突然有人惊呼："来了，来了！"他们转头看向停机坪，那架晚了三个多小时的飞机，张着双臂，怀着急切与歉疚，滑行而来，靠近一直伸出去的廊桥，啊，终于来接我们了！有几个人扑向玻璃墙，要亲眼看着飞机走近，正说话的女人也拿着相机，跑了过去。而那廊桥，张大嘴巴，苦苦等待几个小时，它已望穿双眼，时刻准备着嗷地一口咬住，与飞机来一个长长的热吻。

飞机缓缓停下，对准，似乎又向着大楼的方向挤了挤身子，与廊桥紧紧吸附在一起，两相依偎成一体。

等飞机上的乘客下完，待空中小姐收拾一下机舱，很快，他们就可以登机了。

发表于《作品》2020年第6期

转载于《小说选刊》2020年第7期

假离婚

一

大热的天，秀锦起床后，先烧开水，喝阴阳水。

阴阳水，就是昨晚睡前，晾上半杯水，早上起床后，兑进新烧的开水，最好再放一点盐。据说这样好处很多。中年之后，一切按保养指南说的来，到底有没有用，也不知道，心理作用也是作用吧。

每个星期天，建伟都去单位值班，一大早出门，晚上回来，多年来都是这样。女儿出去参加暑期实习，秀锦一个人在家，脸没洗，头没梳，第一件事是接水、烧水。将电水壶的开关按下，转身走开，啪的一声，回身去看，壶身下面的灯灭了，开关跳起来，同时一股煳味飘来。走回去将壶拿起再放下，转动半圈，再按下开关，灯没反应。她起身开客厅灯，不亮；再去开厨房灯，不明。

给住在另一个单元的电工打电话，陈师傅说，他过来看看。

阴阳水喝不成了，她将杯子里的半杯阴水喝掉，洗脸，梳头，换衣服。传来敲门声，陈师傅检查后说是电路老化跳闸，换个插线板试试。

送走陈师傅，她到卫生间涮拖把，准备拖地。拖把先在椭圆形水桶的一边转动洗涮，在另一边脱水。两轮动作都是上面上下用力提按，下面快速转动，看起来很是欢乐，像是电视里少数民族地区的春米表演。她手持拖把杆，上下杵着，下面桶里拖把盘飞转，水与拖把疾速摩擦，浪花嘶吼，冲击桶壁，最大限度清洗之后，放到旁边一个悬空的圆盘里脱水，只用几秒钟，干湿合适，拖地刚刚好。现在人真是能，什么工具都能研制出来，将家务劳动变成一种乐趣。她甚至有点愉悦，上下杵的动作更大，用力也更猛，圆盘转速加快，洒入桶中的水珠越来越少，塑料桶呼呼颤动，拖把在地板上轻盈地挪动。一个人的周日，她喜欢把家里各处打扫一遍，哪儿哪儿都是干净的，连阳台上的角落都擦得明亮，洗净的床单被罩衣服挂满两条杆子，然后自己走来走去，在好闻的气息里收拾，擦拭，巡视这两室一厅的领地，甚至用一个外来者的眼光看来看去，考量这个家庭的幸福指数。下午收衣物时，融化在阳光的气息里，歪在沙发上叠着那些稍有硬度的衣物，有一种轻浅踏实的丰收感。每天上班临出门前，回头看看自己的家，哪儿哪儿都舒心洁净，如果有一个东西没有放好，丝巾从椅背上滑落，她都会在已经换了皮鞋的情况下，踮着脚走回来，把它们弄好，再安然出门。再没有水珠落下，停止上下运动，自由减速，直到拖把停稳，拿出就可拖地。若是不等它完全停下，着急那两三秒钟，在它减慢之际提起，拖把会忽地开出一朵圆展展的大菊花，悲愤地伸展，似乎发出啊的一声促喊，花瓣们撑成硬棍，疾速旋转，像芭蕾舞演员将腿伸得笔直，只有半秒钟时间，然后松软垂落下去，心中愉悦感再次升级。她愿意在各种平凡小事里找出一点乐趣，慰藉自己。

　　就在她准备提起、欣赏那一朵大菊花粲然绽放的时候，桶身突然一斜，跑偏出去，与她手里的金属杆脱离，她的身体被一种力量向后一推，闪了一下腰。如果是汽车的话，肯定是个不小的交通事故，造成人员伤亡、重大经济损失也说不定。她弯下腰去检查，发现拖把头掉了，杆与圆盘连接的塑料部分竟然齐齐断裂，修都没必要修了。才用了两三年，怎么就断了？

地也拖不成了，她放下那根光杆，来到客厅，坐到沙发前的小凳子上，想吃个苹果，却咔嚓一声，跌倒在地。紧急之下，一手撑沙发，一手扶茶几，头还是磕在茶几沿上，苹果骨碌碌滚跑。原来是塑料凳子老化，被她五十公斤的重量压垮。她在地上坐了好一会儿，缓缓起身，将身体挪到沙发上，疼得龇牙咧嘴，咝哈有声。家里就她一个，也无人撒娇倾诉，只是坐在静止的空气里，一股莫名的惧怕涌上心头，四处看看家里，这样那样的东西，还敢动吗？动啥啥坏，拿啥啥破。

在沙发上坐了一会儿，想想不对劲，建伟一早开车出去，不会再有啥问题吧？父亲就是三十年前，开卡车给单位运货归来时出事的。十八岁的夏天，成为她生命中永恒的残缺。看看表，九点多了，他不到八点就出门，应该早到单位了，要是路上出问题的话，会告诉她的。也许出过一些小问题，剐了，蹭了，或者是其他什么。就算没问题，也应该提醒他一下，今天一切行动都要注意安全。

同他视频，响了很久，出现他的面孔，头发有些凌乱，背景是白色瓷砖墙，好像是档次不高的宾馆卫生间。未及她说话，他生气地喊叫，语速比平时更快："有啥事吗？给你说单位值班，走到路上领导叫，三缺一来支个腿子，一气跑到外县来，刚到这儿，还没喘口气。有事快说！"

她一时语噎。从他脸上的表情能看出来，他在说谎。二十多年的夫妻，对他早已熟悉得像自己一样。她准备好分享早上几个小事故的话，都咽了回去，提醒他注意安全的话，也不想说了。她只想用跟他一样烦躁的口吻说，哄谁哩，支上了腿子，那就是四个人打牌咯，为啥不在房间接，跑到卫生间干吗？现在出去，到房间里照一下那几个人给我看，有本事你去呀，现在出去呀，照给我看！完全是夫妻间吵架的那一套音调、频率，平常在家，都是这么来着。

可她终究没有说什么，挂掉了电话。她不想表现得那么掉价，有失身份。房间里，肯定不是另三个男人，而是一个女人，总之是有外人。她这个做妻子的，不想让自己的形象过于张牙舞爪，有啥话，等他晚上回来再说。他总会回来的，不管跑到哪里，无论跟谁乱搞，他总是要回家的。

她感觉不能在家里待了，骑上电动车，回娘家去。娘家在三公里之外，城墙的另一边，骑电动车很合适。她戴上帽子，穿上防晒服，中年女性夏季的标准打扮，骑上这种小电动车跑在路上，风一吹，看起来挺快乐的样子。而她的心，拔凉拔凉。

盛夏的太阳将她一点点暖化。她告诉自己，不必为此烦恼，又不是第一回。她已经从丈夫有外遇这个猜想里身经百战，坚强地成长起来，从最初的惊讶、屈辱、愤怒，变得平和一些。你改变不了什么，就算他赌咒发誓绝对没有，就算他保证今后再不会发生，可一天二十四小时，你不能时时跟着他。跟踪监控一个人，又有什么意思呢？人心隔肚皮，就算是躺在一起，你也不知道另一个人在想什么，每一个人的外表之下都隐藏着另一个你完全认不出来的样子。所以我们不能随便剥去一个人的外壳，因为那会先把你自己吓一跳。上午这个视频通话，就是不小心掀起了他的一个衣角，就足以让他恼羞成怒。

　　母亲和继父的晚年生活平静而安详，身体健康，相互理解，有退休金。双方子女时不时来看望一下，彼此遇到了，打个招呼，闲聊几句。她并没有要跟母亲诉说的打算，说了也没用，老人有老人的世界观，跟他们"年轻人"想得不一样。而她，又跟女儿这一代想得不一样。谁也帮不了你，有许多事，只能自己面对、处理，慢慢消化，因为这世上最终为你负责的，只有你自己。

　　她帮母亲择菜做饭，问了一些琐碎事，说了一些飞短流长，感叹一些能让她觉得自己不算是最倒霉的人与事。在娘家吃了午饭，睡了午觉，然后在懒洋洋的气息中，又以去时的装束和速度，回到家中。女儿也快回来了，她开始准备晚饭，做两个人的饭就行。建伟一定是回来晚的，心虚怕责问，必要拖到睡觉时回家，最好是喝多了，回来倒头就睡，不给她过多的时间，再加上有女儿在，两人不能敞开了吵闹。

　　和女儿吃了晚饭，看电视，做家务，看起来是与平常相似的节奏。她还不知这平静的表层之下，早已经密布重重阴云，像一个脓包，可以挑开，也可以装作没有，那小脓包自己会慢慢吸收消化，起一层硬皮，里面的新肉长好，皮壳脱落，慢慢地一切复原。对孩子也没有说什么，虽然已经是过了二十的大姑娘，但她也不想让孩子知道大人的世界竟然那么龌龊和复杂。她常劝自己，外遇这件事，要看你怎么界定，对家庭这一方来说，对方是变心者，不道德；但对外遇者来说，他们寻找到的是平淡生活中的一个亮点，还可以恬不知耻地说，是人生最美好的事，所遇之人，是生命中最重要的人。

　　十多年前，当她发现一些苗头，就告诉他，你若想离婚，咱就去离，你愿意过，我便奉陪。而他，总是不说离婚的话。于是双方都认可了这种貌合神离的局面。三年前，送女儿上大学时，学杂费是两个人各出一半，当场算清，她拿出现金给他，而他用自己的银行卡向专门给女儿办的卡上转账。走出学校，她说："建伟，咱们去办离婚吧。"他不同意，并且保证今后会跟她好好过日子："都中年人了嘛，这么多年风风雨雨都过来了，我偶尔出个小岔子走个神儿算啥嘛！哪个男人不是这样？我还是顾家的嘛，这么大年龄了，要学会珍惜嘛，两边家人亲戚一大堆，盘根错节了都，牵一发而动全身，那么多同学朋友咋交代咋解释？怪不兮兮的，昨天我还是你老公今天不是了……"他又是自己那一套，说起来没完，偶尔一两点星子喷到她脸上，她默默擦掉。气都懒得生了，连他的车都不想坐，要自己打车回家，他把她拉到车上，喋喋不休，连乞求带威胁地说了一路，总之意思是：不——离——婚！

不离也行，那就这样过着。孩子上大学走了，只有周末回来，有时候回奶奶家，他也是早出晚归，家里好像是他的旅馆。而这个家，成为她一个人的领地。这是她单位的房子，单位是个不大不小的事业单位，前院办公，后院居住，上班走路三分钟，生活足够从容。办公室、家庭之外，如她一样轻巧窈窕的小电动车，带着她进行有限的社交活动，来往的人，无非是同学朋友和青少年时期的小伙伴。一个中年女性的生活，不过如此。

有一段时间竟然明显发福，她不允许自己成为中年大妈的样子，于是每天晚饭后，骑电动车到同学领舞的东南城墙拐角跳舞，出一身汗回家。因此交到了一些临时朋友，也是各有各的烦恼与短长，听一听，说一说，比一比，悟一悟，感到自己的生活还行，起码没有下岗失业，孩子虽不十分优秀，但也还算正常，长得漂亮，听话懂事，顺利考上大学，学了娃她叔将来能给安排个工作的专业，也就行了。

至于他嘛，就是那个德性，不离就不离，生活波澜不惊，像摆拍照片发朋友圈一样，做给外界看看，不让亲人为自己操心。大家不都这样过的吗？

他果然掐着点回来，十点二十。这个时候是她开始洗漱、准备睡觉的时间，在卫生间里对着镜子拍水，上眼霜。他进门一副气势汹汹要先把人镇住的样子，似乎早上与他视频给他造成的麻烦与伤害，一天了都没有消失，甚至他这一整天在外的十来个小时，时时都在为自己鼓劲、备课，营造气氛，只为回来好好声讨她一顿。

"就从来不信任我，就没信任过！有啥话不能在家说，不能留言，非得视频，监督我咋的？我一天东奔西跑为的啥，还不是为了这个家？领导一叫就跟孙子一样跑去，叫去支腿子就得去支腿子，叫去喝酒就得喝酒，有啥办法嘛，谁叫咱在人家手底下混饭吃。打一天牌，晚上又被叫去吃饭，我死命耍赖不喝酒，硬说开着车哩才逃过。走到哪儿心里都装着你还不行，看到饭桌上有好吃的都想着给你们拿回来。"他夸张地将用餐巾纸包着的两个小布丁蛋糕放在餐桌上。那两个被拿来用于表演的小东西滚动了一下身子，分离开来，头顶早已有了磕碰，一些碎渣掉落下来，成为灰头土脸的小可怜。她不理他，往往一接茬，他气焰更为嚣张，火气更大。结婚二十多年，哪次吵架也没吵出什么名堂，总是以她没有理而告终，所以她不再吵了。

他见她不理，与女儿搭讪两句。女儿对着电脑屏幕，情绪都在连续剧里，也不睬他。他自觉没趣，洗洗睡了。

第二天一大早他出门上班，晚上还是没有回来吃饭，这是他的一贯伎俩。出了一件事后，他会尽量减少与她见面的机会，最好是他回到家时她已经睡觉，而他早上走的时候，她还没有起床，如此这般几天，事情不了了之。孩子也和同学出去玩了。她一人吃了简单的晚饭后，卧在沙发上看手机。一个画面接一个画面，一条信息挨一条信息，真真假假，打打闹闹，就为了告诉你，世界如此丰富而奇妙。那个发现妻子有了外遇的男明星，半夜向全世界宣告：我要离婚。官司打了一年多，还是没有结果，财产、孩子，总也纠扯不清，一会儿说有和好的可能，一会儿又是决不妥协。看客们起劲分析，认为他真是不值。拿建伟的话说，这样的烂女人在我手里，早扔八百回了，可男明星看样子很伤心，每篇声明都是挺痛心的样子。这不继续有猛料爆出，妻子和经纪人早有一腿，孩子也可能不是他的。粉丝们更起劲了，恨不得跑到美国去把那不要脸的女人撕烂吃了。反正就是要深度参与人家的生活，为一个明星妻子的外遇简直都要怀疑人生了，心碎成片片了，而没有人想过，在人家眼里，你们什么都不是，连你这个人的存在人家都不知道。而你呢，连美国在哪个方位也搞不懂，现在美国几点你也整不明白，半年工资不吃不喝也买不起一张去往美国的机票。可他们，在美国坐拥豪宅，闹离婚也更像是逗你玩。世界的荒诞和生活的庞杂密集而来，足以把人带到另外一个星球，好像不用再为眼前的日子而苦恼。不觉快要九点了，手机突然黑屏，是它也看不下去这种荒诞了？秀锦从手机世界转移到现实生活，灯亮着，家里静着，廉价简单的家具一个一个呈现眼前，没有手机的世界，突然变得如此空茫，热热闹闹的一切，与她的现实生活，风马牛不相及。

而眼下，只有手机黑了屏是件大事，她就那么呆呆地坐着。

听到钥匙开门声，女儿回来了。女儿从网上查找解决办法，替她捣鼓了一阵，没用。女儿说，爸爸的手机刚淘汰下来，在抽屉里放着。这个手机其他功能都还好，只是摄像头坏了，扫不了码，而现在走到哪里都要扫健康码，建伟买了新手机，把这个扔到一边。

娘儿俩从抽屉里找出那个手机，却没有合适的充电器，她想起这个手机的充电器被她拿到办公室了。上个月，同事小马的手机没电了，找这种充电器，她拿去后，就再没拿回来。于是换衣服去往办公室。平时女儿常陪她前往，但今天因为刚进家，一身汗，还没有洗澡，不想再出门。于是她一个人下楼，穿过安静的家属区，往办公楼走去。路上先后遇到两个同事，她打了招呼，看到一些乘凉的人坐在那里，无牵无挂地说东道西。每个人都好好地待在自己的生活里，暂且相安无事。

生活向来如此，在看似平静的时候，在你松懈不觉之时，突然来一个急转弯，将你猛闪一下。秀锦正走向一个将她抛出日常生活的时间节点，她还并不知晓，一手拿着钥匙，一手拿着两个手机，在微凉的夜风中向前院走去。

二

三十年前的一个夏天，父亲出车走的那个早晨，她还在睡觉。高三学生的生活，还没有现在这么变态，而是早睡早起。可父亲比她起得还早，早出晚归，两头不见白天。归程的那天，不管多晚，他总要往家赶，哪怕夜里两三点。回到家就安生了，父亲常说。她习惯于父亲半夜归来，睡梦中感到外间的灯亮了，爸爸妈妈压低了声音说话，有什么东西放在她的床头柜上。家里里外共两间平房，门外还搭建半间小厨房，父母在外间走动、说话，妈妈招呼爸爸洗漱、吃喝。早上起来，总会看到一个新东西放在她的床头柜上，吃的或者用的，一个头饰，一条围巾，总之，父亲长途出车回来，总记着给她带个礼物。

那天父亲出门之后，再也没有回来。不到五十岁的母亲，突然得接受"遗孀"这个词。从前在书上读到这个词，秀锦觉得很高雅很浪漫，好像是一种身份的象征，而真的面对时，才知道它滴滴拉拉流血，连缀着悲痛、破碎、无依靠。当然，还有一个更直白更难听的词语，秀锦一想到它，就全身发抖，感受到粗暴和羞辱。实在要给母亲一个定位的话，那还是，遗孀吧。而她和哥哥弟弟，成了没爸的孩子。她在那个夏天，完成了自己的成长，变成大人，和母亲并肩一道成为家里的主妇，操心哥哥弟弟的事情。

打开办公室门，摁开门口的开关，在刷白的灯光里，她走到桌前，拉开抽屉找那个充电器。这个即将打开生活机密的小东西，被遗弃了好些日子，生硬而委屈地躺在角落，被她拿在手中，跃跃欲试，要开启什么似的。

她伸展它们，将两头接通，建伟的手机亮了。可是打不开，有解锁图案，她记得是W，试了后，打不开。她用办公室电话打给女儿，女儿说是W，但不是大的，而是在右下方小的。果然，解锁了。她抠开自己的手机，取出SIM卡，准备安到他的手机上，暂且用两天。

手机桌面上的微信图标，绿底上两个白色小逗号相依相偎，很是动人的样子，沉睡了那么多天，仍然生机勃勃，随时满血复活。两只小眼睛瞪得滴溜圆，仿佛说，点我呀，用我呀，我有层出不穷的功能，我有超大存储空间，你们忘记的事，不想提及的事，我都能记下，来呀来呀，历历在目，足够让你吃惊。她就真的伸出了手指。

　　所有所有，不由分说，如乱箭齐发，嗖嗖嗖射来，没有一丝委婉，一点也不客气，仿佛是棒喝她的软弱，报复她的好奇。她惊出一身的汗。唯有太阳和人心不可直视。她之前听到这句话，不太理解。而她在这个夜晚，由着偶然而必然的牵引，与一颗看似熟悉实则陌生的心灵，劈面相遇。

　　爸爸，是你看不下去了吗？你用慈悲而神奇的手指，将我引向这里。三十年来，你一直在另一个世界，在遥远的地方，爱着你的女儿，注视着这一切。你痛楚而无奈，不得不用这种方式提醒我。从昨天到今天发生的一系列奇怪之事，都是你所指使。虽然你已去世三十年，但你一直参与着我的生活。

　　而这个和我一起生活了二十多年的人，他到底是谁？他怎么跟另外一个女人说着凑钱交款、房子装修、几点回家、吃饭购物的事情？取出了多少公积金，在自己父母那里拿了几万，找装修公司，看装修材料，甚至跟女方的弟弟对接，说着"你姐我俩"的房子……对话，照片，票据，截屏，一切的一切，历历在目，好像所有的保留，都只是为了在这个夜晚展示给她。

　　深夜的办公室里，她坐成了雕塑，惨白的灯光照亮一切。手机连着充电器，拿在她手中，热得烫手。怎么不爆炸呢？不是总有手机充电爆炸的消息吗？一边充电，一边使用，一边怒火中烧，却也引爆不了它。它仍然那么有耐心，那么冷静，将生活的过往，将一切与她有关而又无关的事情，一条条一件件展示给她，父亲一样冷静而客观全面。他跟另一个女人，建立了一个新的家庭，因为疫情，房子还没有装修好，或者装修好了气味还没有散，他害怕跟那个女人被双双毒死在里头，所以他们还没有搬进新家，所以他夜夜回她这里睡觉，继续充当丈夫。

秀锦单位的房子盖好七年了，因为当初没有按照图纸建造，手续不全，消防设施也没有通过验收，所以房产证迟迟办不下来。去年夏天，有消息说，正在努力补办手续，消防设施也在改进。总之，领导退休之前，想给大家把这件事办好，让职工顺利拿到房产证。她害怕到时发房产证时，会有新的规定和附加条件。因为建伟单位在东郊分过一套房子，他们在那里住了几年。自己单位房子盖好后，已婚职工每人一套，象征性地交了几万块钱，让大家先住着，也没有追究房产证的事情。近几年，老城区改造，单位附近的博物馆要扩建，去年春天开始拆除周围大片民房，说要建成大型文化街区。眼看与她们单位成为近邻，单位的房子很快就会升值，或租或卖，都将大大有利可图，于是职工们又议起房产证的事情，单位便将一系列补办手续排上了工作日程。

大家暗地里议论，夫妻有第二套房的，到时会不会按政策不给房子或者让补交房款。毕竟按地段来说，当时交几万元，相当于房子白送。单位有几个能人，与配偶悄悄办了离婚。因秀锦是办公室副主任，办离婚需要她给开证明、盖章。她问，不是好好的吗？前几天还拉着手逛超市。对方挤眉弄眼，假意难过，唉，过不到一搭咧，离了算了。口气如此轻松，好像是一个萝卜没买好自认倒霉了事。在她印象中，离婚那可是要牵心扯肺、抽筋扒皮的。一对生活了好几年甚至几十年的人，突然一拍两散，再不来往，转眼成了外人，这算什么事呢？她记得年轻时，在公交车上，她手抓扶手，站在一个座位旁边。那个座位上坐了一个男人，个子不高，胡子拉碴，气质挺不错，有棱角的脸上有几道新鲜抓痕，不会超过十小时，一副失魂落魄的样子，手里一张纸卷来卷去，一会儿又打开看。秀锦看到"离婚判决书"几个字。而那个男人的感觉是，因这一张轻轻的纸，他失去了整个世界。她心里立即出现一个画面：他妻子有外遇了，不好好过了，不珍惜这个挺不错的男人了，寻死觅活非要离婚，而他做过很多努力和退让，也没能挽留住她。直到她下车，那个男人还是那样，呆呆地坐着。从此她知道，离婚是件很重大很要命的事情，不是彻底无望，谁也不会走这条路。可现在的年轻人，拿离婚真不当回事，像是网上买了件不合适的衣裳，需要退换，轻点几下鼠标就能解决。

不断有人来开证明，都是一副鬼魅样。而离了的那个非本单位职工，还是在家属院里出没，有时还出双入对，跟从前没有什么两样。

于是她回家跟建伟说："咱也去办个假离婚吧。我单位有好几个人都办了，可能跟将来的房产证有关。"

建伟眼睛一亮，像一棵打蔫的小白菜浇了水，立时支棱起来："好啊，那咱也办，办嘛办嘛，我明天到单位开证明去，哪天去办？"

她只是说说，也没有太认真，或许她认为，离婚跟将来的房产证有关，那都是机关里的人太闲了，瞎想出来的逻辑。

过了两天，建伟又问她："不是去办假离婚吗？走嘛走嘛，我单位证明都开好了，你咋不见行动了？问问他们都是咋办的，需要找人不？我有个哥们儿的老婆，民政局的，不用排队，到那儿就办了。"建伟表现出对这件事的高度热情，难得他对她发出的倡议如此配合。

于是，她到办公室，自己给自己开了证明，盖了章子。第二天，两人一起到区民政局，很快办好了协议离婚。孩子已超过十八岁，也不用判，财产协商分配，夫妻名下两套房，分别是各自单位分的，一人一套，没有争议。两人拿到绿皮离婚证，顺顺当当走出民政局，就像平时一同外出办了什么事一样。在车上，她对着这个小本子看来看去，说是假离婚，可这手续却是完全合法的。她轻笑一声说："在法律意义上，咱俩目前已经不是夫妻关系了。"建伟看着前方，说："神经病，说啥哩，我是娃她爸，你是娃她妈，到哪儿也变不了。"她将目光停留在下面的日期上，天哪，六月十五日，二十九年了！那个遥远的夏天，爸爸永远离开了这个世界，而这个日子，她一直都记着。他们兄妹三个分别成家，过起自己的日子。爸爸的忌日，有时候能记起，相互打打电话，约好回家，跟妈一起吃顿饭，在爸爸照片前伫立一会儿。后来，妈找了后爸，再相约回去纪念，毕竟有点不方便，有时候也就忘了，过后几天想起，自己觉得怪不好意思的，也就不再提起。她发出一声惊呼，告诉建伟："你说日子咋能这么凑巧？如果专门约今天，未必能约得上，来了未必能办得成，手续不是缺这就是少那，要么就是民政局有啥新规，今天给我们办不了，不想却偏偏是在这一天。哎，你说这是不是什么暗示？"建伟短暂吃惊，然后有点尴尬地笑笑："啥嘛啥嘛，凑巧了呗，你爸保佑你，顺利拿到房产证。"他没有就此话题继续说下去。

二人在外面吃了饭，一起回家，日子照过。将那个绿本本，放进抽屉，有备无患，也许某一天，单位那里能够用上。

她曾经从他的衣服口袋里掏出过一回宾馆收费小票，也曾见商场购物小票上出现过并没有带回家里的商品名称。东郊的那个房子，在他单位旁边。当时他们搬离后，她说把那个房租出去，他说房子不大，租不了多少钱，顶多一个月一千来块，叫外人进来住着，还不够操心的，他有时候中午还可以在那里歇歇，睡个午觉啥的。有一次，她路过那里，想上去看看，却发现里面并不是一个人在此随便睡个午觉的模样，卫生间的洗发水、沐浴露都是正常使用的样子，小架子上放着打开包装袋的卫生巾，甚至床上的床单都是她没见过的。事实证明，他的出轨行径，多年来从未停止，只是不知一直是同一个人，还是有所变换。她从不检查他的手机，她认为，一个男人心不在你这里了，再检查也没用，跟踪、调查、询问、吵闹，也都没有意义，不过是自取其辱。

当然，实在有证据撞到她手上，秀锦也是要象征性地问一下的，以表达一个妻子的权利。可每一次询问，他都能找到理由和借口，什么给单位订的房间呀，给同学帮忙呀……编瞎话也编不圆，破绽百出，但他表现得那么卖力，认真地解释，连蒙带唬的，瞪着一双大眼睛，极力申辩，那感觉是如果她再追问下去，如果她再不认可他刚才说过的话，就会有不可收拾的后果，他的心就会啪的一声掉在地上，碎成渣渣。他一心为了这个家，起早贪黑，早出晚归，在外应酬，装孙子充大头，花钱求平安，拿钱买认可，但在你这里得不到一点信任，回到家里没有一丝温暖。他那无辜而委屈的样子看起来又悲壮又可笑。然后接下来的几天里，对她表现出分外的好，每天回来带点小东西给她，出门吃饭拿回几个饭桌上的小点心、小水果之类的伎俩，又上演几回，她也就不再追究。反正他就这德行了，改变不了。秀锦一贯善于为别人着想，有时候她从人的角度而不是妻子的角度想一想，似乎也能理解——如果我遇到一个可心的男人，也会动心，随之也可能发生点什么。中年夫妻，没必要有那么多的依赖，也不再需要全权拥有一个男人，无欲无求，日子相安而过。

今夜，办公室里的她，短短一个小时，完成了又一次的成长。能够议到买房、装修，就不是一般的男女关系，绝非外遇那么简单。

装修自己单位这套房时，三天两头跑建材市场，看东西，讲价钱，运货收货，完全是她一个女人在干。而他跟没事人一样，单位忙，应酬多，没兴趣，装修好他来看时也没有提出什么意见，好像这里不是他的家一样。而他与那个女人，却热烈地讨论着房子的装修、花费、工料等事情，甚至他为此取出了全部公积金，还回家从他妈那里拿了三万，还让女方的弟弟也拿点钱，催他有空了过去看看卫生间墙面，帮他姐拿个主意。那么他妈一定知道他外面的女人，外面的房子，还给予鼓励和支持，总之是没有制止他的这种行为。说不定他俩还成双成对去过家里了，与他父母见过了，只有她秀锦被蒙在鼓里。

深不见底的夜，寂静无声的办公室，无数细节与画面连缀起来。他工资多少，奖金多少，补贴有没有，外快多不多，她一概不知。他每个月只给她两千元钱（前年才涨到两千，早些年是一千五、一千），其余的，他说自己吃干花净，没办法啊，外面应酬多，同事结婚，同学父母去世，哥们儿聚会请客，年节给领导意思下，哪一样不要钱呢？少了五百都拿不出手。这样才能在单位混出个样子，在社会上维持人脉和关系，他都是为了这个家。他总是用那种一半乞求一半威吓的表情，软的不行来硬的，硬的不行再恢复柔软，反正最后，必得以他占上风结束，以她闭起嘴巴不再追究了事。

办公室电话响了，是他的号码，她不接，任铃声从头响到尾。她从办公室出来，没有回家，一个人走向深夜的街头。

虽然办了离婚，但两人和单位少数几个人都知那是假的，他们还是夫妻，天天住在一起，有共同的家、共同的孩子、共同的日子。而今夜，微信告诉她，她这个日子只是他日子的一部分，他还有云存储，复制备份了一套，在另一个地方上演。他兼顾两处，他更爱另一个女人，和那个女人有一个快要建设好的家，却吃住在她这里，享受她的双手与情感打理出来的这个看似完美的家庭。

她的房子分到手有七八年了，当时的房款是八万多，他只拿了两万，说他没有钱，他们买下并装修好东郊他单位的那个房子还没几年，手里几无存款。秀锦付了房款就再没有装修的钱。妈和哥给她拿了两万，总得把房子简单装修一下才能住人。

大夏天，她一个人骑着电动车跑建材市场，一排一排地看，一家一家地问，来回比较，一切以省钱为目的。就这样还是捉襟见肘，最后实在没钱支付工钱，她打电话向刘紫英开口借钱。一听说是装修房子，刘紫英先说自己手头也很紧张，南山脚下她刚买了一套房，上个月她妈做心脏搭桥手术，她一把交了好几万，手里没钱了。"你要是去年装修，我还能给你拿出几万。"刘紫英总是把话说得圆满，显得自己很周全很正确，怪只怪秀锦装修房子不是时候。不过，她也知道，老同学开口了，不借也不好，于是谨慎地问她："那你，需要多少？"她更为谨慎地说，五六千吧。刘紫英大松一口气，并用疑问再次确认："五六千？那好办，你明天来拿吧，我以为你要五六万呢。"

房子装修简单得不能再简单，买了家具，置办东西，把东郊那边还能用的搬过来支撑局面，所有开支压缩到四万多元，竟然一个新家建成了。当然不能细看，用窗帘、画框什么的掩饰装扮，用她一双细手擦呀洗呀挂呀或遮挡呀打理呀，总算有了一个温馨的三口之家。"房子没必要装修得多高级贵重，而在于干净整洁。"她给自己说。因她不会开车，于是全家搬到这里，建伟每天开车上下班。过年时候，请她和建伟共同的高中同学前来参观，烘新房。刘紫英带着清高的宽容的笑，只说三个字：好着哩。等到第二年他们去刘紫英的一百六十平方米的新房子看过，才知道刘紫英的"好着哩"是什么意思。

刘紫英离婚十几年，有着方方面面的生活经验。当年发现丈夫有了外遇，没二话，离婚，你是过错方，净身出户，滚蛋没商量。

她的发现，也颇有传奇性。说起来你们可能都不信，电影导演都导不出这么精彩的梗。刘紫英在十多年里，无数次给别人说，从她儿子还是幼儿园小朋友时开始，一直说到儿子长成身高一米八的大学生。儿子面带尴尬地听母亲讲述父亲的"光荣"历史，她一次次将事情演绎得更加精彩，到最后连自己都不知道真实故事与她的口头描述之间有无差池，差多远。

丈夫是银行的业务尖子，成天早出晚归在外跑业务，当然也有丰厚的收入。早在秀锦和建伟蜗居在公婆那里的一间小屋的时候，他们就买了商品房，一家三口小日子过得幸福滋润。八月十五的晚上，开车到婆婆家吃团圆饭，刚吃完，丈夫突然说有事要先走，晚上来接她们娘儿俩。她问，大过节的你有什么事？先是说领导叫，被她驳回，领导不在家陪老婆孩子过中秋节，叫你干吗？一听就是骗人，短信拿来我看。他自然不给看，说真有急事，领导叫赶快过去，见面再说。最后急了，仗着弟弟一家三口也在，人多好脱身，不再跟她请示，只跟自己的妈请了假，拿了外套就走，颇有点先逃走再说的意思。

天还没黑透，饭后吃了半个月饼，有点撑，在婆家待着也没意思，等他来接不知要到何时，便带儿子打车回家。儿子要在小区一角的儿童游乐架那儿玩耍。小区只有四幢楼，分别占据四角，形成一个不大的院落，有花园喷泉，有健身器材，还有一个大型的彩色塑料儿童游乐架，是孩子们的天地。儿子在游乐架那里起劲地爬上去，滑下来，再爬上去，再滑下来，乐此不疲。她在一边走路绕圈、扭腰甩腿，突然高处的儿子大声叫道："爸爸，爸爸！"她顺着儿子的视线望去，三号楼三层的一个窗户内，丈夫光着膀子在那里炒菜，窗户关得严，油烟机轰轰响，他听不到儿子的叫声。她拉着儿子，进了三号楼，硬是敲开了那扇门。

"你说他们想得多周到，把房子租在我们小区，这样就省了他路上来回奔波，最大限度地节约了时间。"事后，刘紫英对人说："那女人还有点威慑的意思，唱对台戏，知道吧？我四号楼她三号楼，两幢楼面对面，你们想想那个画面，那女人可能天天瞅着我家阳台和窗户，说不定两人还用开窗关窗、摆花盆晾衣服这些名堂来对暗号呢，我就说他咋那么爱站在阳台上往院子里看呢。反正人家俩啥都清楚，只糊弄我一个。我叫他净身出户都算客气的，没卸他一条腿都是便宜他了。"

带着儿子的离异女性，虽是大好年华，却成为最难再嫁的。当然，刘紫英这样的女人，也是有自己的条件的，碰壁几次，伤心几回，也有过两段刻骨铭心的感情。但那些优秀的男人，都是别家女人的。哭过，醉过，心碎过，于是摆出一副没男人咱照样活的样子，以女强人自居，埋头大干事业，周到应对八方，从三十岁的自信少妇，缓慢而稳定地走向一个年近五旬的干瘦妇女，青春饱满的小甜甜变作一把秋天的枯草，终于混到单位副职的位置，社会上好兄弟一大把，办啥事都能找到熟人。生活对于这种女人的补偿就是经济实力雄厚，全身披挂世界名牌，一群小年轻俯首称臣，跟在后面叫姐。每次见面，刘紫英都背着跟上次不同的包，价值成千上万。她自信满满，喋喋不休，随时指导别人的生活，开口说话，必是逻辑严密，层层递进，不说完不算了事，周围人只有认真听的份儿。

秀锦之前并不太亲近她，尤其她每每几千元的衣服，上万元的包包，出于女人微妙的心理，对她敬而远之。那次借她的钱，两个月后，用工资凑齐，留下吃饭的钱，就去她单位还给了她。可在这个最无助的时候，秀锦首先想到的，还是她。

今天太晚了，不好打扰她。

多年前公交车上那个男人，那是失去了一切的感觉，眼睛向着前方，可什么都没有看到，只有无边的虚空和失魂落魄，放大到全世界。那个男人现在在哪儿？已经五十多岁了吧？一定又结婚了，日子平淡如常。她走回家，建伟知道肯定是露馅了，他像个孩子，从大床凉席上起身，大眼睛眨巴眨巴，小心问她咋这么晚，到哪儿去了，他到办公室找她，也没人，大半夜的，真让人操心……说着话下床穿拖鞋，走了出来。他总是这样，心虚的时候话就多，语速加快，一句紧挨一句，不给你喘息之机。她不理他，洗漱之后，进了小房间，侧身躺到已经睡熟的女儿身边，天快亮了才迷糊睡着。

三

第二天，她约了刘紫英见面。她还有其他几位女友，但她们都有家庭，看起来美满幸福，她不愿去找她们。她只有坐在与她同类的刘紫英面前，心里才好受一些。

衰老对于女人的关照，无微不至，有钱也抵挡不住。从头发梢到指甲盖，从肌肤到内脏，绝无遗漏。眼前的刘紫英瘦弱而干枯，倒是长着女人梦想的那种小窄脸，天生一副劳碌相，眼皮都薄拉拉的，几乎透明，眉骨与眼睛之间，月牙趴卧，一笑起来，眼角几道深褶毫不客气地横着，除了拉皮，任什么手段也无法叫它们消失，一头从年轻时留到现在的披肩发，不知有没有染过。

秀锦的头发是染的。四十岁之后，先是头顶白了几根，无碍观瞻，不用理会。随后它们像布局好了似的，阴险地扩散。秀锦照镜子时，总觉得越来越多的白头发对她轻轻地发出低沉而坚定的两声哼哼，然后说，亲爱的，别吃惊别难过，谁都有今天。当然，白的还是没有黑的多，百分之一，或者十分之一？但不管是几分之一，反正必得染了，不染出不了门了。于是染发这件事，成为生活中的一节必修课。于是自己对着镜子，一次次染着变白的半厘米发根。好在是从前面开始白的，后面嘛，白得不成规模，便自欺欺人地说，看不见，不用管，留少许白的也好，这样才显得真实。有一次她去理发店，见女店主正在给一个六十多岁的男人染发，用的一定是廉价染发剂，这是理发店的档次决定的。又因为她那么慷慨，端着一个小圆塑料盒，用梳子蘸一下梳一下，蘸一下抿一下，毫不留情地将那些化学玩意儿全部抹到那男人短短的头发上，多得都要往下流了，她用梳子快速抿一下，再抹到已经饱蘸了染发剂的头发上。在秀锦看来，已经抹匀了，但盒子里还有不少，她要物尽其用。反正那也不是自己的脑袋，有害就有害呗。女店主慷慨的动作分明就是这个意思。男人那么乖顺地坐在那里，任由女人给他头上抹呀抹，抿呀抿，将他的头发、头皮全部浸泡，沉甸甸的，随时要往下滴。一个六十多岁的男人，看样子没多高的地位，也应该退休了，肯定都当爷了，不会再出席什么重要场合，却也不允许自己以白发示人。

明知有害，但不能不染。每一次闻着刺鼻的气味，尽量少地调和一点点，抹到头皮上感到一阵微弱的刺痒。洗过之后，看着黑亮的头发，她都会想，这就是它们本来该有的样子啊，肌体走了下坡路，可为什么头发还要长呢？染好就不再长了多好，保留住现在的样子。可是钻出来的半厘米竟然还是白的，如此执拗，比电脑的记忆力还要强大，真真可恼。

刘紫英的头发，黑得自然而明媚，好像不曾白过一根，秀锦不好意思问她染了没有。她就算染，也是用最高级的染发剂，无伤害无副作用——假如这世上真的有那样一种染发剂的话，她必得不惜一切代价弄来。她不差钱，她除了没有丈夫，一切都要最好的，就连儿子，也是她独自带大，并且跟了自己姓。

与刘紫英比起来，秀锦的经济状况要差许多。她的单位是自收自支的事业单位，搏击市场，苦心经营，工资能有保证就不错了。建伟的单位倒是个好单位，据说收入不低，但他从不告诉她，他到底一个月拿多少钱。即使是住在他单位的那几年，她也没好意思去办公楼上仅一墙之隔的财务室问一问，他的收入到底是多少，她怕别人一句话怼回来："自己男人拿多少钱，你不知道？"总之，她手头很不宽裕，买东西常常以价格为重要参考标准，也常常为了价格而迁就品质。但随着她步入中年，想来品质还是很重要，于是，她注册了闲鱼会员，常去那里逛逛，反正在办公室有的是时间。皮包，外套，裙子，看起来很高级很时尚，但价格令人惊喜。她在闲鱼上仔细地挑，耐心地谈，不慌不忙地对比价格，寄来不合适，还能退换。有时候，一件衣服从看上眼，到最终穿到身上，要经历十多天的折腾，这叫慢工出细活儿。所以，收入不高的秀锦，也能把自己装扮得气质颇佳，在同龄女性中还算挺美。这个秘密，一般人她不告诉，更不会透露给刘紫英。刘紫英能一眼认出她身上的品牌，脱口叫出名字，问她在哪里买的。她有时候说建伟买的；有时候说在中大国际看了几回，专门等到打折时买的；有时候干脆笑而不语，拿话岔开。

坐在刘紫英面前，是一种找到组织的感觉。她把每个细节耐心、诚实地告诉对方。病人要想求医，就得对医生和盘托出自己的病情，遮掩是没有用的，都这么大的人了，又是几十年的同学。刘紫英立马有了一种成就感，打心眼里愿意给她指导，给她安慰，仿佛秀锦的后半生就全靠她了。她则拍案而起，摆出一副随时要打电话责骂建伟的样子。早就看他不像好东西，每次聚会，来得最晚，吹得最响，慌慌张张，口气生大，好像他是多么了不起的人物，把社会上那一套带到同学中来，我早怀疑他外边有人了，没好意思告诉你。最后，刘紫英以一个过来人的身份做出初步判断，建伟很可能跟那个女人，领证了。

"你等等，我有个朋友在民政局，咱先查查再说。"

电话打过去，对方说，这是公民隐私，不能随便查，或者说，不能立即随便查，得提供相关证明。

没有什么事能难倒刘紫英，她约了时间，带着秀锦去了朋友的办公室。也可能是秀锦的无助与沉默的美感打动了那人，相比起来，刘紫英更像是受害者，可劲诉说，而秀锦在一边默默无语，倒像是陪着刘紫英来办事的。朋友带着两人进到一个办公室，工作人员按照秀锦提供的建伟的身份证号码，查出了他的结婚记录。和同单位一个女人，于去年六月十八日领的结婚证。

工作人员不给她截屏，不许她拍照，只让她看清了发证日期，记住了那个女人的出生年月，竟然比秀锦和建伟还大一岁。然后她紧紧地盯着两人的合影，那女人并不比她好看，也并不像小三，反而有一种大气，一副挺能镇住人的样子。建伟那张油腻腻的脸，仿佛随时要开口说话——秀锦你个傻货！他平常总是这样说，有些疼惜，有些爱意，像是大人说孩子。傻货，是他对她的昵称。二十四年前，他们俩拍合影时，他年轻英俊，棱角分明，像某个港台明星，一张胖圆脸的秀锦从外表看，似乎有些高攀他。这让他婚后一直占据着某种心理优势，好像他大大地施舍了她。秀锦明白了，他们三人之间，建伟能降住自己，而这个女人能降住建伟，这就是人们说的一物降一物。而我们找来找去，无非是想投靠那个能降住自己的人，然后心悦诚服地归顺。

秀锦非要搞清这件事，与其说是想再次伤害自己，倒不如说她有一个执拗的疑问：人心到底有多么深不可测，一个睡在身边二十多年的男人，竟能如此一步步欺骗自己！母亲单位的一个女人，在二十世纪六十年代国家倡导下放回乡时，对丈夫说，你先下去，我随后就来。丈夫听话地将手续迁到乡下，她却立即提出离婚，以独自抚养孩子为由，避免了下放，并很快再婚。而那个丈夫，再也没有能力把自己办回城里来。枕边人若是处心积虑骗你，成功率更高，因为他了解你的性情、你的弱点，熟知你的边边角角、沟沟脑脑，利用你的阴晴圆缺打时间差办成事。

如果不是意外发现，他还将怎样欺骗下去？吃住在自己这里，免费享受着她提供的家庭服务，等着他自己的新房装修好，通风散味，不至于甲醛中毒。然后呢，他一去不回头，还是继续假戏真做，两下里跑，两处应对？那个女人当然也知道这一切，知道她秀锦无私地供养着别人的丈夫。她或许还会在秀锦不在的时候，陪他一道来家里拿他的东西，用胜利者的目光打量秀锦家里的一切，鼻子里发出一声冷笑，监督着将他的衣物，一点点转移到她那里。

秀锦在夏天，全身冰凉地骑着电动车回到家中，只做了两个人的饭，给女儿说不用等他，咱俩吃。

母女俩吃着饭，听到钥匙开门声，走进来心虚的建伟。他身子在后，脑袋向前，腰微微弯着，脚步都放轻了，再不像从前那样回到家，钥匙往门口台上一扔，挺胸叠肚，气长得很，嘴里说着多忙多累，一副劳苦功高的样子，心安理得享受衣来伸手饭来张口的待遇。几天来，秀锦不理他，也不过大房间来睡觉，他摸不着头脑，不知道事情败露到了何种程度。他一双大眼四处乱转，自己到厨房去，然后出来，坐到客厅，抽烟，盯住秀锦，痛心疾首地看。

第二天早上，建伟没有按时出门，磨磨蹭蹭，等女儿走了，他叫住也要走的秀锦，一如既往地想要占据理论高地，硬撑着问："咋了？犯啥病？"

秀锦抓起桌上的烧水壶，狠狠扔到他脚下。他跳起来向后一躲，胳膊肘碰到立着的穿衣镜，哗啦碎了一地。秀锦的眼泪和声音一齐迸发："滚出我这儿！回你自己家里去！"

"咋了咋了？"对方继续装傻。她从门口鞋柜里，在他的一双旧皮鞋旁边，拿出他的手机，拍到茶几上："六月十八日，你的好日子！"

建伟拉她坐下，她甩脱，不坐。建伟自己坐下来，两只手来回搓着，眼睛对着她翻了几下，终于翻出了好主意："哎，咱俩从上高中就认识了，我是啥人你还不知道？不就是跟同事领了结婚证嘛，我不管你是通过啥渠道知道的，反正你知道了。告诉你吧，假如咱俩是假离婚，那我跟她就是假结婚，一个证而已嘛！她离婚好些年了，一直在单位没房子，单位不是去年要分房吗？规定双职工优先。刚好那天你说咱去办个假离婚，我想这样不是一举两得嘛，既支持了你，又帮助了她。不就是个证吗？咱的日子从前咋过现在还咋过，这有啥想不通的嘛！"

"可你跟她像模像样地装修起房子，过起了日子！"

"帮人帮到底嘛，那钱是借给她的。"

"骗鬼去吧！"秀锦转身出门，到了单位，给他发微信："收拾你的全部东西，离开我这里，我要换锁。"

从办公室窗户望出去，是城墙的一段轮廓。出生，长大，上学，结婚，离婚，回娘家，走亲戚，几次搬家，都没有离开城墙内外。快五十年了，她与这个四方城长在一起，眼里所见，皆是城墙。父亲是政府部门的大车司机，出事故那年，单位的赔偿条款里有一项，照顾一个子女进入下属事业单位。哥哥大了，已经工作，弟弟还小，正上初中，一个月后，没有考上大学的她便享受了这个优惠政策。

工作后，她参加成人自学考试，拿到了大专文凭。她就是在一次去考试的路上遇到高中同学建伟的。他早已由家里安排，进入一个效益挺好的单位上班，腰里别着BP机，把传呼号告诉了她。两人开始谈恋爱。拿到大专文凭后，她又自学本科，考过了一门又一门，最后就只差英语过不了关，愣是拿不到本科文凭。两年前，单位出了个规定，没有本科文凭者，下一轮竞聘中不能再担任中层干部。她把当初考过的十几门的成绩条复印到一张纸上，告诉人事部门说，她离拿到本科文凭其实只差一门英语。单位说，那也没用，我们只认最终的文凭。有人告诉她，有新政策，四十岁以上免考英语，但你这些成绩条作废了，因为本科学习要在十年内完成。

刘紫英告诉她，有很多大学办了网络教育学院，也就是从前的成人教育学院，比较好通过，最主要的是，确实有四十岁以上免考英语这一条，顺利的话两年拿到本科文凭。刘紫英在社会上认识的人多，各种信息灵通。秀锦想先办个本科在读证明，交给单位。

两年前的深秋，她拿着大专毕业证，前去办理入学手续。工作人员是个小姑娘，她很尴尬，不知叫不叫老师，心里称她小程姑娘。对方见她这个年龄，也有点小小尴尬。小程姑娘对她说："你这个文凭要进行网上认证，因为这是二〇〇〇年前的毕业证，二〇〇〇年以后，所有高等院校毕业证都上网了，而你这个在网上查不到，你得去专门认证的机构，让他们把你的信息上传到学信网，我们这里才能查到，才能给你办本科入学手续。"她按照小程姑娘提供的地址，去了一个大学院内省教育厅设在那里的办公点，竟真有这样一个机构，专门查实认证各种二〇〇〇年前的高校毕业证。一间大房子里有一排电脑，每台电脑前有一张年轻女性的脸。还是一个小姑娘接待她。反正现在走到哪里，比她年轻的人都越来越多，有人叫她姐，有人开口叫她阿姨，她不自在一下，也只得认了。这个小姑娘将她毕业证上的信息输入电脑后说，查不到。她问，查不到是什么意思？对方说："就是说信息库里没有你的信息，要么是信息有误，要么是……你拿来的毕业证，是假的。"

笑话，怎么会是假的？当年我一门一门考出来的，考够规定的十门功课，拿着几张成绩条去自考办领取的毕业证。那时自考办在回民街大皮院，后来不知搬到哪里去了，我几年前路过大皮院，自考办的牌子已经见不到了。而在二十世纪九十年代，我每年要往那里跑几趟，领准考证，领成绩条，最后去取毕业证。那小姑娘不与她理论，冷淡地将她的毕业证送回面前的小台子上说："你现在需要落实好你这个毕业证的真实性，再去开一个学历证明，我这里才能给你办理认证。"她再问："那我怎么才能查实我毕业证的真实性？"对方已经转头干别的工作，说："去给你发证的地方，自考办。"

她转身出门，心想，哼，跟你说再多也没用，我那时白天上班晚上上课，风里雨里参加考试的时候，你还在幼儿园呢。她在网上查找自考办的地址，得知自考办现在已并入高教委的一个部门。

出租车在路上奔跑，她觉得自己又回到了二十多年前。那时为个大专文凭，也是很拼的，一次次上课，一次次考试，六十分万岁。据说一般考六十分的，其实都是五十八或五十九分，批卷老师好心，给提到了六十分。她有两门课，都是六十，拿到成绩条的时候，不好意思地吐了吐舌头，心中感谢那位不知身在何处的批卷老师，体谅他们这些考生的不易，赐给两分，及格万岁。而后来的本科考试，考过了十几门，只差英语，怎么都过不了。每次离五十八分还有挺远的距离，估计批卷老师想照顾也没有办法，只好无情地写上让人羞愧的分数。如今她那十几张六十分以上的成绩条，都在家里保存着，成为纪念品。有时候，只差一丁点也是没用的，事情成功百分之九十五，也还是跟零一样。

坐在出租车上的四十六岁的秀锦，又找回了年轻时的干劲，奋力往前奔。有时候，人的惰性需要刺激一下，给你的生活中投掷一个障碍，阻力越大，摩擦越大，越能让你焕发生机，奋起直追。没有单位的这个规定，她也想不到再去考个本科文凭，更想不到她手里这个大专文凭，在信息库里竟然没有底子。而当务之急，是把事情搞清，问题到底出在哪里。

门卫告诉她，办理你的这个事情，在大门外专门有几间对外开放的办事大厅。她回转身，果然有三间平房，两扇大玻璃门，一律上着锁，里面也没有亮灯。她走上台阶，见玻璃门上贴着A4纸，上面用印刷字体写着：办理学历认证时间，每周一、三、五上午九点至十二点，所需资料……

而今天，是星期二。

第二天再去，拿出毕业证、身份证，交给柜台后的工作人员。这回不是小姑娘了，是两个三四十岁的男子，每人守着一台电脑，面朝外而坐。

一个男子对着她的毕业证，在电脑前操作一番，对她说："信息库里没有你。"

她说："怎么可能？你仔细看看，这不是你们给我发的毕业证吗？"

对方拿着毕业证，转换角度，扭转脑袋，好像确认那张小小的证书是什么高难度的事情似的。他又拿给另外一个男子看，那男子也是如此这般看了好一阵，说："证件是真的，编号也对，但电脑里的名字与你的对不上。"

她说："身份证号总能对上吧？用身份证号查查。"

对方说："那时还没有和身份证挂钩。"

"那，证书编号呢？输入证书编号总可以吧？"

"不是说了嘛，证书编号显示，不是这个名字。"

"怎么能不是我的名字呢？"她踮起脚，将脑袋伸进去，想看看电脑，那男子将电脑屏幕转过来一点，上面的名字是——罗锦秀。

"罗锦秀，哎呀，罗秀锦，那就是我，肯定是录入的人给写颠倒了。"

"那我们不管，凡是与底子不符的人，一律不给开学历证明。"

"可这就是我的毕业证啊，刚才你们也说了，毕业证是真的，也在我手里，那就能证明这是我的毕业证。"

"可是跟你的名字不符。"

"可是是你们录入时写错了，你们应该查下原始底子，我当时报名考试的底子。"

"全部录入上网之后，底子就封存了，要查找，得领导签字批准，相关部门进入资料室，才能查看。在这之前，只能把你这个当成假证。"

"什么叫假证？你们刚才明明说过是真的。"

"有可能，是你冒用别人的。"

"我冒用谁的？哪里那么巧，刚好有个罗锦秀叫我冒用？再说了，我为啥要冒用呢？"

"那难说，现在假冒的东西多了。"柜台里那个男子，表情始终没有改变过，说出这句话，低头不再理她。

她转身走了，推开大玻璃门，才让眼泪掉下来。此刻她足以理解那些攻击公职人员的人了，向他们开枪，向他们抢起刀斧，把嘴巴变成枪炮，向他们发射最恶毒的咒骂。

她站在大街上，面对车来车往，用纸巾擦干眼泪，拿出手机。每当她有困难的时候，想起的不是建伟。建伟帮不了她什么忙。他只会说，学那干啥，去他妈的不学了，明天我找哥们儿给你买个假文凭，就是单位用一下嘛，你又不干别的，我的不是这么多年了都能用吗？他有无数哥们儿，众多战友，他的哥们儿与战友无所不能，但秀锦从没见过他们长什么样。

她将电话打给刘紫英，还不争气地带着哭腔。刘紫英说："叫我想想，在高教委还真有认识的人。你等一下，我打电话给你联系一下。"

五分钟后，刘紫英将电话回过来说："我认识的那个冯处长，他出差了，过几天回来，你下周一去找他吧，我一会儿把他的电话发给你。"

她长出一口气，又转身看了一眼身后的大玻璃门。办个事真难，本是正常的事情，还得找人托关系，事情简单得跟——样，怎么就不能找到底子查一查呢？

周一上午，冯处长给她回短信说："上午开会，你十一点之后再来。"

冯处长带她去资料室，办公室门开着，人却不在。冯处长打电话问，一个女人说，才离开出来买个东西，就回去，稍等一会儿啊。

冯处长说，咱先到办事大厅去问问，看能不能给你在那儿办了。还是那个面无表情的男子，对冯处长解释说，每办一个业务，都有一个编号，要复印所有东西存档，她这个与底子不符，查证后要相关部门领导签字，才能给她开学历证明。

秀锦不明白，她手拿真真切切的毕业证，为何还得再开一个证明来证明它。

冯处长好性子，陪着她在大门口等待外出买东西的女人，一等快半个小时了，秀锦都有点不好意思了，几次说让冯处长先回办公室，她自己在这里等。冯处长说没关系，我走了的话，你不认识那个人呀！终于，那女人电动车前面带着一兜子菜回来了。嘻嘻哈哈停好车子，领着两人来到办公室，先看秀锦的证明，再打开电脑看网上的证书，果然名字不相符。起身打开走廊对面锁着的铁门，开了灯，从一大排铁柜子里找到一九九七年的抽屉，拿出一个巨大的本子，回来坐到办公室，耐心地翻看。在你不知道的地方，锁着你的过往和脚印，那些与你息息相关的事情，被一群不相干的人掌握着，平时你们彼此相安无事，各不侵扰，错了也就错了，妨碍不到什么，有时候却横跳出来阻挠你。秀锦闻到一股因经年日久纸张些微发霉的让人镇静的好闻气息，仿佛看到了她的青春时光。每年的四月和十月是考试的季节，她的要求不高，六十分就行，因为六十分跟九十分的作用是一样的。至今记得，她拿到六十八分、七十三分的成绩条时的那种安宁与幸福感，那是自己扎扎实实的付出与获得；而六十分的成绩条，带给她庆幸与喜乐，仿佛比六十八分还让人激动，因为捡了便宜。终于翻到了有她名字的一页。"罗锦秀"三个字清清楚楚。细细一溜，记着她多年前的成绩，和大家的一样，用钢笔书写，名字下面却用铅笔画了一横，"锦秀"两个字上有一个颠倒的符号，旁边又打了个小小的问号，似乎拿不准此人应该叫锦秀还是秀锦。那个颠倒符号和问号历经二十多年的收藏，淡到快要没有了。

秀锦想起来了，有一次准考证上把她的名字写成罗锦秀了，她找老师更改，夜校老师给自考办打电话，电话那边说没事，他给那个考点打电话说一下这个情况，到时放她进去就行。那时候没有电脑，也没现在严格，不知对于"罗锦秀"这个名字的疑问是谁提出来的，谁用铅笔勾画了这么一下。女人说，凡铅笔画的，都是存疑的，当时也没有跟身份证挂钩，也没有留电话，我就录入成罗锦秀了。

秀锦站在她身后，真想抬手给她后背捣上一拳，凭什么就认为我应该叫锦秀，就不能多费点事查查学生登记表，查查从前的成绩单吗？该认真的不认真，而外面办理学历证明的人，现在却死认真，怎么就不能按此情况分析一下，给我开一个证明呢？

　　秀锦刚说出一句："哎哟，果真是你这里给我弄错了。"那女人严厉地说："你不要说这话，我怎么会有意给你弄错？凡是有疑问的，我们必得落实清了才行，我也是本着对工作负责。"冯处长在身后拉了拉秀锦的衣服，说："好了，查清了就行，回头你这里出个证明，我让你处长签字，再让那边严处长签个字，给她开学历证明。"那女人将秀锦的身份证和毕业证各复印了一份留下，将原件还她。冯处长使了个眼色，秀锦跟他一起出来了。留下那个女人，再见也没有说，噘着嘴坐在桌前，狠狠地用订书机将她的复印件订了一下。

　　冯处长叫她回去等消息，领导签完字后会送到办事大厅那里。秀锦想说，就这么简单个事情，已经搞清，怎么就不能告诉办事大厅那个男子，今天给我开证明呢？见冯处长一副终于给她费力办成了事的表情，她也只得道谢而去。

　　一周后，终于等来冯处长的电话，可以来开证明了。

四

　　娘家那里，她没有哭诉，因为自己弟弟前年离婚，为孩子房子闹得日夜不宁，她妈大大地操心了一回，腰更弯了一些，头发又白了许多；同事那里，她没有吭声，只有少数几个人知道她办了假离婚，而真的落单这件事，她捂得严实。她只想一个人在心里慢慢消化，也不再期待与刘紫英交流，如果不是她主动来问候的话。可是单位里总会有人问，咦，咋不见你娃她爸了？她平静地说，他不住这里了。慢慢地人们自己咂摸出滋味，就不再问了。一个夏季，她家里、办公室两点一线，也不用减肥了，自然瘦去十斤。

刘紫英问她："你咋还是建伟建伟的？他是你什么人？你要搞清楚，什么都不是了，没有任何关系了。"秀锦这才发现，她嘴里说建伟时，仍然是从前的口气，没有仇恨，没有距离，那感觉就好像他随时会回来，日子一如往常地过。你就这么没志气吗？她问自己。

一个人的忧郁气质，绝非凭空造就，而是在人后吞咽了诸多悲愤与伤感，打掉牙齿默默咽下，再慢慢反刍消化，沉淀发酵，慢慢成就了你的面孔和形象。那时，她再一次站到那个三四十岁的男子面前，隔着柜台，递过自己的身份证、大专毕业证，那男子依然一副冷漠而忍耐的样子，像是第一次面对她，丝毫没有给你添麻烦了、让你受委屈了的表情，只是默默地给她开具证明。他这个年纪，干这个工作，可能是临时工，说好听点是聘任人员，受够了挤压和困顿。他对这个世界无话可说，单位里下刀子起火焰他也不管，也管不了，一切按规定办事，没有任何通融余地，因为他不具备给你通融的能力，于是冷漠和愤懑是他永恒不变的表情。倒好像是秀锦该向他说，给你添麻烦了，让你受委屈了。那男子认真写好之后，用尺子压着从一个大本子上撕下来一多半，柜台里递出她的证件，上面放着那张比语文课本还小一点的纸片，而那存根，将保留在他们这里，将来不论多少年后，再来查找，都将以此为依据。各行各业，都有自己的职责和门道。结婚与离婚，在民政局那里，只是一张纸，他们不管你们感情的事情，有了纠纷，一律以那张纸为依据。而前年没有这个来之不易的小纸片，她提升学历这件事就无法取得进展。社会是一盘棋，每个棋子都得遵守规则，沿着自己的路线前进。欠下的，终究要还，你所缺失的东西，早晚会连累到你，羁绊住你，让你再去找补回来。就像这个男人，如果有高学历，有更强的能力，不会坐在这里，像实习生一样做开证明这样简单的工作，从而形成他的忧郁气质。她对这个男人再无一点怨恨，甚至觉得他也挺不容易。秀锦说声谢谢，那男人轻轻哼了一声，低下头去。

生活变故将秀锦打造成了一个忧郁气质的窈窕淑女，对外界的一切用深深的目光看上两眼，垂下眼帘，默默无语，独来独往。因为欺骗与捉弄，一切改变了模样，连家里的气息都有所不同。她常常闻到似有若无的霉味、臭味、邪气的香味，吸吸鼻子，仔细辨别，四处找寻，以确认没有。从前她也提过离婚，他不答应，若是答应了，那她现在或许早已习惯，或者又遇到合适的人，开始了新的生活。假离婚也好，真离婚也罢，从法律上来说，你们不再是夫妻，天天住在一起，那叫非法同居。而现在，跟她非法同居的建伟，去了他的合法妻子那里。如果不是及时发现，她还蒙在鼓里。假如他开车在外，出了事故，死了伤了，她还会出面去领遗产、要赔款什么的，那时会有另一个女人站出来说，不，这一切都是我的，我跟他是合法夫妻。他名下的存款、保险、理财所得，都早已跟她秀锦无关，而她还傻乎乎地出面去领、去要。是父亲提醒了她，让她发现这一切，终止这一切，父亲不忍心让自己的女儿成为一个笑柄。她一遍遍反思自己，哪里没有做好、没有做对，没能留住一个男人。不够勤劳？不够贤惠？不够忍让？啊不，平心而论，她秀锦还算勤劳，还算贤惠，也能适度忍让。就是不爱了，一个人爱你的时候，理由多多，你的一切在他眼里都是好的，你不勤劳，不贤惠，不忍让，那是个性，那是高冷，会让你更加迷人，增加他爱你的砝码。他不再爱的时候，理由更多，你的勤劳、贤惠、忍让，那就是没有自尊，缺乏个性，失去原则，说白了就是犯贱。不管怎么说，她的婚姻，以可耻的失败而结束。这年头，被外遇不可怕，这种事情多了去了，每个人都面临着外遇和被外遇的可能，每个人都尽力做到外面彩旗和家里红旗交相辉映，互不侵扰。但真的被离弃被欺骗，却让秀锦意难平，怎么想都觉得窝囊。可你该找谁算账呢？无账可算，没有人欠你什么，只是你自己不小心走入了死巷。多少天里，仇恨的箭头一会儿对着别人，一会儿朝向自己，最终将它泡软了射中自己的心，醉醺醺麻酥酥地伤感。

生活依然轰轰转动，她是被甩脱出去的一个废旧小零件，天长日久，滑丝脱落，骨碌碌滚到一边，很快有新的零件替代。而她在墙角，被踩几回，踢一下，进入更深的角落，身上的灰越落越厚，直到有一天，作为垃圾被撮走。

而她眼下要做的，是先把他撮走。

一堆衣服、皮鞋放在门口，打了电话，等着收破烂的上门。

那是丈夫的躯壳、蜕皮、残骸，松松垮垮趴卧在地。那条十年前五百九十九元买的第五街牛仔裤，伸出一条扁腿，指向厨房门口。当年这个价钱，让秀锦倒吸一口气，她那时工资才一千多点，不够买三条牛仔裤。他遇到这种事情不会跟她商量，而是直接买了拿回家。当时他说是自己路过东大街，一眼看上，就买了。他语气里强调自己，她就信了。她对他说的话，向来是相信的，她总也想不到，他会骗她。她只是不明白，一个孩子都上了小学的年近四十的已婚男人，为何还像个小青年一样，穿这种裹住腿包住屁股的牛仔裤。果真，不到三年，他那发福了的身体套不进去了，在柜子里一直放到现在。好几件衬衣、长袖、短袖，自己买的、单位发的，

休闲的、正式的，白的、粉的、淡蓝的，小格子的、斜条纹的，八
成新的、更陈旧的，次第包裹那个秀锦万分熟悉的，从十六岁就认
识了的，后来走到一起经过二十多年磨合快要变成自身一部分的身
躯，它们本是叠得好好的，放在一摞，刚才扔的时候，错开了，歪
扭了，松散地躺在地上。她知道，这都是他挑剩下的。他还看得上
的那些衣物，早在那天上午，就全部拿走了，在那个上午之前，就
一点点转移了。他一定在新的领地，组建了自己新的衬衫团队，是
更高级的，更时尚的。还有几条穿得稀薄松弛的早就淘汰了的内
裤，恬不知耻地混在衣物之中。她曾经拿在手里洗过它们，从阳台
的夹子上取下来叠过它们，放在属于他的衣柜抽屉里。据说有外遇
的人，特别注重内衣内裤的品质，而这些是几年前就不再穿的，放
在抽屉一角吸足了樟脑球和木头的气味。刚才她统一将它们拿出
来，扔到门口。鞋子，一双一双又一双，全是破鞋。是的，破鞋。
她对它们说出这两个字。要命，说这两个字时也没有仇恨，还带着
一丝柔情和嗔怪。它们有的装盒，有的入袋，有的赤裸，都是曾经
承受过同一个人的样子，款式不同而又气质相似。他爱买鞋，他说
鞋是男人的脸面，男人的鞋一定要讲究。他常常拿出据说是他工资
一半的钱，买一双据说是正宗进口的皮鞋。那么多的时候，秀锦怎
么就没有想到，他其实是一直处于恋爱的状态，否则一个有家室的
男人，怎么有必要天天打扮，把自己弄得光光亮亮，像只求偶的大
公鸡？而地上这些，可能都是他曾经恋爱生活的道具，他以她这里
为大本营、根据地，每天飞到外面，享受恋爱。现在他的这些往日
功臣们，躺在那里，堆在那里，赖在那里，散发出成批量的大规模
的男性气息、不洁的背叛气息、不堪回首的气息。而秀锦要做的，
就是斩断这些作案团伙的气息，与之前二十多年的日子来一个彻底

了断。

楼下那个超市，曾经他们一家三口，走过一楼卖服装鞋子的区域，穿过弥漫着浓重塑胶味的二楼，上到三楼，买他们一家人所需的东西，买看望双方老人的礼品。事先将要买的东西写在一张纸上，装在某一个人的口袋里，拿到一件，画掉一个。女儿小的时候，把这当成一种乐趣，用笔认真地画掉一个个物品名称。层出不穷的日用品、食品等着她斤斤计较地选择，在考虑质量和省钱之间进行思想斗争，直恼恨同类产品如此之多，让人陷入选择的泥淖。建伟常常说，哎呀，挑啥嘛，看上就拿，不就是差几块钱吗？而超市的设置像一个骗局，琳琅满目的商品吸引着你，好像你可以随便拿，反正价钱不高。常常到收款台那里排队时，头脑才渐渐冷静，发现有一些东西不是必需的，可为什么它们摆在那里的时候，就那么惹人喜爱，让人忍不住伸出手去呢？建伟说，商品摆放是一门学问，摆放得不同就会产生不一样的销量。他的一个哥们儿是超市供货商，经常要跟超市部门经理拉关系，以确保把自己的货品摆到重要位置。秀锦的诸多生活常识都来自建伟，多年来她全方位依靠他，被他精神喂养，愿意地老天荒地与他过下去。可是他却抽身离去，将她大大闪了一下。衣物清除只是外在形式，而要从内心把他剥离出去，还得有个漫长的过程。现在，秀锦站在窗前，从高处看去，超市只是类似于刀把形的一个房顶，将这个庞然大物不必被人看到的一面，呈现给她，上面有三座巨大的如地雷般的绿色铁家伙，可能是通风装置。在秀锦眼里，它们是随时会爆炸的物体。

那条通往超市的小街，一家三口一次次走过，把逛超市当成周末的重要事项。今后，三个人不会再一起去往那里了。沿这条小街她也曾经一个人匆匆去往超市旁的小市场买面条，买菜，买那种装在塑料盒里建伟最爱吃的软面。小心绕开洗车行流到路面上的污水，她也曾在路边大树下接听电话，建伟给她说今天有事，晚点回家，或者她大声说着工作生活中的一些事情，就像女儿常常抨击的中年妇女一样，不顾及自己的形象。生活啊，如此匆忙，来不及审视自己，就翻篇了。

收破烂的进门，看了看地上的衣物说，我不收这些东西，没法定价。

她说，不是让你收这些，你先把门外的纸盒子捆好称斤，把饮料瓶子数数算钱，这些东西，顺便捎下去，扔也好，送人也罢，由你自己处理吧。

那人再看看地下的衣服，又看看屋里，本想说，这衣服都好好的，皮鞋亮锃锃的，就不要了？他的主人哩？死了？一时仿佛想起这家男主人的模样——中等身材，挺英俊的样子，也不便多问，先到门外收拾纸箱子去了。秀锦又去阳台上，将几个快递纸盒给他拿到门口。

所有废品称好算完。十二元。那人慷慨地说，给你二十吧，掏给她一张票子，把所有东西拿到外面，说声再见，轻轻给她关上门，自己在门外慢慢收拾。

建伟自找台阶下，那天在她出门之后，安放好烧水壶，扫净地上的碎玻璃，拿了几件自己的衣物走人，从此再也没有回来。过了一个星期，两个星期，一个月，没有任何信息。她才叫来收破烂的，把他的衣物全部拿走。他近两年新添的东西，新买的衣服，肯定也没有往这边拿，他只是等待着一个合适的机会逃离这里。

"没啥大不了的，又不是你一个，对再婚别抱任何希望，遇到有缘人，混两下就行。你没看那些征婚的男人，先不管自己啥情况，哪怕五十多头都秃了，也敢开口要求女方三十五岁以下。其实，就算这会儿来个男的，你也不习惯，接受不了。所以呀，打起精神自己过吧。"刘紫英时不时来问候她，经常一段一段给她发语音，"好着没？""吃了没？""睡了没？"是她常用的开头语，生怕她想不开似的。

自从确认了自己真离婚的身份后，秀锦一人在家待了两个星期，无声地待着，把之前没有想到的事情，没有意识到的问题，统统捋了无数遍，用梳子、刷子、篦子将往日生活反复梳理。

除了他们共同的高中同学，她从没有被带去见过建伟的同事、朋友，从没有以他的妻子、娃她妈的身份，与他一起出现在任何一个饭局或聚会上，那么，这样的机会，他带着的当是另一个女人。去年春节，他说因业绩好，单位奖励他们几名职工去海南旅游，先说不能带家属，后又说别人都没带，他带了不好。从他拍回的照片看，六名职工，三男三女，里面应该就有那个和他领了结婚证的女人。那么另外几人，真的就是他的同事吗？多年来，他该拿出多少精力，对付这种两头瞒、两头哄的生活？不，只是一头瞒、一头哄，她在明处，人家在暗处，两个人合伙对付她一个。

一大早，刘紫英发来一个新闻链接。南方一名丈夫报警说妻子失踪，却怎么也查不到行迹，这条人们关注了好些天的新闻，终于查清楚，是丈夫将妻子碎尸几段投入化粪池，然后报案。我的神呀，天下离婚女人一下子万分庆幸：离了好！离了好！那女人一定是不肯离婚才让男人出此下策，所以呀姐妹们，要自尊自爱自留退路，该放手时就放手，别把自己小命弄没了。评论区竟然是女人们的集体醒悟。刘紫英也是这个口气，搞得秀锦像是从死神手里捡了条小命似的。

"离婚""单身"这些字眼，从前由嘴里说出，轻松自然，了无挂碍，谁谁离婚了，自己带着娃，张口就来，平常得就像在路边小店吃了碗凉皮，别人的伤痛，没发生在自己身上。只有亲自走到这一步才会知道，每一个字眼背后，都是屈辱和破碎，不甘与无奈，命运的捉弄与布局，真真假假，恍恍惚惚，凄凄惨惨，怎一个"离"字了得？怎一个证书了结？斩不断，理还乱，哪里是把他的"遗物"清理了那么简单！

有一次，她到一个同学家里，两人说起很多女人总是那么在乎丈夫，没有男人活不成了似的，真是的，太没自尊了。同学的姐，年轻时离了婚，自己带大两个孩子，现在孩子们都成家了，她仍然独身一个，常到妹妹家来帮忙干活儿。两人说得热乎，姐姐在一边轻轻地说，那是你们都有丈夫，才这样说的，那些没丈夫的人，可不得很在乎吗？姐姐那意思是说，她俩站着说话不腰疼。秀锦对姐姐说，你一直一个人，不是也过得好好的吗？现在两个孩子对你多好，生活回报了你。姐姐摇头苦笑。

五

醒来之后，才知道自己刚才睡着了。中午能睡一会儿，实在是个胜利。整个下午，眼睛都亮晶晶的，大脑如一罐八宝粥，清凉，微甜，沉静，否则就是一团发热的糨糊，滚动的岩浆。养生文章里说了，中午就算是睡不着，也应该躺在床上，让自己完全放松，任思绪信马由缰。

周六，天气晴好，不冷不热。如果这样的秋天，这样午睡后起来精神还算不错的下午都不出去转转，那就再不会逛街了。她洗脸，打扮，烧水，泡茶，将玻璃杯口拧紧放在包里，出门时，快四点了。

南门外那个奢侈品商场，听说多少次，路过好几回，从未想过要进去，是被"奢侈"两个字吓住了。刘紫英却把这个商场挂在嘴边，她的好些东西都来自这里。从前她常托人从国外买，在机场免税店享受优惠，现在不需要了，而且疫情期间，没有人能出国了，直接从这个商场买。"无非就是多花几百几千嘛，钱能解决的问题，那都不叫问题。"刘紫英说。每晚秀锦都能在自家阳台看到那座大楼发出的灯光，紫色向蓝色过渡、交替，高冷洋气。她想，买不起怎么了，去看看不行吗？

出一次门，上一次街，都挺难的，像是做一件什么大事，要换衣服，要斟酌穿哪双鞋子，配相应的袜子，裤子若有变动，鞋子也得配套。最后，还要化点淡妆，否则就脸色枯黄，自感对不起观众。一个人在家，日子好凑合，吃饭简单，甚至有时候不想做，下楼走一百米，买一份凉皮回来，加一点焯好的菜，调到一起，就点馍，喝点水，就是一顿饭。

几个月的时间证明，这个年龄的女人，没有男人也可以过，不会再像年轻时，伤筋动骨，要死要活，烈火焚烧，失控跑偏，像她们曾经讽刺的那些女人那样。就这样吧，认了命运的安排，躲入自己的洞穴，上班单位，下班回家，做做吃吃，追剧刷屏，喝饱鸡汤，养一身膘。然后又嚷嚷着减肥，跑跑跳跳，按摩吃药，终究无效，柔软的脂肪坚不可摧，变作快活的胜利者，将你俘虏，你与它们一道，成就美好中年。如此这般，天长地久，生活万岁，多数女人不都是这样吗？可她隐约觉得，这样之外，还有一个什么东西在召唤她，还有一根琴弦，轻轻地弹拨两下，发出一些似有若无的声音，萦绕在心间。平静上下班，安静回娘家，见同事打招呼，到时间考试，离本科文凭越来越近。在这静水之下，有暗流涌动，她对生活还抱有好奇，或许还会发生点什么。

下午三四点的阳光，没有了热度，只是鲜明透亮地从斜角投来，将一切照得犹如崭新，温度适宜。如此深秋，恰似一个从痛苦泥泞中跋涉出来的中年女人的心情，沉沉饱满，淡淡辉煌，看周围一切，涂了一层金边。

似乎去哪里都不重要了，她只是这样缓步走着，不再痛苦，没有焦虑。而她曾被痛苦和焦虑捆绑，钉死在某处，被搜身检查，刑讯逼供。她挺了过来，走了出来，再看这样的生活，还不够好吗？一个酒店停车场的出口，响起录好的女人声音："吉祥停车，祝您一路平安。"杆子自动抬起，一辆小型面包车驶出。对下一辆车说："六元，请交费。"杆子稳稳地横着，不交费是吉祥不了、平安不成的。水果摊儿上的草莓面色苍白，呈现出坚硬的质感，一副我不好吃不要买我的诚实相。季节乱了套，一年四季都有这种水果。她小时候最爱吃草莓，那时还没有大规模的大棚种植，只有夏天才能吃到。有一次，爸爸出车回来，用报纸包了几个，半夜里洗净了，叫醒她吃，说是下午路过一个草莓园，停车下来摘的。那草莓小小白白，顶上一点微红，半生不熟的样子，硬硬的，酸酸甜甜，那种硬和酸是正常生长的结果，而眼下的，分明是药物促成。阳光轻移，行人缓步，黄金般的城市处于白天最沉静的时候，秀锦穿着轻便鞋无声地走，越过那一筐草莓。

嘎吱一声响，紧急刹车，一个安全帽飞弹出去，跳了两下，撞上道沿，停在路边，一个骑电动车的人倒在一辆小车右前方。路边一阵惊呼，有人停下观看。司机可能是吓傻了，一张脸煞白，好几秒之后，才打开车门，走到车前，验收他闯下的大祸。秀锦回头看去，以灰色城墙为背景，一个事故现场，定格在那里。三十年前的父亲，是在黄昏，天将黑不黑，快要进入市区的乡村公路弯道上，紧急避让一个从村里冒出的骑自行车的人，跌入路边沟里的，单位定为工伤死亡。交警说父亲是个好人，他正常行驶，对于突然横穿公路的人，是可以撞上去的，撞死了也是单位赔钱，但本性使然，他猛打方向盘。秀锦后来将事故证明复印一份保存，那是父亲用生命写就的证书，也让建伟看过，嘱他开车一定小心再小心。去年办完假离婚手续，她又拿出事故证明，让他看上面的日期，确实是六月十五日。"你说咋就这么巧？"她问。建伟的脸上掠过一丝一年后才看透的惊慌，不自在地说："凑巧了呗，这有啥嘛！"

要逛南大街，其实很方便，步行一公里进入城墙之内就行。但失去了逛街的热情，又不买东西，搭上半天，累得够呛。秀锦不逛街已有多年，一是精力不胜，再者网上什么都能买到。而走进这个多次打算来而没有来过的奢侈品商场，是一个颇有仪式感的举动。时尚杂志说了，即使买不起，也要经常逛逛高档商场，让自己见识一下那些好东西，有助于品位的提升。

两年来，一次次接到小程姑娘发在群里的各种通知。有时候她单独问个问题，对方语音回答她，竟然开口叫阿姨。她也就认可了，自己这个年纪，不是阿姨又是什么呢？

就在她逛商场的时候，小程姑娘又在微信里呼她了。

"你确认一下这个照片是你吗？上个月统一拍的时候，有几个人的学号搞错了。"

"是我。"她看到蓝色背板前面，自己穿着一件粉红小碎花衬衣，嘴唇上一点淡淡口红，那时她还沉溺在苦海，吃不好，睡不着，显得憔悴，双眼无神。她赶忙将照片保存，害怕小程姑娘撤回。

　　秀锦竟然有点迷恋这种集体生活，网络上的虚拟班级，大家都没有见过面，生活中谁跟谁都不认识。而她，混在一群九〇后之中，感觉自己像回到了二十年前：白天工作，晚上上课，春季、秋季参加考试，好像她还有足够的力量来应对这一切，她的人生之路还很长，还有无限可能，还有一些未解之谜。她是个小电池，默默储存能量。第一学期计算机统考，是线下考试，前后左右，全是年轻面孔。监考老师检查她的身份证、准考证，再仔细看看她的脸。她的右边，坐了一个青涩的男孩子，二十出头吧，她往他的屏幕上瞥一眼，竟然全是英文。计算机和英语都属于全国统考，每人一台电脑答题，事先定好机位，不分计算机考场和英语考场。英语，是她心中永远的痛，因为这一门课没通过，其他通过的十多门也都没用，如今她终于到了可以免考英语的年纪。监考老师说："现在，把手机、课本、复习资料全部放到前面，把你们的小抄都收起来，趁早别往外拿。监考的除了我们，还有摄像头，连着北京的总部，凡有作弊者，精准定位，你那台机子会自动锁住，就考不成了。"秀锦竟然有一种幸福感，有一刻觉得往日重现，时光倒流，年轻的她拿着准考证，走进考场。啊，如果生活重来一遍，她还会不会嫁给建伟，让建伟不甚热情地把她娶回家中，对她并不珍视？那时，还有另一个年轻人对她有意，而她嫌人家太老实太土气，她只看中了建伟的外貌。

　　有人管着她，有人召唤她，有人给她发通知，有人在群里提醒她：下载作业了，考试时间确定了，可以在网上查分数了……离拿到本科文凭越来越近了。她跟着一个看不见的集体一路向前，有一种成就感、归属感、踏实感。尽管这个管着她的人，只是一个比自己女儿大不了几岁的小姑娘。

商场实在是太大了，两座楼连接在一起，怎么也逛不完，所有的东西她都买不起。当然也不是真买不起，而是像她这个收入水平的人，花上万元买一个包有什么意思呢？背给谁看？闲鱼上仔细淘的话，几百块钱拿下。她走得有些累了，口干舌燥，带的一杯茶喝完了，还想上厕所。中年女人出门，上厕所总是免不了的。放眼望去，一切豪华得不真实，全是外文，却找不到WC。上面渴着，下面憋着，她不想逛了，却连出口都不知在哪里。商场里人很少，营业员比顾客多。据说刚开业时，为了确保购物环境，不能进入那么多人，商场门口有很多座椅，人们坐在那里等待，出来一个，才能进去一个。为了见识奢侈品的模样，人们愿意排队等待。自从有了疫情，不用管控，也没有那么多人了。渴着和憋着，都不好受。中年之后，受不得委屈，不能渴，不能饿，不能困，不能累，每一项都让身体感到不适，从而影响心情。她终于向一个年轻的营业员打问："请问洗手间在哪里？"

出来后，她又在一个服装品牌处，接了一杯热水。坐下来，若有所思地喝了两口，装回包里，她决定离开这个商场。她自己摸索，找到出口，走到外面清凉的气息里，天有些黑了，稀薄的昏暗中，回头看看这座大楼，还是没有一个汉字，进出的人，也都洋气得很，整个画面像外国电影一样。那么她在别人的眼中，也应该是这画面的一部分，有人将她当成富婆也不一定。她已经被奢侈品商场安抚，出门的目的已达到，华美的哀伤与幸福就是这种感觉吧？

她走进南门，到那条小街吃一碗凉皮。这家小店，在她十五岁那年开业，那时大米面皮刚进入这个城市，三十多年过去，门面

没变，味道没变。自有记忆起，夏天里爸爸就常说，秀，给咱端皮
子去。十五岁之前端回的是面皮，十五岁之后端回的是米皮，米皮
比面皮更洁白，更妖娆。她端着小搪瓷盆，拿五毛钱，身后还常常
跟着弟弟。足足两碗米皮的量，放进盆里，她觉得老板下手大方，
比分开的两碗要多一点。她说，味道放重，回去还加菜哩。小勺子
放盐唰唰唰，大勺子醋水哗哗哗，老板再拿一撮米皮，放在辣子油
里，沉沉地摆动几下，蘸得十足饱满，小盆挨近油盆，迅速摆渡过
来，柔白之上，艳红横卧，完美得无法形容，她觉得弟弟和她同时
咽了下口水。老板再拿勺子狠挖一勺沉淀于盆底的辣子，将一大疙
瘩放在上面。回到家里，母亲已经把芹菜或豆芽焯好，倒进去一通
搅拌，分出四小碗，而父亲端着盆吃——父亲去世后，哥哥享受端
盆吃的特权——每人手里有块馍，辣了咬块馍吃，咽下馍还想再辣
一下，眼里泪光点点，脑门一层细汗。凉皮吃完后，馍掰碎放入小
盆，将醋水辣油吸干蘸净，再来点汤或者稀饭，那就不知道有多美
了。这城市的多少人，常常会临时决定出门，到某处去吃一碗凉
皮，他们不自觉地成为某一家店的老顾客。

　　小街与南大街交会成丁字，好像不属于这个飞速发展的城市，
一走进来，就像回到往日时光。一年中有几次，她总要来这里吃一
碗米皮。父亲去世后，母亲改嫁离开，老房子拆迁，指标给了哥
哥。她来这里的理由，也只有米皮了。

　　主人早已换了，进出的也都是流动人口，店主多了一份淡漠，
不用再赔上笑脸向顾客主动问好，也没有时间，忙得头都抬不起
来。女人坐在门口收款机后，专门收钱出票；男人在里间调凉皮，
一碗一碗又一碗，一生只做这个动作，就能挣大钱发大财，只是没
有时间去花罢了。后面有人不停地给他切好搬运过来，十来平方米

的营业间里，一个女服务员负责端凉皮稀饭，因地方狭小，她努力吸着脂肪丰厚的肚皮。秀锦认定，这是两对夫妻：收钱的和调凉皮的是一对，是老板；搬运的和端饭的是一对，是打工的。失去什么就会关注什么。她现在走到哪里都会想，这男女是不是一对，是不是夫妻？见一只猫或狗，也会想，它有没有伴儿？见一个独自行走的人，她会想，家里有人等着他吧？这男人多好，下班就回家，手里提着买好的东西，不乱跑不胡来。

进来一对男女，对女主人说，来两碗凉皮，一大一小，再来一碗稀饭。那么他们二人定是伙喝一碗稀饭，面对面坐着，一人端起那碗稀饭，喝上两口，放回桌上，对面的人再端起来喝。秀锦本也想要大份凉皮的，但她犹豫了一下，还是要了小份和一碗稀饭。晚上了，少吃些好。稀饭碗倒是挺大，她一人本喝不完，但现如今没有人跟她分担，只好自己喝完，有点撑，腹内柔软着，挺舒服。

她提着打包的一份，走出小店。天黑透了，灯火亮起，小街上行人如常，只是多了影子，不离不弃地跟着自己的主人。来到南大街，眼前是南门，身后是钟楼，立时让人从往日生活又回到现代世界。行人稠密，挤挤碰碰，灯火辉煌，明亮耀眼，人们的影子被切割踩碎，分崩离析。

城门洞宏大厚实，有十多米深吧，人们在其中进出，徘徊，停留，等待，推销，通话，扫码，拥抱，告别。向前走就出了城，往回转又退入城内。突然想起多年前看过的电视剧《围城》一开始的几句话。那时太年轻，只是一心向往城里的风景，而后来呢，她也并没有向外冲的愿望，她不是战士，她只是个平淡的女人，只想在城中求得一隅，是生活的流水裹挟着她，将她冲出城外。

她走出城门洞，灯火像城内一样绚烂多姿，地面更为开阔，建筑物也分外大气，马路上车流涌动，奢侈品大楼上的灯光，冷色调更为迷离。

微信语音通话提示音响起。女儿说："刚才爸爸回来，找他的衣服，大发脾气，说怎么一件都没了。"

"他发啥脾气？早不找晚不找，刚扔了，他来找。"

"他其实回来过几次，每次拿点衣服走，不让我告诉你。上周跟我谈了很久，他说他本意是想一直住在咱们这里，只是跟那个人领了证，这样两边都对得起了。"

"谁需要他对得起？如意算盘打得多美。你告诉他，今后不要再来，这里没有他一件东西了。以后你俩见面，约在奶奶家，或者他开车在楼下接你。"

"他已经走了。"

"那你下次见面告诉他。"

"好的，妈妈。等你和凉皮回来，么么哒！"

发表于《北京文学》2022年第1期

转载于《小说选刊》2022年第2期

短篇小说

DUAN PIAN XIAO SHUO

逆行者

从前有座山，山里有个城，城里有个中年人。

在夜色中，他告别酒友，向体育场走去。

那几个人各有各事，从饭馆出来，兔子一样四散而去。

而他，想走一走。喝了不少酒，不愿在街上走，街道狭窄，汽车乱窜，他飘飘忽忽，不安全。

这是小城里唯一一个公用体育场，与学校合用，白天属于学生，晚上属于居民。唯一性是小城的最大特征，这意味着你无可选择。小城在大山里面。先祖们真不容易，在群山之中，沟壑之间，见有这么一片小天地，叫作"坪"的，倍加珍惜，居住下来，繁衍生息，然后，一点点挖掘，蚂蚁般辛劳，使崎岖变得平缓，让险峻来得平易，一天天扩大地盘，不得已往山坡上发展，向山的那边延伸。抬眼望去，高处也都盖了楼房，大有将山坡一点点蚕食的趋势，学着大都市的样子，一座座二十多层的楼房拔地而起。山中盖高层，也算因地制宜，只因坪地太金贵太有限，恨不得把山体刨了再刨，削了再削，后退一米就是一米的胜利，紧贴着大山而建。这样看来，高楼就像与大山焊接在一起，或者是大山长出的一个犄角。他的家，就在山坡上一座高楼里。每天清晨，他跟着人群从高处向坡下流动，就像路边小沟里的细水，涓涓而下，流向自己的岗位。夜里他站在窗前，看外面点点灯光，有点俯视全城的优越感。

体育场被一群大楼包围，入口处用铁丝网圈起，这样从外面透过铁丝网看去，里面的人，犹如电影里集中营中的犯人在放风。大家顺着一致的方向行走，泱泱流动，形成一个周长约四百米的大漩涡。人们基本是三五成群，呼朋引伴。或许是要对抗既成的唯一性，小城里的人，皆爱成群，很少有人独自行动，好像大家都需要保护，结成同盟，不至于像是被从人群中分拣出来，被踢出局的一样。而今晚他的酒后散步，就有点特别，往常好坏都是有个伴儿的，拉着谁是谁。他站在入口处，有点恍惚。人们从他眼前路过，匆匆忙忙，就像有什么紧急事情需要他们赶去处理似的，可前方是一个又一个圆圈，人们首尾相连，紧紧跟随，步步相接。几个熟人向他打招呼："来了？"问了俩字，不等他回答，不需要他回答，急急走去，只展示给他个背影。或许酒后的他，还没认清那人是谁，反正是熟人。遍地熟人，这又是小城生活的另一特征。一个山洼，三五条马路，几十年生活，几万个人，是一个腌菜坛子，泡得烂熟。你很少看到生面孔，在街上走一圈，跟迎面来的各种熟人打十几回招呼，"吃了吗？""下班了？""哪儿去？"这样的问询，每天重复播放，不知说多少遍。如果来了生人，小城人立即将他挑拣出来。这是一个没有隐私的世界，坛子里的人，相互监督，一切透明。如果想有隐私，就到省城去，那里全是陌生人，便于隐藏，光天化日之下，大街上，钟楼下，也都是安全的。

他没有像平常一样，加入人流，他喝了酒，不由得深沉起来，哲思起来，对于眼前的景与人，想冷眼旁观一番。他抱着膀子，看着那些人。体育场两个长方形跑道外边，各有六个灯杆，灯盏发出暗黄的光，还有四处楼上各家的灯火。尤其是旁边学校，学生们正上晚自习，教室里的灯光热烈地扑洒出来，琅琅的读书声、哄闹声也从后窗跑出。小风一吹，他打了一个激灵。山包里很少有风，尤其是这四面高楼围绕的体育场，似在桶中，哪里有风的踪影呢？但他此时很灵敏，酒精的力量让他的感觉细致了一千倍，一抹细如发丝的微风，拂过他的面颊。

为什么都要逆时针走呢？

所有人在体育场内，围成一个逆行的椭圆，轰轰然走着。没有一个人意识到这个问题吗？噢，对了，体育比赛时，也是逆时针。他想起电视里的奥运会比赛，在起跑线上，运动员趴伏在跑道上，以逆时针方向，等待发令枪响起。啪，八个特殊材料制成的人，箭一样射出。跑了两步，刘翔停下了，啊？！所有人以为自己看错了，天大的玩笑，可是，他真的停止了奔跑，绕开两步，向着他出发的方向走回去了！将巨大的惊讶抛给世人，而他，满不在乎地走回去了，那背影好像在说，不玩了。

回到主题上来，人们为什么逆时针走呢？几年前，侄子好像说过这个问题，什么南半球北半球的原因，或许还因为人的心脏位于身体左侧，所以重心容易偏左。

嗯，明天再上网查查。可是，那是体育比赛，是剧烈的运动，分秒必争，讲科学是有必要的，而我们日常的走路、散步、遛弯，怎么也非得这样呢？当初谁规定要这样走呢？莫不是体育场刚修好时，县长大人带头这样走了一回？我们日常习惯，不是要顺时针走吗？小城高干们，也就是在这里刚修好时，为起模范带头作用，作秀般地走了几回。带着表演性质，县长走在前，几位副县长靠后一点，小心谨慎地亦步亦趋，后面还有几大班子的头头们，像是出席什么活动似的，依次出场，缩胳膊紧腿，腿长的也不敢迈开步子，把气氛搞得很紧张，这哪里还是锻炼呀！之后，他们便从这里销声匿迹，他们有更好的去处，低调奢华有内涵，不必再这样抛头露面。常来这里的，充其量是县上的中层干部们，或者像他一样的小城名流、小知识分子、小公务员，基本上都是体制内人士。小城没有什么企业，也少有工人阶级，公职人员基本都是有头衔的人，台面上栽种的树苗，就像他一样，头上顶着几个桂冠。其中最辉煌的，当属国家级作协会员，这又是小城里的唯一，足以让他在小城文人中鹤立鸡群，也使他当年被破格提升为科级干部。县委书记说了，你这个会员就相当于高级职称。

为什么非得这样年年月月地朝一个方向走呢？我能不能按顺时针方向走？被人群裹挟推涌着流淌了一圈之后，他突然冒出这样的想法。于是他停下脚步，后面的人呼呼呼从他身边走过，他被各种各样的人抛下。他站了几秒钟，决绝地回转身子。

他看到了那么多的面孔。人们像是突然发现了什么目标，充满疑惑地看着他。他给自己打气，勇敢地迎着人群走去，心里想：我这走法才对，你们都错了，却没有一个人想过这个问题，浑浑噩噩地一走多少年。

世界完全变了模样，所有人迎面向他走来，各种各样的面孔表现出惊讶。认识的人说，啊，怎么逆着走啊；面熟但没有打过招呼的人，惊异地看他一眼，绕开两步，敬而远之；一个低头看着手机快步走的男人，撞到他身上，非常吃惊地抬头，眼里满是责怪，分明是谴责他为啥不按规矩走。他也稍稍有些不适，头微微有点晕呢，就像是擗树枝，就像是倒着摸小动物的毛，就像是刮鱼刺，就像是反方向梳头。他立刻联想起一切倒着来的事物，莫非真是北半球地心引力不对？好像有无形挤压的力量向他扑来，使他身心有微微的压迫感。

"反其道而行""逆潮流而动""背道而驰""众叛亲离"……他想起这些词，感到更大的困难是，要接受每个人的检阅。从前跟大家一样逆时针行走，所见都是别人的背影，展示给别人的也是背影，就像一滴水隐于池塘，就像一个词语隐于故事，就像一个人淹没于命运，安全而顺遂，每个人埋伏于人群之中，而现在，独你一个，直面相向的所有人，得拿出勇气来。尽管体育场灯光不明亮，但足以让每个人认出你，每半圈相遇时，都得打声招呼，不然不礼貌似的。而每次的招呼语也只能是"倒着啊？怎么还倒着呀？"，就那么短促的两三秒，也只能交流到这个程度了。他皆以洒脱的笑来应对，这，或许就是他几十年来面对世界的方式吧。

作为一个年纪奔五而一直独身的男人来说，本身就是这个小城的异类。不是离异，也不是丧偶，而是压根从来就没有结过婚。要是丑，或是穷，道德败坏，臭名远扬，找不到媳妇，成不了家，倒也罢了。可问题是，不但不丑，也不太穷，而且声名俱佳，德艺双馨，算得上小城名流，这样的人还娶不上媳妇，就只能是自己的问题了。

"都是文学闹的，写么子诗，好好成个家过日子多好！"亲戚们说他。

小城一向无风，一片湖水，表面无澜，飞进个蚊子，泛一圈涟漪就是新闻；掉一片树叶，啪一声微响就是轰动。他这个才貌俱佳的男人，保持单身，那就是把自己打造成了一处风景名胜，任人们参观、谈论。

对面的女人看过来，对面的男人看过来，老年人看过来，年轻人看过来，双双对对的人看过来。人们看他，他看人们，他知道擦身过去后，人们会议论他。不怕，人活世上，就是被人议论的。何人背后不说人？何人不被人来说？他也不由得检阅他们。既然是迎头而上，那就是迎着困难上，挖出他们的根根梢梢，理出所有人的头头绪绪，我们相互都是组织部、档案员，索性查查资料，看看履历。

程主任，大腹便便，横向发展，身体庞大得使四十二码的脚变成小脚，好像就要撑不起他，走起路来左右摆动，腰带松垮垮地系在圆滚滚的肚皮之下。他跟女人刚好相反，腹部是全身最粗壮的地方，侧面看去腹部比脚尖要向前突出很多，让人担心裤子随时有掉下来的可能。他不时用双手抓住皮带扣那里往上捯一下，再捯一下，决心很大，幅度很大，态度很明确，却收效甚微，让身边人真想脱口而出：你一下把它系好不就得了？可他，总也系不好。他的头发，好像没有梳过，甚至是出门之前用双手抱着脑袋故意揉成这样子的。成心。如果哪次破天荒，他把头发梳得光溜溜的，那一定会引起人们特别的恐慌和惊讶。"出什么事了？"这一切好像都是他和这个世界的对抗。他一旦开了口，声音洪大，配合又红又亮的脸膛，又是一副铁骨铮铮的样子。作为一个全城资格最老的中层干部，一个正科二十五年的老同志，他完全有资格这么任性。二十年前，人家就是一局之长了。一次市上领导来检查指导工作，正在自信而得意地指点江山，他当即指出人家说得不对，情况不是这样的，而是啥啥啥啥，差点把县长当场气死。第二天便发文，停了程咬真的职，调出现有局，按一般人员安排工作。名字后面，连"同志"也不带了。他不服气，说他不就说了两句实话吗？不是整天说要实事求是吗？领导明明是外行瞎指挥，一圈子人就眼睁睁看着都不说话。程局长从此走上一条上访路，折腾了两三年，没人理他，大家看他像异类。他找了省上一个拐弯亲戚说了话，才给恢复了工作。他只怨自己那时年轻，不听话，现在明白了，愿意听话了，晚咯。他常常告诫年轻人，多听话，少说话，领导说啥就是啥。恢复了中层职务，也就不错了，至于再要往上走，那是万难，有了抹不去的污点，也就被打入另册，人们对他心有余悸。一旦上级来检查工作，先把他支走，放假回家都行，出门玩耍更好，就是不要在上级领导眼前出现。在中层职务上流动了许多年，过了五十五岁，彻底没戏，完全坦然，旧病复发，狐狸尾巴再次露出来，说话嗓门更大，敢当面嘲笑领导，拍着肩膀跟领导称兄道弟。领导见他，能躲就躲，同僚也不愿与他走得太近，现在此人，只有跟着老伴儿晚饭后散步的份儿了。

王领唱，脸蛋漂亮，身材娇美，并且时时处处有一种知道自己美的自信与满足，长而匀称的双腿快速而轻盈地走着，带动腰肢柔韧摆动，轻盈得好像不是肉身凡胎，每每走到跳广场舞的地段，就合上节拍，顺势扭几扭。发型常年保持着两片百合花瓣的形状，就连散步时也不忘时不时用手摸一摸它们，使花瓣的尖尖保持一个弧度。穿一身运动衣，将上衣脱下来扎在腰上，好像不是走热了脱掉的，而是从家里出门前专门扎好的。每天，她出来不是为了散步，而是测试大家是否还像当年一样关注她，崇拜她，向小城人民展示她的青春永驻，美貌依旧。"人家咋弄都好看"，这是小城人民的共识。当年的合唱队领唱，歌舞团女一号，其美貌曾经轰动小城及全县村村寨寨，山里农民谁要是亲眼见过王领唱一回，那在村里就有了话语权。也是年过三十找不到合适对象，已没有挑选空间和余地，找如意郎君这事对于她来说，枉是金刚钻，瓷器活儿有限，伯乐常在，千里马稀缺。全城上下，未婚男青年里，扒来拣去，哪里有跟她相配的人呢？倒是有人将她介绍给今夜这位逆行者，这也是刚才两人走对面时都赶快移开目光的原因。其实逆行者也存在这个问题，总也找不到配得上自己的人。除了女方大三岁之外，再无任何弊端。女大三，抱金砖嘛，也好，也好。叫谁看两人都般配，他对她也很倾心。第一次单独相处，她直言不讳地说，跟你结婚可以，但我不会爱你，我爱的人在别处，我与他海誓山盟，相守一生。他问，那你为么子不跟他结婚呢？她幽怨地看了他一眼，不做解释，那眼神分明是把他当个孩子。他知难而退。一年后，王领唱结了婚，丈夫就是现在走在身边的这个男人，两人明显不般配，明显不是一家人，却被一双神奇的大手捏弄进了一家门里，现在孩子已经上中学了。那些年，高速公路没有修通，去省城一次，要在长途汽车上颠簸五六个小时，雨天雪天，班车还有可能停运。她为了去趟省城，费尽心机。有一个春天，逆行者去省城开会，见她也在班车上，怀抱一盆只有山中才生长的植物——女儿红，很小的一棵，要在清明前移栽。四片对称完美的红色叶子，随着车的颠簸，在她怀里轻轻摇曳。她寻找一切去省城的理由，有一次争取到去学习一个季度的机会，她拿到表格后，在走廊里深情地唱起了歌。据说她走后，她的丈夫买了一个才在小城时兴的席梦思床垫，摆在卧室，塑料布一直没有撕开，自己夜夜睡在沙发上。给她写信说，我买了新床垫，等你回来再用。

　　现在与他迎面走来的是畜牧站副站长夫妻俩，简单打了招呼，无声去了。当年畜牧站副站长可是县上最有希望的政治新星，二十一岁大学毕业，就分来当了团干部。也是太年轻招的祸，跟着县领导下乡检查工作，山高路远，当天回不来，本应住在那个乡镇，可领导说，咱们到回去路上的旅店住吧，顺便到那个村上了解一些情况。旅店老板外出采购不在家，老板娘好生招待酒菜。夜里他和领导同睡一张床铺，领导在外他在里。半夜突然雷声大作，暴雨倾盆，他被惊醒，一看身边没有了领导。天哪，这么大的雨，人到哪里去了，该不会半夜上厕所跌进去吧？乡下的厕所，其实是个两三米的深坑，架了两块石板而已，人在上面小便，就像飞瀑一般遥遥落下，一会儿才能听到声音。这样的雨天，夜里如厕好比一场小小探险。小伙子冒雨打着手电，到厕所里对着茅坑照来照去，在旅店院子内外呼喊，早已被雨淋湿，可他只操心领导的安全，哪里顾得了自己？彼时情景，想想都叫人动容，他自己都要被这种忘我精神感动了。人到哪儿去了呢？他去拍老板娘的房门，无奈那女人也睡得死，叫几声没有动静。年轻人好不担心呀！湿淋淋回到房间，躺到床上，再也无法入睡。如果领导找不到，明天回到县上，怎么交代呢？小伙子辗转反侧，为领导的安全揪心，为自己的前途担忧。天色微明，风歇雨住，听到老板娘房门响动，趴窗户一看，领导从那门里出来，他才恍然大悟，赶忙躺下装睡。天大亮后，翻转身，看到领导已醒。他说，哎哟，啥时下的雨呀，我睡得太死了，都没听到。可是，一切补救为时已晚。几个月后，县上干部流动，一纸文件，将他调到畜牧站工作，从此远离权力中心。

　　已经走了两圈，他不再像刚才那么别扭，人们也差不多习惯了他，又或者说，早就知道他这样一个人，总是与大家不同，总要有所出格，时不时会做出一些意外举动。

　　小城故事多，小城无秘密，每件事都能尽人皆知，谁都知道每个人的故事及来历，提起哪一个都能一镬头刨到祖坟。这样也好，到处都是眼睛，都是嘴巴，大家厮守在一起，人人为自己的名声负责，社会治安令人放心，谁都知道，干了坏事，你走不脱的。

　　如此看来，能来这体育场天天亮相的，都是被一双无形的手阻住了前进道路的人。有想法的，要进步的，能折腾的，都在其他地方，出入另外的场合。小城高干，人人在省城有房，他们除了体育场刚建好时做做样子与民同乐之外，再也不来这里。各种局的头头脑脑们，在自己的办公楼内、小院子里，有设施齐全的健身活动场所，都低调得很，不会到这大操场上抛头露面显山露水。或者在山上那个全城最好的酒店里，总有各种各样的接待任务让他们疲于应酬，没有闲情逸致在这里接受大家的注目礼。筛选之后，常到这里来的，妇女居多，中老年男士居多。小孩子嘛，是断没有时间来的，他们被捆绑在各种各样的学习上，分门别类地填充在作业本的大括号、中括号、小括号里。现在旁边的中学里，精力旺盛的青少年被笼在里面，读书声、吵闹声纷纷传出，走路的人不时抬头朝那些亮灯的窗口望去，试图在嘈杂声中听出自己孩子的声音。

　　逆着行走，注定每半圈就能碰到一回。不断有熟人跟他打招呼："走几圈了？该结束了吧？""再走两圈，不急。"没有人等他回家，也没有这窗户里的学生等着他去接。如果他按时结婚，孩子也有这么大了。那么，是什么将他抛到正常生活之外了呢？

　　就在他一个一个梳理相遇者的命运之时，对面的人，也在探讨他的人生。几个脑袋凑在一起，脚下飞快走着，就像有一只大手抓着一把秧苗，向上提起，拔出萝卜带出泥，将他的过往，倾箱倒箧，散了一地，小声地讨论着，为什么到了这一步，好好个人，怎么就落了单呢？总之，他早已成为小城人的一个研究课题，他总也不亮出谜底，也就只好经年累月地给人们提供谈资。

　　学校里音乐响起，一阵简短的音符而已，轻松而有点混沌未开。"同学们，下课了！"一个少女的声音，是这音乐的文字说明。

人群风一样从他耳畔匆匆而过，急流般哗哗退去，人们以最快速度撤离。他迈着不变的步伐向前走，走到远离出口的那端，将所有人抛在身后。

二十年前，他是小城的白马王子。一首诗获得省上的大奖，还被省里收入一个对外输出的文学集子，最终有没有"走出去"那就不知道了，反正译成了英文，虽然从没见过传说中的那本英文图书。

体育场没有人了，就像是聊斋故事里的情节：刚才还花红柳绿，众鸟萦林，突然间阳光消散，布景落下，美景变作石头，花草成为废墟，至于美人，脱去画皮，露出本相，急急钻入洞穴。刚才那些扮演锻炼者的群众演员，摇身一变成为严父慈母，奔向学校门口，去接自己婚姻的结晶、人生的成果，手持属于自己的钥匙，回到自家灯光里。

场内黄色的灯光，灭了一边，这预示着快九点了，体育场大门即将关闭。学校教室里的灯光也次第熄灭。昏暗降临，五分钟前熙攘喧闹的场所变成旷野。一个人默默向大门口走去，他的酒醒了一些。他知道得为今夜的临时决定付出一个小小代价，那就是明天要回答所有人的提问：你，为什么要逆着走？

发表于《文学港》2016年第2期

收入《中国当代文学经典必读2016短篇小说卷》

那　人

　　没想到，这辈子还能坐上一次飞机。

　　大玻璃外，各式各样的车到处乱跑，扁的，宽的，长的，低的，拉人的，装货的，大肚子小短脸，真是好玩，有的从来没见过。飞机在远处缓缓移动。建勋忍不住拍了视频，发了条微信朋友圈。在他的那些去镇上饭馆吃次饭、去县里商场负一层逛回超市，都要发个朋友圈晒晒的微信好友里，坐飞机真算件大事了。那人，她也没有坐过飞机，她最远去过郑州。建勋生活的大张湾，全村人，除了在外工作的——那些人严格意义上说已经不是他们村里的人了——也没有谁坐过飞机哩。他们只是嘴上说过好多次，梦里坐过好几回。

　　一个开小加工厂，一个开小超市，一个倒卖粮食，都是有实业的人，他们自称"全村三巨头""贵族能人"，不太跟别人玩，只他们仨走得近，吃吃喝喝大肆喷空儿。前几天遇着一个在西安上大学回来的学生，逮住了问人家，郑州到西安有飞机没？下次我们坐飞机去西安看你。那小伙子说，太近了，好像没有飞机，就是有也划不来，你坐车跑到新郑机场俩钟头，等飞机一个钟头，到天上可能也就飞四十分钟吧，还不如坐高铁。他们说，那不是想坐坐飞机嘛，我们飞到新疆，再拐回西安中不中？总之他们说得很热闹，几天里说的都是飞机的话题，好像这个夏天若不坐一回飞机，半辈子白活，挣的那些钱白挣。可说了再说，到底没有行动。他们的买卖和业务最远也就在本县，没有飞到哪里去谈个业务的机会，就是经济再宽裕，也不会烧包到没啥事往哪儿白飞一趟，把自己的两千块钱扔出去。

而建勋，说飞就飞，很是果断。这次同去新疆干活儿的七个人，有四个选择坐火车，再咋说也便宜五百块钱。现在火车也怪快的，三十六个钟头跑到乌鲁木齐，而你干啥事，三十六个钟头能挣五百块哩？省的就是挣的。建勋和那俩人爽快地决定，就坐飞机了，多花五百块钱，天塌不下来。现在疫情防控期间，飞机票便宜，那么高级的铁家伙装上你飞三四个钟头，难道还不值八百多块钱？他们这次去新疆，这批活儿干完，二十多天，每人差不多能落万把块。坐一次吧，混了大半辈子，连飞机长啥样都没亲眼看过，没伸出手去摸过，真是憋屈。小萍也同意他坐飞机，她也没坐过，要不是要在家看孙子，她真想一起飞去，给他们做个饭，给建勋做个伴，多少给点钱就中，不给也中，权当出去逛逛。

建勋他女儿六天前，在手机上给他们三个买好了机票。那四个坐火车的前天半夜走了，他们今天才动身往新郑机场去，这就是坐飞机的优越性。他们将在乌鲁木齐会合，再坐汽车跑一天，到一个县里，给一个新建的胡萝卜加工厂装修。建勋是粉刷工，那几个分别是瓦工、电工、管道工、地砖工。洪亮的儿子开车把他们三个送到新郑机场，领着三个大男人进入航站楼，排队，托运行李，办登机手续。小伙子也没坐过飞机，可他会问，会看各种标识，会说普通话，会在手机上查坐飞机的流程。他一会儿看看手机，完成一个程序，再看看手机，领着长辈对付这些在电视里常看到的场面。三个五十岁上下的男人，每人戴个口罩，乖乖地跟定一个小伙子，完全没有在自己地盘上的大大咧咧、高喉粗嗓，话都不敢说，大气也不敢出。四个人不愿分开走，必得看到另几个在眼前，就像春天里的小鸡娃，聚一堆行动才有安全感。别人托运的行李都是箱子，皮的，塑料的，厚帆布的，而他们几个的是尼龙编织袋，里面装着铺盖和衣物，更里面卷着干活儿的工具和吃饭的碗筷小盆，其他再没啥值钱东西。就这，刚才在大门口，也得拿打包带煞了个十字扣，工作人员也像对待那些高级行李箱一样，给打包带上套了长白纸条，传送带一动，运到黑帘子后面去了，登机牌上贴了三张小票。建勋心说，不贴我们也能认出来自己的东西，全大楼里，就我们仨的不一样。建勋一闪念之间想，要是在新疆挣到钱了，何不买个大号行李箱拉回来？下次家里不论谁坐飞机，也能像城里人那样，潇洒地推着走。

洪亮的儿子把他们送到安检排队的地方，告诉他们，进去后，按指示牌找到三十一登机口就行，又小声对他们说，跟前面的人别离得太近，要保持礼貌距离，进去后，按工作人员指挥的办就中了。然后小伙子站那儿，看他们排队往前挪。三个男人听话地点头，那是，不能凑太近，挨再近也不能插到前面去，插到前面也没用，飞机也不能拉着你先飞。

大男人变成小男孩，又乖顺又幸福，一点点往前挪，紧张而兴奋的脸被掩在口罩后面，只露两只眼睛骨碌碌到处看，看哪儿都漂亮，都新鲜。这么大的楼，要是让我一个人来粉刷，得干一年。人家让摘了口罩，看前面的摄像头，建勋对着屏幕里的自己笑笑，牙一龇，哎呀，真是老了，脸上的横肉全部往下坠。他前些天自拍头像发朋友圈，配文：七〇后的我，已经开始老去。照片里的他刚刮了胡子，脸皮青着。这两天他慌着要坐飞机，也没时间刮了，起大早赶飞机，昨晚才睡了四五个钟头，更显出一些沧桑来。

随身的包、身份证、登机牌，放到小筐子里。工作人员做出的一切指示，都是那么必要，让人愉快，令人信服，必得照办。问他，有没有雨伞、充电器，这声音与问别人时没有两样，不会因为他们是农民就省略这个程序，跟他们问那些大款大官上等人时一样。他笑着说，没有没有。他学着前面人的样子，走过去，让那个年轻姑娘拿着一个棍棒样的家伙嘀嘀嘀地安检，皮带扣也要摸摸，脚脖子也得捏捏。繁复的细节都是必要的，这是坐飞机，去新疆，不是开着你的电三轮去七里头干活儿。他觉得自己正在被一套高级流程熨烫抚慰，不再是那个粗糙的农村人。村里人讽刺别人时常说，你能得上天了。现在，他就是要上天了。再多一些的程序，再多一些的盘查和搜身，都是可以的。遗憾，没有了。三个人等齐，去找三十一登机口。哎呀，这才是八，每一个登机口，都跨着挺远的距离。好家伙，可得一会儿走。哈哈，那仨人，再别喷着要坐飞机了，光找登机口，就得让他们这两个半瘸子走半天，还没走到，飞机就得飞跑了。那三个人里，一个年轻时在外干活儿腿被砸伤，一个股骨头坏死，一个痛风。前两个实瘸，后一个痛了瘸，不痛时不瘸，净是吃出来的，有点钱烧的。酒肉撑得肚子滚圆，像怀了五六个月的身孕，一脸蛋子肉往横里长，家中冰箱里吃食堆得满满当当。全大队里，也就只能他们三个做朋友了，有几个钱，看不起别人。别人呢，嫌他们走得慢，也都不跟他们玩。他们呢，有车，也跟村里人走不到一块儿，半里路都开车。你再能，能把车开到人家候机楼里？到了这儿，你得拿自己的腿老老实实走路，来来来，你走走试试，你看这吭哧吭哧，快走一里地了。三十一还不是最后一个登机口，再给你来个五十八登机口，你去走吧，像你们那样腿一拐一拐，蜗牛般地爬，飞机早飞跑了。光这一项，你们就不配坐飞机，老实趴家里吧，哈哈！好像是为了回击建勋的想象，身边滑过一个小电瓶车，上面坐着几个人，轻松驶过。再走几步，眼前又出现一条笔直的传送带，站上面不动，运着走。哼，这机场想得还真周到，有必要吗？腿不好就别出门呗。建勋不太高兴，我就偏不走这传送带，我又不残疾，庄稼人走十里八里都不算啥，何况这点路。他们三人，好像都是同样的想法，绕开中间移动的黑色通道，从一边向前走。

好容易走到三十一登机口，人少，座位随便坐。洪亮和儿子视频通话："好了，找到地方啦！"他一直听儿子的话，将音量控制得很小。他们一进入这座大楼，就走进了一个自觉讲文明懂礼貌的场合，不用谁给规定和提醒，这环境，不文明都不中。洪亮拿手机对着三十一照一照，再对着建勋和另一个人照一照，这两个男人洋气地对小伙子挥手说"拜拜"，似乎只有说"拜拜"，才跟坐飞机这件事配套。

建勋得以坐下来，那个一直盘桓在脑海的问题再次浮上心头。这个问题从前几天买了机票，就来到他心里，而且还有个近乎庄严和浪漫的想法：到飞机场再说吧，电影电视里的人不都是在飞机起飞前处理这些事情的吗？

要不要给那人打个电话或发个微信？虽然三个月前就断了联系，可那个人，那些事，总也不能从心里抹去。他要给她打个电话，第一句话就是：我在机场，快上飞机了。

建勋平常在家干活儿，骑着电三轮，四处给人家刷墙。去了先看场地，然后谈价，除了主家管一顿中午饭，每天工钱多少，或者全部干完给多少钱。有时候忙起来一个月休不上一天，扒明起早，天黑回家，活儿赶活儿，挨家跑，前面这家没干完，后面那家的电话就来了，预约了他五天后的时间。反正不管怎么搞价，怎样赶工，折合下来每天二百多块，少有冒出三百的时候，市场行情就是这样。有时候一个月能休息好几天。一歇下来，他心里就急，没活儿就等于没钱。

那人就是用电话预约了他。她说，那好，你过三天来吧。三天后他去了，骑着电三轮，后斗里放着刷子、滚子、铲子、瓦刀，一路向东。是三间堂屋、两间旧东屋，连带一间厨房，全部粉刷工程包给他，谈好工价一千五百元。他说六七天能干完。这个时候他就想，小儿子要是在家，两人合伙，加班加点，三天就能搞定，把钱拿到手。

大儿子前几年盖了房，结了婚，分出去另过。给他盖房娶亲借的钱刚还完。小儿子二十一，还不用忙着订婚。可现在又兴了在县城买房。凭你长得再漂亮的小伙子，女方头一条就是在县城得有套房。一套房买下来，四五十万。简单装修下，买必不可少的家具，又得十万。也就是说，没有五六十万，儿媳妇别想娶进门。小儿子在上海送外卖，跟别人合租房子，吃住之外，一个月能落三四千元。他也曾给小儿子说过，一个人在外处处操心，吃苦受累，不如回来跟我一起干活儿，落的比在上海一点不少。刷墙这事，不是啥太难的技术，学几天就会。

小儿子在大城市待惯了，过不了家里的日子。他问，那你将来结婚，不还得回来找对象吗？不还得在咱县上买房吗？小儿子不回答，反正就是不愿意回来。

主家夫妻俩和建勋一起，又叫了个邻居，把所有家具抬到屋中间，然后按建勋开的单子，男主人出去买白灰涂料，女主人在家，屋里屋外收拾、洗涮，和建勋说话。他们只有一个儿子，去年订了婚，已经在县城买好了房，且装修到位。这里借着劲把自己家里也粉刷粉刷，过年时来人，尤其接待新亲戚，好看一些。

第二天来干活儿，男主人不在家，他出去给人家干活儿去了，去县城方便面厂开铲车，每月有固定工资。女的还是屋里屋外地收拾、洗涮，有时候进来看看，和他说几句话。中午做好饭，盛好端给他，他吃完，她接过去，再盛一碗给他。他吃完第二碗，坚决不要了，她不再勉强。她说，歇会儿吧，歇歇再干。他坐着，靠在大门楼的墙上，闭住眼睡着了。他每天中午饭后，必须得睡会儿，哪怕十分钟，起来就有精神，否则一下午心慌眼乏，光想发脾气。

第三天中午吃完饭，他发现大门楼里，多了一把躺椅，她把躺椅撑开，用干净抹布擦一遍，叫他睡在上面。大门始终开着，这是避嫌，好叫村里人看到。而她自己，关起堂屋门午休。吃得饱，小风一吹，他睡得沉沉的，还做了梦，梦到儿子回来了，他们一起到县城看房买房。一睁眼两点半了，赶快起来干活儿。夏季天长，七点了还不黑，他想多干会儿。男主人回来了，带回半只烧鸡，留他一起吃晚饭。他不肯，收拾东西要走，说当初说好的只管一顿午饭。可夫妻俩让得很实受，男的上手来拉他，他只好留下。她炒了两个素菜，还拿出一瓶酒。三个人吃完饭，他在黑下来的天光里，开上电三轮走了。

第四天一大早，儿媳妇过来说，孙子有点发烧。儿子在外打工，儿媳妇也干点零活儿，孩子白天小萍看着，晚上儿媳妇自己带。建勋开上电三轮，把娘儿俩送到南边镇上，医生叫做这检查那检查，他在那儿招呼了一会儿，想知道孩子发烧的原因，是积食了还是感冒了？儿媳妇知道他有工作，叫他先走，她给孩子看完后回附近的娘家，建勋晚上过来接她就行。

建勋给儿媳妇留下一百块钱，刚走出不远，女主人打电话，直接问他："诶，咋还不来哩？平常这时候都干上活儿了。"没有称呼，没有客套，更不会像城里人那样先问声你好。从那口气，建勋听出了点亲切和嗔怪，不是催着他干活儿，而是操心他为何跟前几天去的时间不一样。那感觉是建勋这几天归她管了，她得知道他的行踪和快慢。他到了后，她问了孩子的情况，然后问他晌午想吃啥饭。建勋说，啥都中。她到村后超市，买了块豆腐，擀了面条，中午吃了西红柿鸡蛋煎豆腐丁的捞面条，浇上食香叶子捣蒜汁，建勋吃了两大碗。下午临走时，女主人拿出几根指头粗的小火腿肠，说是儿子上次回来买的，拿回去给小孩吃。

再下一天，早上去的时候，路过一个集市，他停下电三轮，给她打电话，也是没有称呼，直接开腔："我路过集上，看要买点啥菜不，晌午吃啥饭？"她问他："你想吃啥？"他说："吃卤面吧？我买点肉。"对方说中，对于他花钱买肉一事，并没有客气。他其实爱吃饺子，但觉得受雇于人，提出吃饺子有点奢侈，做起来太麻烦。他买了半斤肉，一把豇豆角。她做了一大锅卤面，他吃两碗，她吃一碗，还有一锅底，她给自己男人留到晚上吃。

再下一天他去的时候，她正在盘饺子馅。他问："咦，你咋知我爱吃饺子哩？"她笑："世上人哪有不爱吃饺子的？"建勋说："饺子好吃，就是太费事。"她说："又没啥事，多包点，他晚上回来也吃。"

他觉得在这家做活儿，好像是跟女主人过日子似的。下午走的时候，他干脆问："明天需要啥菜？我顺路买上。"她说："你想吃啥改样饭，就买，不想吃的话就不用买，家里平常的菜也都有。"她说"家里"两个字，建勋突然觉得好像是他俩的家一样。骑着电三轮出了村子，一种毛茸茸的感觉，轻轻拨弄着他的心。建勋结婚二十七年，这一生除小萍之外，再没亲近过别的女人，日子过得紧紧巴巴，永远像在奔命一般。超生罚款，孩子上学、成家，各种费用，全凭他一个人挣。早些年他也外出打了几年工，算一算，吃吃花花，落的并没有在家做活儿多，还要承受夫妻分离之苦。他就不信这些正当盛年的人，真的能半年不挨靠女人，他可受不了，他是人啊。于是他再不出去打工。他有粉墙刷白的手艺，在家里四处给人做活儿，也能挣钱，维持一家开支。守着自己老婆，多好的事。三个孩子都大了，能顾住自己，孙子也快两岁了，他感觉怎么像回到了年轻时，心怦怦跳。电三轮在公路上轻快地奔驰，西天的太阳热烈地下坠，像大火燃烧。立秋了，早晚不那么热，风吹得全身舒畅。他停下车子，站到路边，对着西边的天际看了一会儿，拍了照片，发微信朋友圈，配一句诗："夕阳无限好，只是近黄昏。"以他的初中文化水平，也就知道这一句了。他觉得配得挺合适，应该能收获不少点赞。他希望那人能够看到。一旦把一个人叫作"那人"，就有点别样的意味了，亲近、酸甜与嗔怨，说不清，道不明。五十岁的人了，竟然也有了"那人"，那人知道不知道呢？是否也把他当成"那人"呢？直到夕阳坠落，他有点惆怅地重新骑上电三轮，在黑下来的天色里回家。电三轮颠簸的声音不再那么吵，车轮辐条轻轻地转动，声音小之又小，几近于静音。他整个人也是无声无息，像包藏着什么秘密似的。进村遇到人，也不像平时那样大声打招呼，半条街都知道他干活儿回来了。他希望没有人看到他。他悄无声息地回到自己家，孙子在大门楼里叫了声爷爷，竟然把他惊醒了。从车上下来，孙子抱住他的大腿，他弯腰抱起孙子。小萍劈着声说，洗洗脸喝汤吧。他突然对这声音有些抵触，没有回应。

已经有一星期，建勋晚上没有表示主动，小萍有点意外，问他："咋了？不热乎啦？"建勋说："眼看五十，半老头儿了，天天干活儿累成这样，还有啥劲？"小萍一想也是。小萍比他大两岁，前年就绝经了，本对这事不热情，只是应付加对付，同样一套程序，几十年了，也该消停了。

今天活儿收尾，下个活儿已经定下，建勋明天就到下一家。他突然有些惆怅，腻子细细地涂，滚刷轻轻地推。那人出去买东西，整个院里屋里，就他一个人。他站在一个洁白的世界里，头上落了一层白灰，白脸盘，白鼻子，白眼睫毛，他觉得自己是个纯洁的孩子，怀着一颗呼应爱情的心，怎么再有几个月就五十岁了？真不敢想，小的时候看五十的人，那就是老头子，而自己怎么还像年轻时一样，会怦然心动，会微微脸红呢？那人，她也不年轻，她也不漂亮，她也没打扮，她就是那么妥妥帖帖顺顺当当的样子，院子里收拾得干干净净，饭做得清清爽爽，话也不多，嗓门也不大，句句都挺合适，好像你说什么她都能理解。不像别的村妇那般，松垮着，稀拉着，任由自己邋遢下去，脏话粗话是家常便饭，顺口就来。她是收着，静着，仿佛总有约束与边界，只在界内活动，脏字从来不说。她连孩子也不多生，头胎是个儿子就够了。在农村没有儿子当然是不行的，可有的人——就像自己和小萍吧——生了儿子又想要个女儿，儿女都有了，再要一个最好。生来生去，关键是养孩子费事操心，把自己整得一路垮塌，不可收拢，还理直气壮，老娘就这一摊子了，咋着？当然不咋着，没有人敢对一个劳苦功高的农村女性再提别的要求，审美不是她们要负责的事。而她，一直收拢得好好的，好像和多年前当姑娘时也没啥差别。她买东西回来了，并没有进屋里来，在大门楼里收拾做饭。厨房里的家什，都挪到了大门楼，因为家里有个干活儿的男人，大门一直开着，让人们看到她在院里或门楼里。不时有人路过，跟她说话。有的站在大门楼不走，东家西家，南地北院，打工上学，挣钱订婚，说上好一阵；有的进来参观一下新刷的房子，顺带把他这个老师儿也看看。请来的手艺人，叫作老师儿，"师儿"字上挑，拐个小弯，含着点幽默与调皮，是对手艺人的尊重。这些年搞市场经济，年轻人不这样叫了，你干活儿我掏钱，就这么简单，啥"师儿"不"师儿"的，叫你个老张就不错了，或者只说，"大张湾的"。只有老年人会说，这家请的老师儿干活儿还不赖，电话你存上，明年俺家刷房也找他。多年来，建勋就是凭着这干活儿还不赖，不断有活儿找来。有的家本没有刷房计划，是看邻居家刷了房，有用不完的小半桶涂料，自己占个便宜，再买一桶，就着刷刷大门楼算了。而建勋讲价也不死板，只要不是亏得太多，只要有活儿干，总比在家闲着强。慢慢地，他的出工半径越来越长，前些年是周围十来里，这两年是二三十里。去年还有一回，市郊的一家小厂子，不知从哪儿得了他的电话，让他找几个人，承包他们的活儿。建勋找了几个人打下手，他负责监工和技术指导，来回一百多里，不能每天跑，吃住在那儿，十二天自己竟然落了五千元。

好久没有她的说话声，是大门口没有人路过，还是她不在院子里？她在干啥呢？竟然没有一点声响。建勋像是站在大雪地里，四野寂静，他孤独一个，仰着头，只有高处的滚子，饱蘸了涂料，肥墩墩地蠕动，所到之处，青白更添一层，过几分钟，慢慢变成真白，情绪更浓一成。第一遍的白，过于稀薄，盖不住里面的腻子；再刷一遍，盖严实了，但也还不是扎扎实实的白；要走上三遍以上，才能抓牢润透，涂料大军全力以赴，丝丝缕缕长在墙上，与它成为一体，成就厚实笃定的白墙。扑嗒一声，有一滴落在地上，更响亮的扑嗒一声，掉在盖着家具的大塑料布上，眼泪似的，跌落成一摊白花朵。满世界只有这零星的扑嗒声，敲打着他柔软的心。

四五点就能干完，可他想慢点干，等男主人回来，主家验工后，他拿到该得的一千五百块钱。整整七天，他吃了不重样的饭，芝麻叶稠面条、塌菜馍、胡辣汤、捞面条、卤面、饺子、米饭，不知是女主人本来就讲究，还是专意为招待他而做。北方人很少吃米饭，吃一次就显得挺隆重。因为大多家庭没有电饭锅，要把一个小钢精盆盛了水和大米，再放到大锅里蒸，很难把握干湿，而她今天中午，竟然蒸了米饭，干湿度正好。炒了三个菜，两素一荤，小桌摆在大门楼里，还拿出那天晚上没有喝完的半瓶白酒，叫来邻居家一个侄子陪他吃饭。可能是提前说好的，那男人很顺当地来了。而她自己，碗里三样菜各夹一点，坐在堂屋门口的小凳子上吃，遥遥地跟两个人搭着腔。邻家侄子劝他喝酒，他没敢多喝，只抿了两口，怕一喝就睡得起不来。

不到六点，活儿干完了。他说："等你家人回来验验吧。"她先仰头四处看看。其实这些天里，她不知看了多少遍，当着他的面看，他不在时也挑剔着看，可能心里早有定论了。她外行充内行地说："嗯，怪好怪匀称，都白着哩，比二十五年前新盖时还好，那时只有白石灰，哪有现在的涂料啊？"六点了，男主人还没回来，她打电话，对方说："厂里加班，还得一个钟头，你看着中就中。"于是，她拿出钱给他。他说："他不在，这些东西咱俩抬，恐怕你不中。"她说："没事，就剩这几件了，他回来我俩慢慢弄，你在这儿喝罢汤再走吧？"他知道这是虚让，她还没有动手做晚饭。他收拾自己的东西，女主人在院子里继续洗洗涮涮，她趁这些天倒腾屋子，好像把家里所有能洗的东西，都洗了一遍。他把简单家什放在电三轮的后斗里，心里头像有小刀轻轻剜弄着，也不疼也没流血，就是不舒服。她打开水管给他接了半盆水，叫他洗洗。他洗了手、脸、脖子。她将他送出大门外。他说："把我的手机号存好，下次谁家有活儿，给我打电话。"她点点头，说声"嗯"。

他一路骑着电三轮回到家。

第二天早上，他给她打电话，说他现在去下一家的路上，天不冷不热刚刚好。她说是啊，天凉了，干活儿不受罪。

他问她中午吃啥饭，她说一个人好凑合，下一把面条就中了。

他干着活儿，一直想着，她在他粉刷一新的屋子里出入，手里拿着这样那样的东西，收拾，打扫，做饭，甚至躺在沙发上看电视。整个白天，她都一个人在家，而他却不在了。

他又换了一家，再给她打电话，说上一家干了几天，挣了多少。她为他拿到钱高兴，说："提住劲干，攒钱给小儿子在县上买房，现在都兴这了，谁也没法儿。"她为他叹息一声，好像挺心疼他。

过几天就想给她打个电话。其实在他心里，是要天天打的，可怕她烦，无缘无故的，打啥哩打，已经人钱两清，还有啥好说的？他把握着时间，等到想打这个愿望积攒得过于强烈，再也按捺不住时，他才拨她的电话。问她在家干啥哩，她说刚洗了衣裳搭在院里，他想象着衣服静静地滴水，落在地下她种的青菜里。有时候她说没事看电视哩，他想着那个画面：洁白的屋子里，电视开着，她穿着碎花绵绸衣裤，歪在沙发上。

　　生活中的什么事，都想给她说说。这一家不好对付，吃的赖，给钱少；这一家挺大方，顿顿有肉，工钱也给得痛快；小儿子在上海，这个月挣得少，往家里打回来不到三千，他的钱咱一分不花，都给他存起来，将来给他买房；女婿外出打工，儿子在外干活儿，每年回来一两次，闺女和儿媳妇常年一人带着个孩子，年纪轻轻的，白天黑夜就这样一个人，真让人操心，可别再出点啥事；自己白头发又多了一些，头发掉了几根，显出了秃顶的兆头；孙子今天说了句逗人笑的话……很少谈及他们两人之间，很少说你我这样的词。他俩之间有什么呢？啥也没有，啥也没有你凭啥给人家打电话说得这么起劲呢？她也并没有拒绝的意思，没有恶声恶气地说，干啥老打电话，你安的啥心？她总是那么耐心地听他说，时不时附和几句，想法也都跟他的一样。

　　他问自己，这是什么行为？这就是人家说的外遇、出轨吗？电视上演的婚外恋？可是他并没有再去找她。但他心里装着她，天天有她，时时有她，这算怎么一回事呢？电话一直这么打下去，越说越热乎，会是个什么结果呢？都是成年人了，还能是什么结果？最后两个人想办法轰到一起呗。民间语言真是丰富，非正当男女搞在一处叫轰在一起，这个轰不是别人轰，全是内因起作用，是两个人热切地自发地往一堆凑，朝一处钻。

　　轰在一起的结果是什么呢？都有家有孩子，有脸有皮的，四五十岁的人了，出点事可咋办？

　　丢人卖赖，折财生气。农村这样的事也不少，大都没有好的结果。一开始两人好也是真好，到最后打的闹的哭的流的，说是感情，其实论到根上还是钱。女的嫌吃亏了，不干了，翻脸了，突然告男的强奸，公安真的把男人带走判了两年；也有叫人当场拿住的，私事变成了公事，领一队人打到男方家里，赔钱赔东西。相好本是俩人的事，却跳出一圈子人理论，只叫男的赔钱。建勋惊出一身的汗，自己儿媳妇都娶进门了，再叫人为这事打上门来，那才是丢人现眼。建勋几天没有再打电话，可总觉得心里空得慌，像是被谁摘去了魂。傍晚，他开着电三轮往家走，秋风浩荡，吹过大平原，又是西边火烧似的云彩，他不由得停下车子，站在路边。苞谷都掰完了，玉米棵有的砍了有的没砍，在地里干枯地竖着；豆子快收割了，衬着夕阳，铺上层金灿灿的热烈橘黄，真是好看。暮色温柔，他的心也化了般，不由得又拨打电话，那人开口就问："咋好几天都不见信儿，忙啥哩，活儿多？"多像小萍的口气，总是管着他挂着他的样子，他心里忽然一暖，嗓子眼热辣辣的，要是人在眼前，必定得有所动作。他一时竟然不知该说啥了。那人说："身体咋样啊？到处跑着干活儿，得先吃好。"他只说："嗯嗯，好着哩，没啥，就是想你，总想给你说几句话心里才安生。"那人不语，停一会儿说："那没事挂了吧。"嘟嘟嘟，天边的夕阳往下坠去，嘟嘟嘟，惊心动魄的样子，好像掉下去就会爆炸似的。眼看只剩了小半拉，再下沉下沉，任谁也拽不住，整个地落入地平线，又不甘心似的，放出半扇光来，向上射着，是无望的长长的啊的一声呐喊。建勋挂了电话，一个人在路边，一直站到天黑。搁他年轻时的性子，定会一气骑上电三轮，跑她村子外，叫她出来见一面，再开到县里，请她吃个饭，好好说说话，就像年轻人谈恋爱一样。他这辈子，基本没谈过恋爱，那时和小萍，是媒人介绍认识的，按程序来，年节走动提礼，都是规范动作、公开行为，不兴单独见面。而跟那人，竟然是恋爱的感觉，可连她叫啥名字都不知道。他骑上电三轮，缓缓地走。天黑透，回到家里。

可这样打电话，打来打去，为的个啥？最终目的，不还是想轰到一起去？"轰"这个词，真是形象，高热的，冲动的，突发的，盲目的，不计后果的，飞蛾扑火的，打闹嚷乱的……直至最后，以失败告终，一哄而散。

有时候建勋就想不明白，人们为了这点事，费那么多周折，几头编瞎话，编不圆展，这儿漏了那儿破了，打打闹闹，哭哭啼啼，何苦来哉？可是，放眼望去，世人都在为这点事奔着，电视里，身边，整天说的听的传的都是这事。此刻，自己也落入井中，无人诉说，没处抓挠，白天黑夜，思来想去，天天想打电话，想给她说这说那，说东道西，想听她的附和、劝解和最后的几句安慰鼓励。无非是叫他干活儿注意安全，吃饭吃好点，涂料有害，应该戴个口罩，可这些最平常的话，对他来说，是最动人的旋律。

电话继续打。建勋仿佛是一个缓缓胀大的气球，已经薄得透明，成为一个危险品，轻轻一碰就会爆成碎片。总得做点什么吧？一想到要付诸行动，他头脑嗡的一声，空中飞来一个耳光打在自己脸上。人家搞婚外恋，都有经济基础，跟女方见面，难道空手去？得送个礼物吧？今后维持关系，除了感情外，还需要钱吧？可他又是个啥角色呢？到处干零活儿，为了攒钱给儿子买房，再热的天，一瓶水都舍不得买，几十里路干渴着，电三轮开得飞快跑回家里。建勋感到羞愧，快一米八的大男人，被钱给拿住了。

满面红光圆滚滚的大男人竟然日见憔悴，夜里偶尔还会失眠。胡子拉碴，他也不想刮，一早一晚，骑着电三轮在公路上奔跑。一个个村庄甩在后面，无论是夕阳无限好，还是朝阳多美丽，也没心情看了。到主家做活儿，他一语不发，铲墙皮，刮腻子，粉白，仰着头刷呀刷呀，一副又生气又忧伤的样子。生谁的气呢？想起奶奶说的话，谁也别怨，怨自己没本事。眼看冬天来了，他对自己的情感生活来了一个大总结，痛下决心，再不打电话了！

　　大男人说到做到。建勋一个多月没打电话，那人也没有打来。快过年了，突然想起，她儿子要结婚了，微信里给她转了二百元钱，作为礼金。几小时后，她收了钱，说："到时你儿子结婚，也得给我说。"他说"好的"，两个字后面，给她献了六朵玫瑰，本来还有六个抱抱，想了想，删去了。第二天，那人发来举行婚礼的酒店地址，让他大年初五去吃喜酒。他犹豫，去不去呢？去了能见见她，可是见了又能怎样呢？一会儿想着应该去，一会儿觉得没必要去。到年根根上，突然武汉传出疫情消息，到处封锁，酒席办不成了。这样也好，省了他纠结。

　　走到哪儿把她装到哪儿，行走坐卧，吃饭睡觉，都默默跟她说话。这样总可以吧？不行动，不出事，不丢人，从头到尾，是我自己的事，沤烂在心里，我乐意，谁也管不着！此时，坐在三十一号登机口，马上就要到登机时间了，他怀着暖暖的酸酸的心情，就那么坐着，听着广播不断报出航班号。前面那些数字他听不懂，后面全国各地的城市都有，而那人也融化在播报里，一会儿上海，一会儿南宁，一会儿沈阳，跟每一个他从没去过的城市联系起来。

　　终于听见"乌鲁木齐"四个字，三个大男人相互看看，见身边的人站起身来，向登机口会聚。又像怕走丢的鸡娃那样，三人一同起身，跟在一处，要走进一个他们此生第一次进入的空间。建勋将把那人，带入机舱，一起飞向高空。

发表于《芙蓉》2021年第2期

转载于《小说选刊》2021年第3期
收入《2021中国短篇小说年选》花城出版社
收入《2021年中国短篇小说精选》长江文艺出版社
收入《2021中国好小说短篇卷》中国书籍出版社

公司有规定

早上八点多，我正准备出门，电话响了。

"我是来取退货的。"一个年轻的声音说。

"稍等十来分钟，我去上班，给你带下去。"

"好，我就在附近，你下来打电话。"

女人出门总是难的，中年妇女更是麻烦，从开始换衣服，到真正出家门，没有十分钟走不利索，有时到电梯口还要折回。装扮好一切，背上包包，拿着原封包装的三件裙子，分量还不轻，在电梯里给快递员打电话，说我马上下楼，你到小区门口吧。他说好的。

出了小区门，左看右看，近看远看，没有一个快递员的身影。给他打电话，他说："我就在你小区门口啊！"

"可我没看见你，马路对面也没有，你到底在哪个门口？"

"就是药店对面，有银行的这个门口啊！"

"那不是我小区门口。算了，你站着别动，我走过去，反正我上班要路过那儿。"

向北走了几十米，果然看见一个矮个儿敦实的小伙子，二十岁上下，一张新鲜的圆脸红润天真。我说："你怎么跑到这个门口了？不是按订单上的地址来的吗？"

他一脸懵懂，看看小区里边："这不是区政府家属院吗？"

"这是区政府家属院，可我不在区政府家属院啊。订单上清清楚楚写着我家小区的名字，你黏啥呢？"

他脸上立即呈现出与"黏"字挺般配的表情，又看看手机上的订单，嘿嘿一笑，知道自己跑错了地方。

话说这个万能的"黏"字，发"然"音，是"陕普"中使用率极高的一个字，几乎每个西安人都说过别人"黏得很"，意思大概是糊涂、错乱、不清醒、不灵活，说白了就是笨，相当于上海人的"拎不清"、北京人的"傻帽儿"。它另有一个意思是纠缠、胡闹、霸王硬上弓，不合规定强行做事，但不是本文所指之意。

我将东西交给他，说："这是我要退换的三件裙子。"

"我这单子上显示的是两件。"他说。

"退的两件，换的一件，共三件。"

"我只能按单子，收走两件。你看，两件蓝色裙子。"他让我看手机。

"这三件都是同一个品牌，从一个库房发出。退两件，换一件，我订单上都给他们标清了，三件一起退回，他们收到后将其中一件给我换大一号寄来就行。"

我讨厌事情出岔子。现在是上班路上，他只收两件，那我就得将那件换号的拿到单位，或者再走回去，放到家里，那又得浪费十分钟，而我是个爱惜时间的人。总之两种情况都挺麻烦，于是让他一定将三件拿走。那小子赌气般地说，我得看看。打开包装，把三件连衣裙数了两遍，嘴里嘟囔，明明订单上是两件，你非得给我三件。

"都拿走就是，没有问题的。"我强行交给他，"快递费多少？来，加个微信，给你转钱。你新来的吧？我好像没有你的微信。"我扫他，加他微信，他通过，说二十元。他的名字后面，跟着电话号码，是快递人员微信昵称的标准格式。我给他转了钱，彼此各走各路。

前天想在网上买条春秋连衣裙，挑来拣去，看中两个款式，一款只有蓝色，是鱼尾裙，另一款一蓝一紫两个颜色，是喇叭裙，我拿不定主意要哪条。为了减少来回对比调换的麻烦，我决定下单购买三条，寄来后试穿，至少留下一条，其余的一条或两条寄回。在这个网站买过几次东西，都是让同事帮忙下的单。因为要注册会员、捆绑银行卡，这些程序对我来说很是烦琐，不愿意花费时间去弄。而同事是此网站的注册会员，我买东西只需把链接发给她，她来帮我操作。于是我让她下单三件，到时退掉裙子的钱会回到她卡上，而我只给她转实际购买那条的钱。

裙子到了后，那条蓝色鱼尾裙干脆就穿不进去，不知道使用的哪个星球的号码，而那个一蓝一紫的款式，明明也是按照我的号码买的，却穿着有点紧，胳膊箍着，肚子绷紧。明白了，这个牌子做衣服以省布料为原则。我选中紫色，换了个大一号的。看来并不像我想象的只把不要的一件或两件寄回退货那么简单。于是昨晚又请同事帮忙在网上退换货，标明紫色的换成中码，另两件退掉。

此网站服务还真是好，一大早就有快递人员来收货。这样的话，三天后出差的我，说不定就能穿上号码合适的新裙子。

晚上七点多，厨房里一派繁忙，炉火熊熊，我正在炒菜。女儿打开厨房门，将手机递给我，有快递员说："我是负责来换货的……"油烟机轰轰响，后一句没听清，以为是新裙子送来了。服务还真是好，退的还没收到，新的就给寄来了，或许是同事信用记录好，可以给先寄来？我赶忙关火，下楼去了。小区门外却仍然没有快递人员的身影。我打电话问，他说，在小区里，刚给一个人把大箱子送到单元门口。

我又进入小区，在门内见到了昨天那个小伙子，手里拿个包裹。我伸手去接，他也向我伸手："你退的那件哩？"

"退的那件？交给你了呀！"

"你啥时交给我了？"他睁大眼睛问。

"昨天早上，八点半，在北边那个小区门口，三件一起给你的呀！"

"我没见到你的东西。"他脸上的表情更认真了。

"怎么能没见？咱俩微信都加了，你是不是叫苏小明？"

"苏小朋。"

"不管叫啥吧，反正是你有点黏，那条裙子昨天已经给你了。来来，我找出昨天的快递费转款记录给你看。"我俩说着，一起走出小区，来到他的小车旁边，"你看，这是你不？"

他仍然一脸无辜的样子："不行，换货要拿回旧的，给你新的。这是公司的规定。"

"可是旧的我昨天早上给你了呀！"

"你不能昨天早上给我，你应该现在给我。"

"可是你昨天早上没有说这么明白呀，你只说订单上是两件，我以为订单没搞清呢。你昨天早上告诉我这是两个渠道，我也就不会硬把那件给你了。"

他在小车旁，呆愣愣站了一会儿，看看我，看看手中的包裹，突然双脚跺地，躬腰向前，像大笨鹅一样扇动双翅："少一件东西，我要赔钱的呀！这是公司规定。"他痛心疾首，双手拍打两腿。

"没有少呀，那件已经寄回库房了，公司凭什么要扣你钱？"

"哎呀，你不懂，姐，我给你说啊……"

"你应该叫我阿姨。"

他一屁股坐在自己敞开门的小车上，短胖的手指滑动手机："你看啊，我把这件裙子给你，我必须再拿回去一件交给公司寄回，否则就是货物丢失，得扣我的钱，这是公司规定。"他鼻尖冒汗，一副快要哭了的样子。

"货物没有丢失啊，规定是死的，人是活的。我再让同事跟网站联系，让他们那边告诉你们公司，说收到了三件，不就行了？"

"不行，我今天必须拿回一件裙子。"

"那你这件先不要给我，你拿回去，等事情搞清楚再给我送来，这不结了？"

"不行，我拿回去就得寄走。而这是你的快递，得交给你，你要在单子上签收。"

"那你就给我呗。"

"可我拿不回去东西，要扣我钱。"

"你这啥公司？这么不讲理。得，得，我正做饭呢，你要么把这条裙子给我，要么先拿回去，就这么简单，你决定吧。"

他又愣怔了一会儿，灯光里，一张圆脸现出悲壮，把软乎乎的包裹拍到我手上："你拿走吧。我回去先跟领导汇报下，看咋办。"

我上楼回家，刚炒好菜，还没有端上桌，他的电话又来了。一个不是他的人问我事情经过，口气挺像小班长的样子。我说千真万确，昨天当面交清三件。那边人声嘈杂，在许多人说话、走动、忙着装车、运货的火热场景里，传来那小子沙哑的哭喊声："现在要让我赔钱哩！"好像是他夺过了电话，大声问我，你这条裙子多少钱？我说，四百多。他说："妈呀！这么贵，多少天白干了。"我说："不会让你赔钱的，我会跟那边落实清楚。"当我发现拿电话的又换成了小班长时，说："先别下结论，不能随便扣钱，等我问清楚再说。"一时间，我家的晚餐也成了一场打闹似的，八点还没吃到嘴里。我得尽快让那个惊慌无措的孩子稳定下来，顾不上吃饭，先给他发了条短信："放心吧，无论如何，不会让他们扣你钱，实在不行，损失我来承担。"他回复两个字："谢谢。"

饭后，立即呼叫同事，让她联系那边客服，确认一下收到的是三件。

那条失控的裙子，似乎已经走上了一条不归路，在那由无数人交接传递的路途中，现在不知走到了哪里。

第二天晚上，同事语音告诉我，那边库房确认，收到的是三条裙子。明天业务经理会给我打电话，确认一下事情经过。因为他们有明确规定，退货是一个单子，换货是一个单子，现在两个单子要对上才行。

第三天上午，没有接到电话。下午我要去机场，还是没有电话，而我害怕飞到天上的时候，他们来电话，于是又语音同事，能否把客服电话告诉我，我给打过去。同事说，她没有客服电话，是通过QQ联系的，他们会打过来的。过了一会儿，接到一个电话，却是快递公司的，用十分规范的语音和措辞，先说了一串订单号，好像我能记住那串号码似的，并说此次通话会被录音，然后问我事情经过。我讲清楚之后，对方问当时快递员是否提醒过我他只能收走两件。我简直怀疑这一切是由机器在控制，而处在链条末端的苏小明小朋友，反而成为最没有发言权的人。也不知给我说话的这个女声是机器还是真实的人，我强调快递员提醒过我，而我不是快递专家，不懂得你们的业务流程，我理解的是三件一起寄出更方便，硬要交给他的。总之，这件事已经落实清楚，那边收到了三件，所以不能随便扣快递员的钱。那不知是人还是机器的女声，发出珍贵的笑声，说，没有要扣他的钱，只是要把事情经过了解清楚，证实他按照公司规定，当时提醒过你。

我过了安检，正向登机口走的时候，终于，卖衣服的客服来电话了。如此这般，是跟刚才那个电话同样的开头，我又说了事情经过，她也亲口告诉我，库房收到的是三件裙子。我说，那请你跟快递公司那边说一下，不能处罚快递员。那同样不知是人还是机器的女声说，抱歉，这个不属于我们的业务范围。挂了电话。

而这所有的来电，都是受程序操控的一个指令，如果程序继续下指令，还会不会有第三个、第四个人来电话，询问我事情经过？在这个由无数人接力参与但不允许有多余感情溢出的链条上，必须有一个人明确地告诉苏小明：“不会扣你的钱。”那么让我来用一个非程序操控的真实声音给那孩子打个电话：

“苏小明。”

“苏小朋。”

“嗯，不管你叫啥吧，我告诉你，事情搞清楚了，不会扣你的钱。不过你下次得注意，脑子不能再黏，要明确告诉顾客，这是两个单子，两条通道，不能一起寄。”

“嗯，知道了，谢谢你。”

过了几天，晚上八点多，他打电话说有我的快递。我下去取的时候，小车停在路边，他正坐在敞着门的车斗里。车内空着，看来是货物送完了。他将快递交我，说，那件事要谢谢我。

"不客气，我说了嘛，不会扣你钱的，看你吓得那样。不过你那天确实没跟我说清为啥不能一起寄，因为首先你自己没搞清楚，如果你明白业务，那么就算我一起给你，你可以先寄走两件，留下一件第二天再寄呀！我说你有点黏吧，你还不信。"

他低头对着手机，突然一笑，似乎认可了自己的黏。

"为啥总是晚上来送？都几点了，还不下班？吃饭了没？"

"没有上下班时间，反正得把货送完。"

从此他对我的友好表示是，电话里告诉我快递的啥。

"你的一箱水果，给你放西门柜子里了。"

"你的一个小盒子，北京来的，不知是啥东西。"

"你给娃买的辅导书到了，方便来西门取一下不？"

"娃的课外书到了，给你放柜子里了。"

花样还挺多，大概他认为娃们的课本是学校发的，而但凡自己买的，都是复习资料、课外读物之类。总之，只有孩子和学生需要买书，大人是不用读书不必买书的。

那天他又说："你给娃买的课外书，给你放西门柜子里吧？"

"不用放，我再有二十分钟到家，直接给我就行。"

"一箱子，挺沉的，你拿不动，放柜子里，让你老公回来拿。"他倒挺会关心人。

那天下着冬季里的第一场雪，他又来电话："有三箱水果，你推个车，来西门取吧。"我在门卫那里推了车子出去，他在纷飞的雪花里站在自己的小车旁边，三个大纸箱已经放在地上。见我出来，连忙搬起一箱放到车上，直到把三个纸箱全部放好，高高地堆起，说，我帮你推到单元门口吧。我说不用，然后问他，你有小刀没？他说有。我说，拿来我用下，打开包装，给你拿几个橙子。他

225

靠着自己的小车厢，坚硬的线条突然柔软，只用一条腿站立，另一条腿打弯在前，脚尖点地，轻轻晃动，好像已经吃到橙子似的，有些甜蜜而害羞地说，那多不好意思，你掏钱买的。但脸上的表情分明是，他那快乐的小刀已经在车厢里跃跃欲试了。我说别客气，南方新来的，给你几个尝尝。他立即伸进头去，从车里拿出小刀，推出刀刃，走过来利落地划开最上面一箱的胶带。我分两趟拿了六个放进他车里。他嘴里直说，哎哟，太多了，拿两个就行了，脸上是开心的笑，像个孩子一样帮我推着小车，上缓坡送到单元门口。

　　我去上班或者买菜时，常看见他的身影：停在小区西门或南门，与那些货物厮守，扫描、搬动和分拣；抱着摞得老高的包裹，被挡住了脸，小心地拧着脖子上台阶，走进菜鸟驿站；或者站在他的小车旁翘首以待。他比别人上班早，比别人下班晚，晚上八点多，还能接到他的电话。我叫他苏小明，他说，叫苏小朋。我说，你该叫我阿姨。他龇牙一笑，说，叫姐显得你年轻嘛。他努力做出走向社会了的成熟的样子。

　　有天晚上快九点了，他发来微信："亲，现在说话方便吗？我刚忙完。"我语音直接问："你干吗？"他惊吓地说："哎呀，发错了，对不起发错了。"

　　有一次，我要从单位寄几本书，给他打电话，请他到城墙内来取一下。平时我都是叫另一个公司的快递员小高，价格便宜一些。苏小明的快递公司，起步价稍贵，但服务很好，我想到这孩子怪不容易，照顾他一单生意。不想人家却说："城墙内不属于我管，你在手机上下单，公司会指派快递员过去。"

　　"我下单的地址还是我家，应该属于你。"

　　"公司有规定，不能跨区揽件。"

"相当于让你帮我把一箱子书从城墙里运到城墙外，再从我家小区门口发货，怎么就跨区了呢？"

"姐，你听我给你解释……"

"烦人，再见！"我挂了电话。解释啥呢，没时间跟你闲扯，看来你这孩子不是一般的黏。于是给小高打电话，立即来了。不也是家里、单位都可以吗？人家怎么不怕跨区揽件？一堵城墙就能阻隔你来取件吗？话说这个小高，三四十岁，几年来一直由他来取我的快递。在他之前是他表弟，守时、温柔、有礼貌的一个男士，说一口标准普通话，每年春节发信息问候，是"感谢对我事业的帮助"之类的一长串。很多日子里，我想到他的"事业"二字，便挺受感动，一个人可以把自己从事的职业变成令人尊敬的"事业"，可不是闹着玩的。后来，表弟回老家开展快递业务了，将他表哥小高介绍给我。我总是不断往外邮寄签名书，尤其新书出版后，几乎每天都有，还常常超重，快递费动辄几十元，可能在他们眼里，我也算是一个重要客户吧。过年的时候，小高也会发来一串问候语，竟然还有红包，点开一看，二点二元。哈，开心笑纳，给他回发一个十六点八元。小高的孩子已经从老家接到城里上学，有时请他来取快递，他会说，晚一点可以吗？我现在到南郊接娃去。或者说，这地址就在我娃学校旁边，我下午接娃时给你捎去。我也就直接给他微信转钱，不管他是否拿回公司下单，因为走下单流程的话，明天才能送到。

还有两次，临下班时让小高到单位取快递。他请我坐上他的小车，把我送到小区门口。两人并肩坐在一起，我的头发都飞舞起来，感觉小车随时会散架，一再要求，开慢点，开慢点，安全第一。他说，放心，车技一流。他说这话时的气派，很像是电影里开豪车的男主角。"我们的业务是靠抢时间得来的，速度不能慢。"他的声音被气流撕成碎片，在空中飞舞。小高是个业务娴熟、聪明灵活的人，有时候我下楼早了几分钟，站在路边等待，感觉他的电动车像是飞机刚落地一样，滑翔而来。他从来不说"公司有规定"这样的话，或许多年以前，踌躇满志地投身于快递事业时说过？有一阵，他照常来取件，拿到东西时说，我给你转到另一家公司吧，同样能送到的。我也没有在意。几次之后才告诉我，他已经到那个"另一家公司"上班了，原来要在我这里平稳过渡。

　　无论如何，快递员已成为我们生活中密不可分、不可或缺的重要角色。小区门口、单位门外，快递柜前、菜鸟驿站，大街上、小巷里，都会见到他们的身影，骑着、走着、蹲着、拿着、抱着、捧着、等着，与小车和货物常在一起，和"事业"二字紧密相连。有一天晚上，我路过苏小明的快递点门口，几十辆小车安安静静、挨挨挤挤地停在黑暗里，像一群乖孩子。白日的喧嚣完全退去，所有的货物一扫而空，每辆小车的主人不知去了哪里。或许有家的都开上小车回了附近自己的家，而小车停在这里的主人都是单身青年，公司提供住处，他们就在卷闸门里面统一入睡了。明天天不亮，他们从四面八方会聚在这里，将货物装满自己的小车，用年轻的身体，沸腾起新的一天，将汪洋大海般的货物变成一簇簇浪花、一滴滴水珠，输送到每个人的手里。而我们每个人都是这货运链条上的一个环节，不能出错，否则麻烦大大的。而小高那样的年纪，是否已经意识到自己体力不再充沛，有了某种危机感？大太阳下，我看到一个瘦弱干枯的年轻人，低头蹲在一个单位的门口扫描货物，汽车擦着他的衣服缓慢通过，他浑然不觉。他的占地面积如此之小，呈现出极其温顺的姿态，像一张纸，似乎可以卷一卷装入口袋，那样子好像从来没有年轻过。他蹲得那么投入，快要融化在地面，整个人仿佛只剩下头发花白的小小的万分专注的脑袋。

苏小明也是少白头，有一少半头发是白的。但他毕竟年轻，远没有被这项事业搞憔悴，尽管白发，但不显得沧桑。我暂时还想象不到他有朝一日会被快递业务消耗成什么样子，他和自己的事业、公司还在蜜月期呢。

有一天，我去菜鸟驿站取快递，排队的人挺多，两个工作人员繁忙地在狭窄深长的小屋里拿取货物。苏小明横着身子坐在门口的凳子上，很占地方，满脸沮丧，工作人员顾不上理他。他看到我在排队的人里面，像见到了亲人，伸着脖子说："哎呀，姐，你小区一个女的，咋是这样的人哩，我回回给她送货上门，就今天一天忙不过来，没送，人家就把我投诉了，要扣我五百块钱哩。"我说："你出来说，出来说，坐那里头，碍人家事。"他站起身，挤出来，小屋里立时通畅了。他站到我旁边的台阶上，鼻尖冒汗，眼里闪着泪花，又把刚才的话叙述一遍。

我说："你好好跟她说说，让她把投诉撤了呗。"

他说："人家不理我，打电话不接，敲门也不开。"

"不可能吧！肯定你哪里没做好，让人家生气了，我们小区的人，都是很讲道理的。"

"哎呀，真的，你去问她，我回回都给她送上门，就今天实在没空，放快递柜了，就投诉我。"

"我又不认识她，到哪里去问？怎么，快递还能送上门吗？你咋从来没给我送上门过？只给她送，看把毛病惯出来了吧？"

"有一个预约处理提醒，姐你下次预约的话，我就送到你家。"

我取了快递，问他："那你坐这里干吗？他们又解决不了。"

"心里戳气，扣五百块钱，几天白干了，干脆，休息。"他跟在我身旁，一直送到小区门口，委屈似乎还没诉完，依依不舍地停在门外。我说，也好，休息半天吧。我对他的遭遇无能为力，只是安慰一下。

我走在小区里，在手机上找他说的那个预约提醒，点来点去，点出他所在的页面，有评价、投诉以及给快递员赠送礼物的功能，礼物下面一行小字："您的赠送将直接进入快递员账户，公司不扣取任何费用。"我想，如果投诉的话，下面是否也会有一行小字："您的投诉已经受理，公司核实后将从快递员工资里扣除五百元。"同小区那女人，也真够狠的，手指一动，苏小明五百元没了。礼物有"送香甜""送美味""送温暖"，图案分别是一块八毛八的蛋糕、五块八毛八的桶装面、十块八毛八的围巾。我的手指在三个图案下徘徊一番，点了"送香甜"，多少是个心意，让那孩子心里好受些。

过了几天，早上八点，电话响了，又是苏小明。

"姐，你给娃买的书到了，小区西门，这回少，就两本，你能下来取不？"

"你放柜子里吧，我一会儿下去取，这是要拿到单位的书。"

"疫情原因，西门柜子封了，用不成，现在都统一放南门柜子里，那我给你放南门吧？"

"那不用，我二十分钟后下去，你应该还在附近，到时联系，你再给我。"我想，凭借着六颗橙子、一个"香甜"的交情，他不管在几百米远的什么地方，开上他快乐的小车，给我送过来，不是碎碎个事吗？

我在电梯里给他打电话。

"你现在在哪儿？"

"还在小区南门。"

"给我把书送到西门来吧。"

"哎呀，姐，我走不了。"

"怎么走不了？开上你的小车，半分钟就过来了。"

"不行，东西会丢的。"

"东西在你车上，你开着车，怎么会丢呢？我着急上班呢，你给我送过来一下呗。"

"哎呀，真不行，公司有规定，东西丢失我要赔呢，麻烦你自己过来取吧，要不一会儿我给你放南门柜子里，你下班回来再取。"

"算了算了，我过来取，真是的。"

惜时如金的中年妇女，疾走如飞，三分钟来到小区南门，见他的小车停在外面，地上摊了好些东西，大的小的，盒的袋的，横的竖的，这些天天来了去了，无有穷尽，跟他有关却又无关的包裹，他与它们命运相连心手相牵。他低头蹲在那里，对着这个扫一扫，拿起那个看一看，搬起一个放到另一个上面，像孩子摆弄积木。在送出去之前，每一个都是他的重要财富，是他亲亲的宝贝，不能有任何闪失。

我走过去，说声"哎"，他拿起地上那个白色气泡袋子，用手机扫了一下，递向我。

我劈手夺过，佯装生气："开上车过去，半分钟的事儿，这个小忙都不帮，非得我吭哧吭哧走过来。"

"哎呀，姐，人货不能分离，公司有规定。"他丢给我一个闪电般的笑，转回头去，又对着地上一摊宝贝忙活，不再理我，完全不像收过我六颗橙子、一个"香甜"的样子。那万般投入的表情，任战争、地震、洪水、大火，都不能让他离开他心爱的货物。

我边走边撕开包装袋，心里说，小子，你信不信，把你写进我的小说里！

发表于《人民文学》2022年第2期
转载于《小说月报·大字版》2022年第4期
转载于《作品与争鸣》2022年第5期
入选中国小说学会2022年度好小说榜单

追 尾

嗵地一下，车身一震，女人瞬间获赠一个全新称谓——前车司机。她说："完了完了，后面车把咱撞了。"两人回头，不远处停着一辆白色小车。

"哎呀！真不该让你送我，要是不送我就没这事了。"好友立即充满歉意。

"先下去看看吧。"也是一瞬之间，好友的面孔变得可憎起来。五秒钟前，两人还亲热地说话，没有人怀疑她们是情投意合的朋友与闺密。俩女人分别下车，看车尾处，保险杠被撞了深深的两道，上面沾着一片白漆皮。后车盖凹凸不平，左边车灯罩子磕掉一个小角。

后车全责，没啥说的。二人以饱满的问责气势走向小白车。车里坐着一个男子，他也刚刚不得已接受了一个称谓——后车司机。戴着口罩，只露一双眼睛，胆怯地看着女人。

"你追尾了，全责！赶快叫保险公司来。"前车女人理直气壮地说。后车男人拿着手机，屏幕闪亮，嘴里不知说了些什么。玻璃只摇下二指宽的一道缝，不知前车女人刚才的话是否能透过缝隙传进他的耳朵。车后排坐着两个年轻女子，四只手扒着前座靠背，身子前倾，在和他说着什么。前车女人不禁火起，用力敲玻璃："还不下车来看看情况？还不赶快联系保险公司？"

"在联系，在网上联系。"他仰头对外面的前车女人说，一双小眼在口罩上方闪烁，那眼神分明透露出，他在说谎。

"网上联系什么？打电话多方便。你是什么保险公司？"

"平安。"

"我也是平安，你现在就打电话，让他们快点来人！"

"别急嘛，我先弄好。"他又回头对身后两个年轻女子说着什么。他是一门心思要先弄好眼前的故事，再顾及车窗外的事故。

"网上弄什么？打电话，你是全责，你找保险公司。"前车女人更生气了，她和女友一人一边站在车窗外，他一个大男人竟然还不下车，还在回头跟两个女子说话。肯定是刚才他边开车边说话，或者打电话、看手机也不一定，导致的追尾事故。又在车里磨叽了几秒钟，直到前车女人用小拳头砸他的窗玻璃，他才推开车门下来。好高的个子，弓腿弯腰，还是比前车女人高出一头。女人厉声问："喝酒了没？"他笑眯眯答："没有，没喝。"

"真没喝吗？没喝怎么犯迷糊？没喝怎么撞我？我好好在路上开着，前面两车相碰，我正常减速，有刹车灯提示，你为什么不减？"

后车男人笑而不答，好像这是件多神秘的事情。

"快打电话呀！"前车女人说。

"好好。"他说着，用手机拨号，给对方报告事故地点，东张西望，吞吞吐吐，说不清地址。"太白路由北向南。"前车女人说。"市建五公司门口向南三十米。"女友说。两个女人替他说清地址，他又复述一遍，挂了电话。

前车女人和女友都掏出手机对着车身拍照。

"肯定是跟那俩女的说说笑笑，分神了。"前车女人说。

"没有没有。"后车男人仍然赔笑。

"没有怎么撞上了？看你这样子也不像新手呀！"身边的车辆呼啸而过，前车女人冷得直打哆嗦，"真是倒霉，你知道出个事故多麻烦吗？认定，理赔，修车，前后得一个礼拜。"

"知道知道。"后车男人好脾气地说。

前车女人问："保险公司怎么说，几分钟到？"

"他们说尽快。"

"尽快是什么时候？现在马上十一点了，他们不是承诺了到达现场的时间吗？"

后车男人为难地笑笑，不说话。前车女人后脊背发凉，又去看两辆车的情况。后面小白车的前盖已经松动，手一抬呼扇呼扇的，车身漆皮掉了好几处。这么不经碰，啥破车呀！咦，他车上那两个年轻女子不见了，跑得还真快。

女友踩着厚底高跟鞋走过来，说前面两辆车是相互剐蹭，比较轻。一辆小白车停在路边，从车里钻出一个小伙子，走向前面两车去处理，是他们的保险公司来人了。

女友再次道歉："真不好意思，要是不送我，就不会出事。"前车女人心里也懊恼，但嘴上说："唉，这都是不可控的，谁知道会这样？早知道的话，我给你打滴滴都行。你走吧，现在打个车走，不要管这里了。"

"不不，我不能走，我陪着你，前面三百米就是我家，处理完我走着就回去了。"

车外冷得人受不了，前车女人只想坐进车里，可又操心保险公司的人来了没有，三人站在寒风中的街头。女友说："他是全责没问题，所有修车费、误工费都是他赔。"

"还有误工费？"前车女人问。

"有呀，上次一个人把我的车撞了，也是全责，除了修理费外，还赔了误工费。你开车去修理厂、上下班打车造成的收入损失，都算到误工费里。这主要看双方怎么谈了，一会儿我来帮你谈。"女友挤眉弄眼，小嘴不停，前车女人心里只有烦恼，暗自后悔不该送她。下午女友发微信给前车女人，说有两张票，请她看歌剧。前车女人本不想出门，但一想今天周末，看就看吧。七点半开演，说好七点一刻在剧院门口见。六点半从家里出发，吃饭来不及了，吃了两块点心，将晚饭事宜交代给女儿，说给她留点稀饭就行。她以为女友自己会开车来，没想到她的车今天限号，她乘地铁来的。歌剧结束时前车女人客气了一下说，那我送你吧。女友说不用不用，咱俩又不在一个方向。前车女人就此打住，不提此事。散场后，前车女人说，那你打滴滴走吧，我去上厕所。女友说她也上，于是两人又到了一起。从洗手间出来，又遇见卸了妆的女主角被一群人围着在大厅拍照，前车女人跟女主角认识，上去打了招呼，主要是想脱离女友。没想到女友也挤进人群里观看，还要跟女主角合影。照完了相，二人走出剧院大门，前车女人说，那好，再见吧。女友说，我跟你走到停车场出口，那里好打车。用意很明显了。前车女人说，那我把你捎到地铁站。女友立即同意。周末之夜，灯火阑珊，车内暖风暗香，生活如此美好。二人还在讨论剧情，前车女人说，算了，把你送家里吧。女友没再客气。

此刻真是后悔，当断不断，给自己添乱，那会儿把她放在地铁站多好，就没有后面这事了。唉，再一想，该出事的话，送不送她都会出事，不是在太白路，就是在太乙路，总会有一个事故等着你，总会有一个可恨的冒失鬼从后面咣当一下，然后一切悔之晚矣。

前面那两辆事故车的车主各自上车，开车而去，而他们的保险公司理赔人员还没来。前车女人问后车司机："怎么还没来？再打电话催。"后车男人肉不叽叽地拨打电话，前车女人在旁边大声说："都快二十分钟了，怎么还不来？"后车男人挂了电话说："他在北边二百米处处理一个事故，马上过来。叫咱们拍好照片后，把车挪到路边。"

"这才奇怪，我们这边着急等着，他却在处理别的事故。"前车女人火气更大。两人将车挪到路边，仍然女人的在前男人的在后。站在车外，女人冷得受不了，感觉应该待在车内；钻进车里，她又心绪烦乱坐不住，觉得应当站在路边等待观望才像是出了事故的样子。六点多吃的两块点心早就消化完了，肚子空空如也。前车女人穿着一件薄呢子大衣，她本想着只在车里、剧院里，压根就没有要站在深夜街头的预案和准备。此时冷气从后背直透前胸，她赶忙进入车里稍坐一会儿，身子紧紧倚住靠背，暂且暖和一下，再出来站着，叫冷气重新穿透。女友说："你穿得太薄了。"说得前车女人心下恼火，她倒是穿着一件厚大衣，仿佛专门衬托自己的无措。钻进车里几分钟，前车女人拿出手机看两眼，烦躁不安，再次出来。三人伸着脖子向北眺望，希望理赔人员从天而降。

下午要是不答应邀请就好了，或者自己打车上剧院就好了，或者刚才歌剧结束不送她就好了，再或者穿个厚大衣也行，再再或者出门前下一碗饺子吃多好。唉，凡事到了后悔之时，说啥也晚了，追悔前三秒都没用，何况几小时。人生大多烦恼，皆因钱太少。比如眼前的局面，后车车主如果是个大富豪，当即甩出一万元，姐，私了吧，你拿去修车；或者前车女人是富婆不差钱，挥挥手仪态万方地说，大兄弟，去吧去吧，各走各路，我可不愿为这点破事耽误宝贵时间，冻感冒了更划不来；又或者女友钱多得正在烦恼，于是拍着胸脯说，这点小事，不要破坏这个美好的夜晚，不要阻挡我们回家的脚步，一切损失由我来承担。可目前三种情况都不是，他们只好冒着严寒伫立街头，前车女人全身瑟缩发脾气，后车男人点头哈腰赔笑脸，女友不尴不尬站一边，三人各怀心事，共同等待理赔人员到来。那后车的冒失鬼搭搭讪讪，说他如何倒霉，俩月内车碰了三回。前车女人不想理他，只是问，到底几点能来？现在已经过去二十多分钟了。催他再打电话，他说，三分钟前才打过，说马上来。

"再打！你拨通，我来说。"

他向她笑笑，好像是请求她不要这样。前车女人寒冷空洞的身体里，不知哪里来那么多火气，喊着让他快打。她今晚很无辜，全身发动，四处冒火，仿佛这样可以抵御寒冷。后车男人好脾气地拨通，把手机递给前车女人。女人对着电话说："电话打了已经快半个小时了，你到底能不能来？再不来我投诉……"电话被挂断，一辆小白车哗地从路中间拐到边上，停在两车的前面。车里走下一个小个头年轻人，穿厚皮衣，配毛毛领，很知冷暖的样子。他例行公事般拉出卷尺，比画着用手机拍照。再让后车的冒失鬼站在自己车旁，他要照相。后车男人竟像车模那样一手扶车，一手叉腰，身子也站直了。

小个头年轻人问他："出事时车上几个人？"

"三个。"

"那两个人呢？"

"我让她们打车走了。"

"你都买了什么保险？"

"交强险。"

"商业险有没有？"

"没有。"

小个头小伙子回到自己车里打电话，不知说些什么，好几分钟后才钻出来，告诉他们说，要找到被撞掉的东西：漆皮或者前车后灯罩上那一小块红壳。几个人又来到马路中间低头寻找，哪里还找得到，他们挪开车之后，至少跑过了上百辆车，小碎片们早就不知弹跳到哪里去了。四人弯腰伸脖在路上一寸寸看过，各式小车擦身驶过，携带一股寒风。前车女人不幸中有点小庆幸，歌剧结束后上过厕所，否则现在更加灾难深重。人若打理不好自己的身体，无论哪处有小动乱，都是最切实的烦恼与痛苦，会使人总忍不住想发火。女友每过五分钟就说一句，真是不好意思，要是不送我就没这事了。前车女人要十分克制才没有冲她大吼：你别说话了！

东西自然是没有找到，四个人又回到路边。前车女人问理赔员，现在该怎么处理，请尽快有个决定。理赔员说："你们还是报交警吧，做交通事故认定。"

"叫你来处理，你照来照去，就是这结论？那你来有什么用？"前车女人质问他，"这么清楚的事实，后车也承认了他全责，为啥还要交警来认定？"

"后车只有交强险，修车费用最高只能赔你两千元，其余的钱要他自己掏。我们的权限就是这些。"

"那又怎么样呢？"前车女人问。

"所以，我首先要排除各种可能，比如，比如……"他嚅动小嘴。

"比如什么？"女人追问。

"比如说，骗保的可能。"

"什么？"前车女人甩动马尾辫，使它们变成黑色火焰，"你磨磨蹭蹭半夜才来，拿尺子量来量去，坐进车里打电话嘀咕半天，得出的结论是我们骗保？哎，我跟他素不相识，几十岁的人了，把自己的车撞坏来骗保？吃饱了撑的？！"饥寒交迫的前车女人真想上去踢这个小个头男人两脚。

理赔员抬着他那张被毛毛领衬托着的小脸蛋，没有任何感情色彩地说着，眼睛看向别处，嘴巴一张一合，像背诵公司规定："我只是说有可能。我的根据是，他车上有之前碰撞过的痕迹。"

"那是他的事情，他是全责，我没有任何责任，我骗保的动机在哪里？"前车女人冲着他喊。

"我没有说你们百分百骗保，我也没有说你们两人都骗保，我只是根据公司规定程序，把一切可能先排除掉。至于你们什么动机，我就不明白了。"

"你是个蠢货，你明白吗？"女人仗着自己年龄最大，仗着自己无辜遭罪，说话有些放肆，"我几十岁的人了，大半夜冒着寒风站在这里骗保，能骗你多少钱？还不够我去看个感冒呢！"或许是骗保的金额过低，实实羞辱了她。

无数次的行业培训起到了坚实作用，理赔员脸上现出克制的表情，他的眼睛对着夜空，小嘴再次启动："现在的问题是，后车只有交强险，公司最高赔付两千元，其余的钱，要他个人来承担。我们见到交警开的责任认定书，就把两千元转给他，他再转给你。"

"那现在怎么办？"前车女人在绝望之中极力忍耐。

"就是我刚才说的办法。"

再看后车男人，高高的个子呈弯曲状，从头到尾没说过一句囫囵话，看样子不是坏人，可也绝不是有用之才。前车女人掏出手机，点开录像，让毛毛领小伙子把刚才的话再说一遍，然后把摄像头对准后车男人，问他："修车超出两千元的费用，你全部承担，你认不认？"后车男人点头说："认，认。"前车女人关了录像，对毛毛领说："好，你走吧，要是我想投诉你，这也是凭证。"毛毛领转身走开，钻进小车，呼地跑没影了。

前车女人只是说狠话，哪里有精力去投诉。她全身哆嗦，膝盖骨冰凉，连生气的力气都没有，只想站在路边大哭。折腾了将近一小时，一切白费，毫无进展。她不再指望后车男人报警，亲自打了交警电话，说明情况。交警让他俩明天上午一起到位于南郊某某处的交警大队处理，那里是该事故的管辖地。从报案时算起，全责者如若二十四小时内不到，按交通肇事逃逸论处。

于是，二人按交警的指示互留电话，再将两人的驾照、行驶证一起摆放在前车后盖上，双方拍照。女人说："明天上午九点，交警队见。"后车男人面有难色，问："能不能十点？我家在北郊草滩，从这儿开回去得一个多小时，明天去那儿又是一个多小时，现在都快十二点了。"女人说行。

女友再不让送她了，她站在路边，亲眼看着前车女人掉头回家。

前车女人到车库里停好车，回到家已是夜里十二点半，喝了点热好的稀饭，洗漱完毕，将自己冰凉僵直的身体一点点打理妥帖，躺在床上，以为能很快入睡，却怎么也睡不着，想那后车男人提议的十点，也算不错。

第二天上午九点，前车女人临出发前打通对方电话，提醒他出发，省得自己到了后，他迟迟不来。没想到他说，已经在路上了。

到了交警队，见他还是昨晚那身衣服，还是那样弓着腰，赔着笑脸。事故简单明了，交警很快开出认定书，叫他们各自去修车。

前车女人问后车男人："你看咱们去哪个4S店？修车两千元肯定是不够的，并且这两千也得你先垫付。你带了多少钱？"

后车男人看看她，看看车，嗫嚅道："姐，能不能不去4S店，他们净宰人。我看了你车的情况，只要换个后保险杠，后备厢盖不用换的，磕掉那点灯壳，也不影响什么。"

"不去4S店，去哪里修？"

"找一个，嗯，小一点的修车店。"

"为啥要去小一点的修车店？修不好怎么办？"

"不会修不好的，也不是什么大毛病，而且……小一点的店好讲价。"

"我都已经答应你不换后备厢盖了，你还要讲价？你现在到底有多少钱？现金多少？微信里多少？来，叫我看看。"

"没，没钱。"

"开什么玩笑？来给我修车，你不拿钱？"

"真没钱。"他拍拍自己的口袋。

"没有钱回家拿呀，你昨晚不是回家了吗？"

"是回家了，没敢进家门，在门外的车上睡了一觉。"

"到家门口了为啥不回家？"

"怕媳妇骂我，出来跑了一天车，没挣到钱，还损失了几千块。不瞒你说，我昨天晚饭都没吃，想接单多跑几趟，回家再吃，省了饭钱。撞你那会儿，我有点犯困，一迷糊，没看清，就追尾了。"

"碰到你算倒了八辈子霉，没听说出来给人修车不带钱的，编这么多故事干吗？哪里有四十多岁的大男人没钱的？没多总有少吧？没几千总有几百吧？你撞了我，给我修车，总得有点诚意吧？"假如一个人本来只有三分讨厌，当他说出"没钱"二字后，就变成八分可恶、十分可恨了。

"诚意我有，钱，没有。"他说。他还戴着昨晚那个口罩，不是为防疫，而是为了盖住没洗的脸。

"骗谁哩，没钱？郊区农民钱最多，谁不知道！你们那儿现在都建开发区了，家家户户，卖地都分不少钱哩。"

"是分了一些钱，可是都给我爸看病花光了。现在俩娃上学，学费都交不齐，媳妇成天闹离婚……"

"得得，别说这么多没用的。我没时间听你瞎编，咱俩现在去修车，你说去哪儿吧。没有钱你借，打电话借也得把修车钱借来。"前车女人昨晚没有睡好，火气一时不能消解。

"要不，到我们村子附近，那里有个修车的，老板我认识，修得挺好。"

"不可能！叫我跟着你跑到大北郊草滩？几十公里，我还怕被人劫道呢！"

"姐，那你说去哪儿修？你们西安城里，我也不太熟。"

看他可怜巴巴的样子，前车女人坚硬的心有所软化："到我家附近的修理店吧，我在那儿洗过车，服务还行。"

"好，那咱去。姐，你好好还还价，能修的就不要换，啊？"他殷殷切切地说。

两人各自上车，前车女人前头带路，他在后面跟着。前车女人从倒车镜里看见他那辆破烂小白车战战兢兢地尾随自己，她走他也走，她停他也停。一个大男人，不知早饭吃了没有，坐在小小的车里，头顶快要挨到车顶了。唉，前车女人叹口气，火气有所消解。她小时候常听奶奶说，一分钱难倒英雄汉。现在这个男人，本就不是英雄汉，又被几千块钱难住，刚才训斥他的那些话，搁一般男人，早受不了冒火了，可他只是赔着笑脸不还嘴。

到家门口修车也好，4S店确实胡乱要价。前年，她的车也是被人追尾，在高速公路隧道里出了事故，上来一个没刹住，一碰六响，全是后车的责任。好在后车所有保险都买齐了，爽快地承担了五辆车全部的修理费。当时，她的车尾部被撞的情况跟这次差不多，可4S店估价下来要七千多，明明后灯罩没问题，却以给她修车的名义让厂家发过来一对灯罩。反正不用自己掏钱，她也睁只眼闭只眼。

到地方停下，后车男人迟迟不下车。前车女人走过去，伸手拉他的车门，见他坐在里面抹眼泪。过一会儿，他钻出来，两人叫出修车店老板来估价。老板看来看去，后车男人在一边说这不用换那不必换，只需补上漆恢复原样。老板估价三千六，两人一起还价，最后还到三千元，再也不能少了。

他说："姐，修车费你能不能先垫上，我先欠着你？"

"不可能！你还真的一分钱没有？谁信啊？"

"姐，按理赔程序，交警队的认定书已经发给保险公司，他们二十四小时内就会把钱转给我，我一收到钱就转给你。"他递过自己的手机叫她看。

她长舒一口气，告诉自己，这不是坏人，只是个窝囊废而已，白长了这么高的个子。"这样吧，两千元我先垫上，来，加个微信，你发条消息，写明欠我两千元，二十四小时内转给我。剩余的一千元你必须拿，你现在借也得把钱借来。"

"姐，那我一次性问你借三千元，我会还你的，真的。"

"不行！我跟你素不相识，到哪儿找你去？你现在打电话，问亲戚朋友借。我就不信，现代社会，一个大男人借不来一千块钱。"

他打开手机上的照片给她看，一张借条，又一张借条，再一张借条，都是同样的字体，后面署着他的名字。有两千的，有五千的，有八百的，甚至还有个三百的。她狠狠瞪他一眼，啥人嘛，三百元也要借。

"碰见你真是倒了八辈子霉，你欠条再多跟我有什么关系？谁知道是真是假。我已经对你仁至义尽，修车费省到不能再省了，那个后灯罩，掉了一块指甲盖大小的壳，也不换了，凑合用。我再不能让步了。"她头一甩，辫子打在他胳膊上。世上数"没钱"二字最使人绝望。人生在世，每天睁眼样样事情都需要钱，而他们永远是以不变应万变——没钱！人生主题就是填不完的坑、借不完的债。她胸口起伏，说不出话。她不再是硬碰硬地气恼，而是要看看他到底能不能借来一千块钱。我招谁惹谁了，怎么摊上个这事？她命令他打电话，打！现在就打！她的车开进了修理店，两人站在路边。在路人看来，只道是一对生气的男女，不知是什么关系，女的仰着脑袋伸着指头把男的训得低头不语。

他在路边走动，她保持两三步的距离，竖着耳朵听。他打通一个电话："哥，手头有没有一千块钱？先借我使使。唉！开车不小心把人给撞咧，修车要用钱。"她听不清对方说啥，跨一步上去，脑袋伸向他的手机。他挂了电话，说："没钱。"

再打下一个，把刚才的话又说了一遍，挂了电话对她说："人家说考虑考虑。"

又打一个，再次复述。她想，你真该写好文字，给大家群发。他挂了电话对她说："钱在人媳妇手里，人媳妇没在家。"

再打一个，向她汇报："我上次借他的八百还没还，昨天他妈看病，还想问我要呢。"

他在路边徘徊，高挑的身影快要蜷缩起来，他拿着电话坐回车上。她怕他开车跑掉，拉开副驾驶车门，也坐上去。这真是她今天所见的一个"奇观"，她呼呼喘气，恨那些接电话的人，真不够意思，一千块钱都不借，算什么朋友。在她的目光威逼下，他继续打，有的人压根不接电话。她脑袋扭向窗外，给他个后脑勺。她不缺这一千块钱，她微信钱包里有好几千，甚至此刻她的包里也有八百元面额不等的钞票，夹在一个小本子里，自从郑州大水的新闻后就放在里面，一直没有用过。就是说，她有没有这一千块钱都没事，这一千块钱不会影响她的生活。可她就是生气，莫名被撞，差点冻死，搭时间赔工夫，还要自己垫钱，凭什么？脑袋后面没有声息，她扭回头看，他低头对着手里的电话沉默。她开始心软，立即又提醒自己，可怜之人必有可恨之处，或许是装的。

她看看表，马上下午一点半了，肚子饿得咕咕叫。也不知他饿不饿，昨晚在哪儿吃的饭，今早怎么吃的饭。管他呢，现在好人做不得。她好似受着莫大委屈，眼泪都快要出来了："你倒是能不能借来钱？"他用可怜无奈的眼神回答她。她说："别耍花招，现代社会，借不来一千块钱，谁信？一个大男人，看你混成啥样了！肯定是平常借得太多，或者借了不还，失去信誉，没人理你了。"他还是不语，她继续说："碰到你我倒了八辈子霉，反正我不管，你今天必须把钱给我借来。"她打开车门出来，抱着膀子靠到汽车前面，任由他自己在车里捣鼓，叽叽咕咕的说话声听不清，想来是在跟电话那边的人哀告。事后她想，这人也真够窝囊的，换一个男人，哪能受得了被一个女人这样喋喋不休地数落，早恼了、躁了，早一个巴掌上来，将此事升级为暴力事件，被送进派出所了。可他没有，他要么笑，要么沉默。不如此还能怎样呢？或许他也曾恼过，躁过，巴掌上来过，可事后发现不能解决任何问题。你自己打碎在地的东西，必得自己收拾起来，吃够了生活的教训，还得向现实和金钱俯首称臣，就像此刻这样。生活棱角分明，坚不可摧，你只能变得无比柔软才可缠绕在它身上。否则就会被剥离，被甩脱，而我们都不愿被生活抛弃，万般无奈，却死乞白赖也要攀附上它。她回头看去，见他在车里低头弯腰对着电话赔笑脸，笑容岌岌可危，一不小心就会沦为哭相。她再次提醒自己，可怜人多了，在世上行走，心肠要硬一点，不然就会受骗受欺，让别人把你当傻子耍。无论怎样，今天必须让他拿出一千块，到哪儿论都是这个理。

直到快下午两点时，他打开车门叫她："姐，凑齐了。我现在给你转钱。"他脸上竟然有胜利的笑。她走到车门口，微信叮咚一声，一千元到账。事实再次证明，钱是润滑剂，是和事佬，是驱散阴霾的和煦春风，是化解矛盾的万能神药，她心里的火气呼地一下没了，继而允许自己涌出对他的理解与同情。问他："那你午饭咋解决？"他说："姐，你别管了，下午我收到保险公司的钱，就转给你。"他关好车门，挥手而去。

她往家里走，想起上午的场景，心有不忍，微信转给他十六块八，留言说："路上吃一碗面吧。"过五分钟，他回复："谢谢姐，给你添麻烦了。"钱却没有收。

下午四点多，他转来两千元钱，留言道："姐，保险公司的钱到了，转给你。兄弟虽然没钱，但不是胡来的人。"她回复：“好的，今后开车要注意安全，祝你一切顺利。”他回复了几朵玫瑰花。

这人摆脱了“后车司机”的称谓，又变回一个纯粹的滴滴司机。早出晚归地跑车，发朋友圈，截屏他每天所跑的时间、里程和收入。有一张图显示，半天跑了五十一点五公里，收入十七点三元。“太难了，这日子没法过了。”发一发牢骚而已，日子还得一天天地过下去，天天出车跑下去，因为你无可选择。不论你对生活是歌颂、诅咒，还是抱怨，你必须乖乖地在自己的轨道上运行，还要时时小心，不能追尾，也最好不要被别人追尾。

疫情突然扩散，全市封锁，连门也出不了。大家天天在家看电视，他偶尔发个朋友圈：“都快在家待疯了，一毛钱收入都没有。”

临近年底，各种要账的发信息、打电话，催他还钱。幸亏封控，要不他们会亲自过来，把门砸得咣咣响，进得屋来，坐着不走，就像往年一样。这么说来，还得感谢疫情？今年年底，落个清净。他关了手机，只在每天夜里临睡前打开一会儿。

前车女人发来好几条信息，竟然还有一千元转款。

“赶在封城之前取出了车，修得还行。灯罩缺的那一小块，不仔细盯也看不出来。你还是要去办个商业险。不要找借口，想办的话，就能凑出钱来。生活与行车，都要先有所保障。”他将这几条信息看了至少三遍，没看出对他有什么不利，他松了一口气。

再看转款，确凿无疑，一千元。他想先客套一下再说。

“谢谢姐，钱是我该赔的，给你添那么大麻烦，你再把钱退给我，多不好意思。”

信息发送不成功。

“疫情防控期间，姐多保重。”再发送，还是失败。两个红圈感叹号像两只充血的小眼睛，下面显示对方验证通过后才能发送消息。过几分钟，他再次发送，还是不行。

只有一个解释，她删除了他。

发表于《清明》2022年第3期

转载于《小说选刊》2022年第7期

转载于《长江文艺·好小说》2022年第10期

收　藏

　　疫情以来，珍宝馆基本是歇业状态，大家轮流值班。工资几个月都没有发了，老板说先欠着，早晚会发的。修玉平均每周去值一天班。早八点到下午六点，上下两层楼的珍宝馆只有她和一个保洁、两名保安。这使她觉得，这收藏品的宫殿属于她一个人。那么多仿古桌椅茶具，尽情享用；墙上的名人画作，细细欣赏；玻璃柜台内的古董——玉器、瓷器、银器，打开了灯，想看多久看多久。包装精致的礼品茶从地面码到房顶，各种类型的茶香拂面而来。而她呢，穿着做工合适的蓝色套装，将身材收束得几近完美，慢慢巡视，没来由地觉得自己是这一切的主人。她与这些东西融在一起，是那么恰当。

　　一个民营企业家，从年轻时起即爱好收藏，攒下许多老物件，便在城墙内市中心办了一个珍宝馆，对外开放，免费参观，同时经营文化用品、名人字画，出租场地搞一些读书会、研讨会等文化活动，聘用十几个工作人员维护运营，不图挣钱，只为情怀。修玉就是冲着这份情怀来的。五年前，她从一家小企业的人事主管位置跳槽到这里。她厌倦了分析报告、招聘考核等人力资源那一套，她喜欢传说中的那种轻松高雅的生活，却不知这样的生活，将是没有工资保障的。

修玉是城墙的女儿，从小生长在城墙里面，奶奶家、姥姥家也都在四方城方圆几公里之内。一直到十八岁，高中毕业后的初次就业，她才走到了城墙外，发生了一件让父母头疼的事。

那时大学还没有扩招，成绩中不溜的她，连个大专也没能考上，成为一名待业青年。待了快两年业，父亲利用有限的关系，将她安排到东门外几公里处的一个国有大企业当流水线工人。

二十世纪九十年代初期，人生紧要事是有个正式工作，能进个国有单位，也不是件容易的事。青年工人看似通过招工从四面八方会聚此处，却都是各有各的门道，各有各的关系。除了本单位子弟，要么是附近长期友好合作企业的子弟，要么是七拐八绕的亲戚，要么是城中村占地工名额，她当然也不例外。总之得有点后盾，才不至于流落社会。

城墙里长大的修玉与城郊企业的人到底不同，窈窕俊雅，长发披肩，言语矜持，眼珠活络，跟电视剧里的林黛玉相似度极高，一时间，人们都将她称为林黛玉——虽然她自己不喜欢黛玉，因为黛玉是短命的。她工作时，也不肯将披肩长发用皮筋扎起窝进小白帽，而是任由它们披散下来。这样一个动人的女子，每日固定在流水线上，伴随着咔嗒咔嗒的声音劳作，让人觉得非长久之计，仿佛她来这里，会有什么别的事情发生。

果然，不到一年，发生了桃色事件，她跟厂长秘书传出绯闻。秘书的妻子也是本单位职工，在另一个车间当工人。秘书妻子大闹厂长办公室，叫单位开除小狐狸精，好好管管自己的丈夫。然后她掐着时间又将修玉堵在路上，指着咒骂，左冲右突要打她。若不是旁边有修玉的好朋友小英和小真拦着，那女人定会上来撕烂她的脸面，揪掉她的头发。女人犹不解气，不知怎么搞到了修玉妈妈单位的电话，对着修玉妈妈声讨一番，让她管好自己的女儿。修玉的妈妈是个善良软弱的女人，再加上自己理亏，没敢叫板，以沉默和退让应对，以期平息事态。

修玉的爸爸可不是好惹的。他第二天来到单位，找到那个女人，指着她大骂一通："你这个无能女人，看不住自己丈夫，反污别家女子清白，你有什么证据？我还没有追究你丈夫道德败坏引诱女青年，你倒来说我们的不是，真要较真，咱闹起来，看不开除了他！"直骂得那女人涕泪滂沱。

闹成这样，修玉不可能待在这个单位了。爸爸又费了一番心思，将她调到另一家市属企业，在总机当话务员，负责接转电话。她又利用业余时间，学习打字，会了简单的电脑操作。

重回城墙之内。对于自己走失的那一年多，修玉很是怀念，情意难以割舍，瞒着父母还与那男人偷偷联系。男人说他跟妻子毫无感情，一直在闹离婚，修玉调走后，他受到打击，肺上出了问题，住进了医院，托人给修玉带话。修玉跑到医院探望，将自己亲手打出的《葬花吟》倾斜舒体字用粉红纸打印出来送给病床上的人。三十年前打印稿还是稀缺物。男人拉着她的手说，我要离婚，一定离，跟你结婚。修玉害怕了，谈恋爱是美好浪漫的，可要跟一个大她七八岁并且已经有了儿子的男人结婚，是个严峻的问题，父母死也不会同意的。她想到父亲暴怒的样子，想到母亲心碎欲绝，吐血昏倒，心脏病发作，自己将成为千古罪人，终是不敢答应。那时没有手机，也没有网络，两人就书信往来。男人在她上夜班的时候，自己"加班"至深夜，电话接通说几句话——不能说长，总机不可长久占线。他们经常出没的地方，就是城墙附近。在某一个城门洞外，环城公园入口处的一棵大树下碰面后，再去往他们要去的地方。风波过后，他家里妻子管得更严，二人的工作也都是不能随意离开的那种，每个月偷偷摸摸见一两次，处心积虑地倒班掐时间，编织谎言，寻找机会。其实也没有地方可去，见面就是目的，在一起说说话，去哪里都行。无非是在街道上转一转，城墙根走一走。路边的商店里，传出《恋曲1990》——"乌溜溜的黑眼珠和你的笑脸……"，罗大佑深情饱满、澎湃激荡的声音，弹性十足地跳跃在城市各个角落。这歌词像是写给他俩的。相视一笑，并肩而行，手也不敢拉，大白天的，碰到熟人，那就完了。她跟父母保证过，跟他断绝一切来往。两人装作同事一起外出公干的样子，在路上走，在大街上、小道里、环城公园，走啊走，走到脚底板疼，找个地方坐下来，歇息一会儿，继续前行。她是那么爱美的人，见面时，也不再穿高跟鞋，而是穿松软的平底鞋子。因为他说，我们已经这么熟悉了，我爱你永不改变，用不着穿高跟鞋让自己难受。于是，修玉陡然矮一截子，头顶只高出他肩膀一丁点。他是标准的美男子，身材修长挺拔，皮肤白净，她想象着他更年轻时的样子，不知该有多么英俊，遗憾那时怎么没有相遇。"那时你正在上初中，还太小。"他说。在恋人眼里，一切都饱含深情，就连那些地名也在参与着他们的恋爱——芦荡巷、菊花园、糖坊街、案板街、木头市、湘子庙、德福巷、牌楼巷、马道巷、叮当巷、冰窖巷、柳巷、粉巷……无穷无尽的巷啊，她就是那个雨巷里丁香一样结着愁怨的姑娘，为此他用硬笔书法抄了那首诗给她。那些小街巷在每一个路口，标示出温柔与守候，都是烟火气息，都是诗与远方。看一眼路牌，再互望一眼，微风吹过，抿嘴一笑，爱意更深一层。二人用脚丈量了城墙内的大街小巷，流连在顺城巷的月光里，她小鸟依人般地缱绻于他的身畔。她一如既往地画右眼的双眼皮，有时候他看看那眼皮，或许想说，你怎么都好看，用不着费时费力画双眼皮让自己难受。可是他终究没说。一个女孩放弃自己眼皮的单双，放弃化妆，放弃对容貌的追求，放弃矫揉造作，或许还需经历关键的一步，那就是二人的关系有了实质性进展。可姑娘家有着自己的贞操观，而且她父亲尤其严厉，将她盯得很紧，时常用审视的眼光看她。他们的接触，无非是等到天黑后，牵手拥抱。他们在白日里漫长地走路，是在等待天黑，黑夜是他们的保护色。

又通信一年，电话联系一年，秘密约会一年。父母张罗着给她介绍对象，她与一个高中体育老师相识，一开始她没有什么感觉。在一次郊游中，阳光下的体育老师一笑，她从那脸上看到了他的影子，啊，真的有点像呢，有一刻她认为那就是他。于是，她接受了体育老师。二人很快结婚，在城墙外租了一间小屋。又过两年，舅舅单位分了房子，城墙内的两室一厅小单元房，舅舅不需要，将指标给了她。她花两万多元买了下来，安下他们的小家。这正是当年她和厂长秘书走过的地方，那是夏天，又热又渴，秘书还给她在路边小店买过冰冻果汁。他当时仰头看着楼上说，要是能在这楼上有咱自己的一间小屋，多好啊，也不用在马路上游荡了。她把自己谈对象、订婚的过程都告诉了他，不断汇报婚恋进展。她说，我们今后不见面了，我要对我的婚姻负责，我会珍藏和你的一切。

她站在自家阳台，能看到城墙与护城河，看到环城公园的四季更迭，花开花落，各色行人。有月亮的夜晚，看到顺城巷成双的影子，便觉得那女的是自己。出嫁前，她烧掉了所有信件，那些滚烫的话语，那些涌动的诗行，那些漂亮的硬笔书法，那些夹在书里传递的字条，全部化成火焰。玫瑰成灰。

这世上没有两个完全相像的人。外表再像，毕竟也不是他，没有和他一样的内心，没有那些共同的记忆和经历。体育老师跟她就像是两股道上的火车，拧不到一起，生活习惯不一致，所思所想也不一样，二人常为日常琐事生气。修玉自己知道，她是用"他"的标准来要求对方，他没有"他"的浪漫、柔情，没有那些情书、诗歌。她终于明白，往日的一切，不可复制。她尽力调整自己，放弃标准。女儿降生，两人忙着带孩子、接送，顾不得论及情感。她想，这样过着也行，大家不都是如此吗？没想到孩子上了小学，她发现体育老师有了外遇。她提出离婚，正中对方下怀，体育老师扔下一切，净身出户。从此，这个城墙边上小小的家里，成为她和女儿的世界。

依然是环城公园里的四季更迭，其实我们的一生，也就是相遇几十个春秋，见证几十次花开。心情不好的时候，她觉得对不起那年的花海，它们开得如此美丽，她却不愿走近，花儿不管她是否有心欣赏，依旧年年绽放。

她因为单位要三班倒，上夜班时无法照顾孩子。在舅舅的帮助下，又调到了一个白天八小时工作制的单位，没想到几年后倒闭，她成了下岗工人，被重新抛向社会。她参加成人教育，学了企业管理，拿到大专文凭，到社会上重新应聘单位。

曾经也有怦然心动，也用触角试探，意意思思地想要发生点什么。三十出头的女人，一不小心就容易陷入盲目，就像环城公园的花儿，明知没有永恒，还是冲动地开放，蹉跎几番，终是没有一个刚刚好专属于她的人。那张双人床上，相伴睡着的，是一年年长成大姑娘的大学毕业的女儿，而她成为一个到了退休年纪却没有退休金可拿的女人。

突然有一天，女儿告诉她，自己谈男朋友了，要带回来给她看看。她豁然一惊，恼羞，欣喜，伤感，觉得被遗弃——从此，再也不是世上只有妈妈好了。又想一想，女儿二十四岁了，可不正是恋爱的时节吗？当年自己初恋时，才二十岁，和体育老师结婚时，也才二十三啊！

这个家里，多少年没有走进过男人了，这回来的还是这样一位初绽花朵般结实鲜亮的青年。两个年轻人的欢笑和幸福溢满小小的两室一厅。男孩子会做饭，抢着做这做那，女儿让妈妈歇着，她一时成了多余的人，感觉应该走开，于是出门，把这浓烈气氛留给一对恋人。可一想，不对呀，女儿带他回来见我，我出门而去，算怎么回事？她在自己家里，穿着半正式半家居的衣服，像个客人一样，站也不是，坐也不是，走到阳台上，看环城公园里的景致，看当年和那人以及体育老师走过的小路。那时小小的树，现在已经长大，遮住了路面，行人走进去便被掩埋了，过一会儿又出现，不知道在树下干了什么勾当。她看向那个城门洞，人们出出进进，汽车穿梭不止，生生不息地易人换景。时过境迁，物是人非。一些看似平凡的建筑、街道、树木、灯柱、石头、墙角，都有灵魂，皆有故事发生，不知几多悲欢离合，被人群中的某个人怀念着，标记着。自己最初的单位，现在还好好的，要是一直待在那里，或许可以转干，起码有退休金可拿。他还会想起我吗？就像我想起他一样，时时处处，唤起当年的记忆。多年以来，她都想着，或许还有机会见面。想见到他，但不是现在，而是我过得更好一些，我要以好的面貌和境况出现在他面前。有时候她自己也不知道，到底是在追忆爱情，还是在怀念青春，或许，都有吧。我找他，随时会找到；他找我，却找不着。他找过我吗？一定找过。他过得怎么样？他离婚了吗？再婚了吗？他想知道我现在的样子吗？我的生活、婚姻、人生，皆受到他的影响，因着那场事故的惯性，成了今天的样子，他却一无所知。我这样一个平凡女人，行走在社会底层，过着简单而执着的生活，没有太多文化，但始终向往文化，小斑鸠做窝一样努力提升自己。如果再过得好一些，我会去找他，让他看到我。

　　她在自己家里，穿戴整齐，上身勒着胸罩。几十分钟之前，穿上它时，一手扯着罩杯向后，一手将有限的脂肪拘着往前挪移，心里笑自己，这是干什么，丈母娘见女婿，有必要把胸部搞得挺起来吗？从此在这个家里，再也不能随时随地怎么舒服怎么穿，怎么舒服怎么卧了，她将成为岳母。一个完全陌生的闯入者，你与他的关系，不再界定于男女，而是长辈和晚辈。她怀着一点酸楚与羞耻，还有莫名的挫败感，穿戴好，站在镜前，开始化妆，贴双眼皮。女儿来帮忙贴，没有贴好——有很多事，还得自己来，比如这贴双眼皮，那小小的一片月牙状透明胶，必得掌握好分寸。她是天生的肉眼泡、杏核眼，眼皮上有一层可恨的小肉肉，眼角有点往上吊起，正像电视剧里林黛玉的眼睛一样。她从小羡慕别人的双眼皮，可她只有一只眼是双的，只有窄窄的那么一两毫米。那时她拯救另一只的办法是拿眼线笔轻轻画一道，线的上下，用颜色区分，搭眼一看，以为是双的。一个女人一只眼睛的眼皮单双又有什么重要呢？全世界的人都不会注意这个问题，只是对她自己来说是个事情，绝不放弃。日复一日年复一年地描画，对镜观览，恨其不成双。人们被她的这种执着的信念感动，虽不肯承认她的双眼皮，但终是认可了她那雕琢矜持的美。能在当年那样的工作环境，天天早起画双眼皮的女孩子，内心对美的渴望该有多么强烈执着！那时厂长秘书迷的就是她这酸不溜溜、缥缥缈缈、拿腔作调老是端着的劲吧？随着厂长视察流水线，一眼将她从众多女子中分拣出来，机关干部每周支援基层一天，他选了她的车间。总之就是恋爱的那些路数，想尽一切办法接近，放着自己家里双皮大眼明晃晃漂亮的妻子不爱，非得来追这个小眼睛骨碌碌转的算不上多么靓丽的女孩子。

她脚上穿的不是拖鞋，而是一双一脚蹬轻便鞋，一副要见外人的样子。在自己家里不知干什么好，走到阳台，将自己变成时光机，一任光阴在体内流淌。"年过半百"这个词落在头上，她感到一丝屈辱和不甘，还没有怎么过，人生大半没了。三十二岁离婚后，男人对她来说总是缺位。在她的心里，自己还是那个随时准备迎接一场恋爱的人呢，哪怕五十六十，总觉得还会有人来爱自己。对突然飞来的岳母角色，她一时间不知该怎样接受，对这个活力四射的年轻人，还要摆一个敏感细腻的林黛玉造型吗？显然不成。五十岁的女人，就要有长辈的样子，可两个年轻人明说了，她今天什么也不用干，等着吃现成的就行。

她被这种溢满了的幸福和无言的尴尬逼得无处可去，于是说要下楼买一瓶黄桂稠酒。稠酒是从小家里节假日和有重要事情时必备的饮料。当年，体育老师第一次上她家门，爸爸就特意去买了黄桂稠酒，爸爸、弟弟和体育老师三人喝白酒，她和妈妈饮加热了的稠酒。爸爸说，什么时候，都要有个规矩。拿现在的话来说，就是仪式感。可惜父亲活得不长，六十多岁就去世了。否则，他会打电话提醒她，要买西安饭庄的黄桂稠酒。或许他还会亲临女儿家，坐镇指挥这场仪式。

在小街上走了一个来回，在风雷巷口超市提了一瓶稠酒回家。现在的年轻人，谈恋爱的条件真好，从此这个家里，她上班走后，就是两个孩子的天下。管也管不了，也没必要管了，不像她年轻时候。那时和那人，除了深夜潜入他的办公室几回，就没有在一个房间单独待过。做贼一样，只为了抱一抱亲一亲，她会催促，赶快走吧。真害怕办公室另一个人临时来取什么东西，也怕被楼下收发室的人看到。后来想想，真是惊心动魄，每次都说下次再不敢这样，可欲罢不能，过些日子又会惊险地上演一回。他计划的这个行动很是严密，到了约好的那天，他下班后不离开，天黑后也不开灯，一直等她到来。那时，她们流水线上的产品效益很好，时常需要加班，不管加到晚上八点还是九点，他都在办公室的黑暗里等待。她从后门溜进办公楼，轻轻上楼，拿小手电照着，推开那温热之门。仅是扭在一起，纠扯一阵，总也不能破除壁垒。他对壁垒那边的世界万分熟悉，而她一无所知，任由他百爪挠心，求来告去，她决不就范。她陷入甜蜜的痛苦之中，定要维护自己的完整。

办公室危险系数太高，不敢过多流连。他晚上守在单位门外的路边，等她下班路过，他跟在身后，彼此不说话，就像不相识，默默陪伴着。她接收到一种气息，头也不回，走到公交车站，离开几步等车。两人一起上车，站在一起，希望乘客多多，拥挤一处，盼着车堵在路上走不了，下车时他交给她一本书，里面夹着几张写满思念的纸。

她调离之后，彻底不能再玩潜入办公室的游戏了，只能于光天化日之下，以长长的行走来解相思之苦。

所谓恋情，真是说不清道不明，没有对错，也无指南，没有得到的那个，总是最好。她陷入一种浑浑噩噩、漫无边际的执着与思念中，起起伏伏多年，或者说她靠回忆活着，所以她常常觉得自己还在二十多岁，却不承想女儿已经二十多岁了。

有一天，上网看到一则新闻，是小真写的。当年小真晚她两年调离单位，考到报社当了记者。小真的名字让她心中一暖，往日一切又回到眼前。她很想知道小真现在是什么样子。打报社的热线电话，转到小真部门，对方说小真没有来，让她明天再打，不肯告诉她小真的手机号。她在微博上搜索，果然搜到小真，先关注，然后私信留言："小真，你好，多年不见，你还记得我们在流水线上的美好时光吗？"

找到小真，其实是想靠近另一个人，找回曾经的时光。她过几天就上微博看看，一次次没有见到回复。终于，两个月后，有消息了："抱歉，很久不上微博了，请问你是谁呀？"

她回复了自己的名字和电话。小真给她打来电话，二人唏嘘时光的流逝，都很想见到对方。于是约好，小真到她的珍宝馆来。小真说，哎呀，我去那里开过几次会呢，都不知道你在。她说，或许我们曾经擦肩而过，但想不到是对方。这样一说，她心里一惊，或许，也曾与他相伴于同一个商场、同一家饭馆、同一个车厢，只是不知对方的存在。

夏日阳光下，两个中年妇女，向对方走去。怎么说呢？小真变了又没变，纵然生了皱纹，换了发型，面目松弛，可还是像当年那个二十出头的姑娘，同样的心情和喜悦，仿佛她们并没有分开过。二人坐在珍宝馆玻璃墙内，相互看着对方的脸，有说不尽的话语。她莫名地激动，觉得是另一场相见的预演。她突然问小真："你还记得他吗？跟他有联系吗？"小真说："我怎么会跟他有联系呢？"

"他快要退休了，也不知现在是什么样子。"她说。

"想知道的话，总会联系上的。"小真说。

"会联系的，但不是现在，我想，等我的状况再好一些。"小真的脸上显出一点轻微的惊愕和嘲弄，那意思是说，我们这个年纪，还会再好一些吗？

　　似乎小真的身上，携带着那个人的某种信息；似乎见到小真，就离那些往事更近一些。她简直无法相信，已经过去三十年了。他玉树临风，微笑迷人，她无法想象他老去的样子，他会发胖油腻吗？会秃顶衰老吗？会忘记曾经写过的诗吗？而自己，收藏着过往的一切，发型变了，皱纹生了，但身材基本没变，内在也初心不改，总想着有一天，和他再次相遇，和他对接过往，问他一声，这些年来，你还好吗？想过我吗？找过我吗？我比你幸运啊，我知道你在哪里，你却不知我在何处。在小真看来，女人的这种诉说，大多流于无限琐碎和自我陶醉，有意识地美化与加强某些细节，给自己带来一种安慰：一个男人，一朝爱过我，便终身爱我。小真打断她，另起一个话题，过一会儿，她又绕了回来。总之，在她看来，和小真见面的重要内容，就是为了说起他。

　　春节的时候，小真突然告诉她，联系到了从前的一个同事，又通过这个同事找到了小英。大家何不约着见一下？都老了啊，再不见就更老了。于是，一个六人约会在小英家里进行。小英的丈夫和孩子分别外出，把地方腾出来，供她们重温旧梦。小英已经是一个退休女工，发胖而开朗。六个人围在一张方桌上，说着过去与现在。修玉凑到小真耳边说，问问她们，有没有他的电话。过了一会儿，小真装作刚想起的样子，问那几人，当时的厂长秘书，你们知道去哪儿了吗？有人说，好像去总部了，当领导了。电话有吗？几人摇头。小真悄声告诉她，我再给你问别人吧，我认识总部的人。

　　三天后，小真果然给她发来一个号码。

　　修玉感到一丝轻微的眩晕，手心冒汗，心跳加快，咚咚直响。自己也不知道，身心反应何以如此之大，不是不再年轻了吗？不是已经在三十年的岁月里磨平冲淡了吗？不是无数次告诉自己一切都已过去，变为藏品了吗？

小真说："先发个短信，看看是不是。"

她回复："世上最远的距离，就是我知道你的联系方式，却没有勇气联系。"

修玉将那个号码，在手机上保存为他的名字，又记在一个小本子上。

她在电脑上寻找《恋曲1990》，是一个女人唱的，柔软而哀伤，全无当年罗大佑饱满的激情："轻飘飘的旧时光就这么溜走，转头回去看看时已匆匆数年……或许明日太阳西下倦鸟已归时，你将已经踏上旧时的归途……"一个下午，循环播放，任它们在珍宝馆里如水般流淌，最后她觉得那歌是她自己唱的了。女儿微信问她，妈你晚上想吃什么菜？叫斌斌给你做。现在的孩子真幸福，谈恋爱有这么好的条件，一整天待在家里，做什么都可以。双方家长已见过面，婚期定在秋天，男方家房子已经买好了。斌斌说，以后每年节假日的饭，他全包了。这世上最亲近的人，眼看也要归属他人，跟着别人走了。生活还给她留下什么？

每天都要看看那个号码，随时都能背出，可终究没有勇气拨打。

太阳明亮起来，万物蠢蠢欲动，树木发芽、生长，每个人都又年长了一岁。她的发型早已变化，不再披着，而是精心扎起，在脑后绾个疙瘩，很艺术范儿的中年女性。每过十天半月，她都会细心地染发根，几个月去一次发廊，彻底染上一回，保持满头乌发的假象。皱纹细密，面庞像一张揉皱的面巾纸。毕竟，她只是一个热爱艺术的女工，长得像扮演林黛玉的演员。珍宝馆的工作，高雅舒心，工资却不能及时到手。她的收入，只是偶尔帮哪个画家推销出去一张画作，收取一点提成。因为实际条件所限，没有能够将皮肤保持得光亮紧绷，不能显得更加年轻。于是她如实地站在一个女人五十一岁的状态里，坦然从容。遇到她认为的重要场合，还是要将那只单眼皮的眼睛，贴双起来，再用眼影涂来抹去，盖住塑料的反光，让它看起来像真的皮肤。春节聚会那天，如果不是她低声问小真能看出来是贴的吗，小真还真的看不出来。除了你自己，谁会那么在意你的眼皮？

"咦，突然想起，联系了吗？"小真在微信里问她。

她分三条回答：

没有。

没勇气。

这辈子，知道他的电话就好。

发表于《山花》2022年第7期

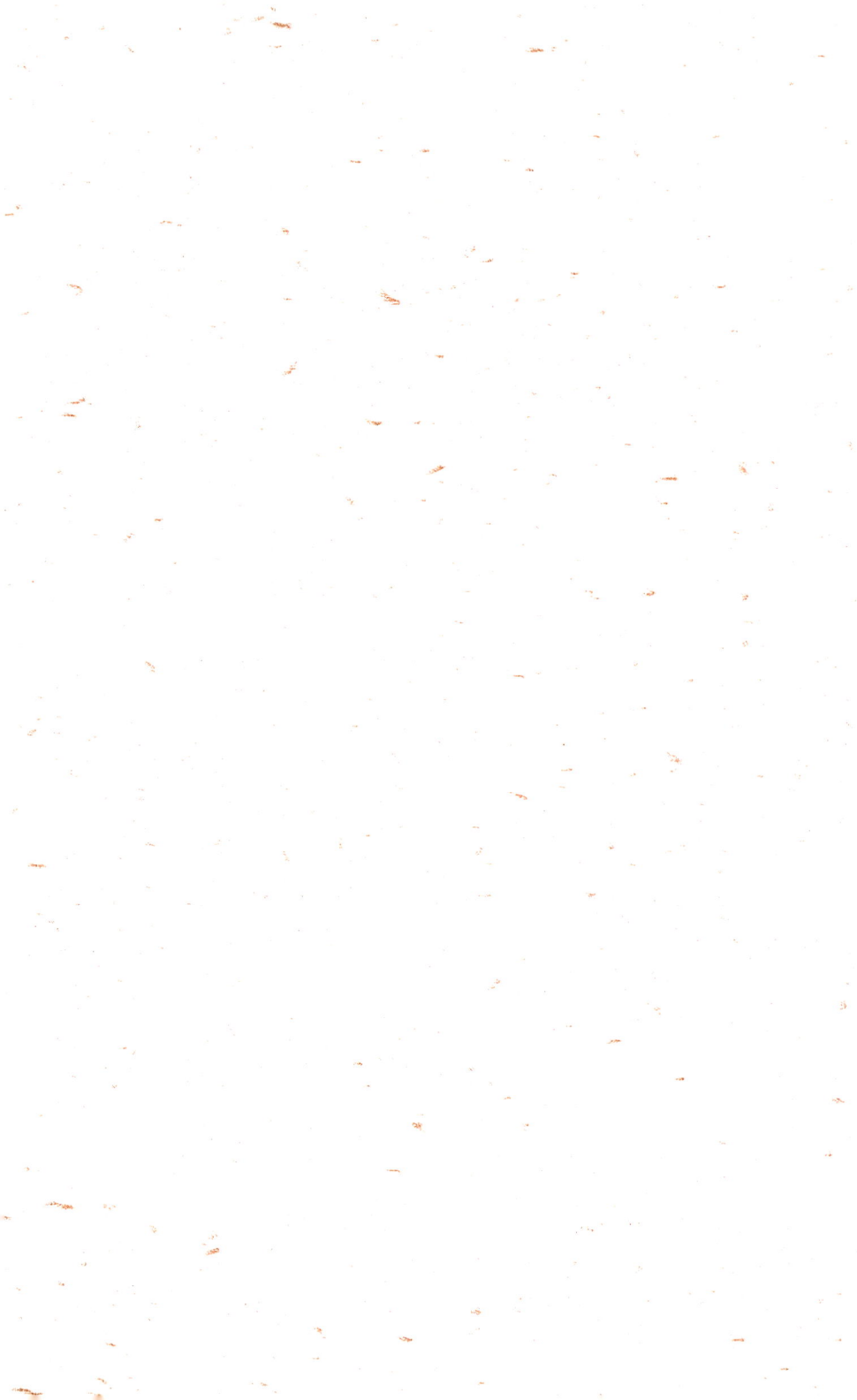